中国现代文学史

薛晓霞　主编

中国海洋大学出版社

·青岛·

图书在版编目（CIP）数据

中国现代文学史/薛晓霞主编.-- 青岛：中国海洋大学出版社，2024.6

ISBN 978-7-5670-3862-2

Ⅰ.①中… Ⅱ.①薛… Ⅲ.①中国文学—现代文学史—教材 Ⅳ.①I209.6

中国国家版本馆 CIP 数据核字 (2024) 第 097064 号

中国现代文学史

ZHONGGUO XIANDAI WENXUESHI

出 版 人	刘文菁
出版发行	中国海洋大学出版社有限公司
社　　址	青岛市香港东路 23 号　　　　邮政编码　266071
网　　址	http://pub.ouc.edu.cn
责任编辑	郑雪姣　　　　　　　　　电　话　0532-85901092
电子邮箱	zhengxuejiao@ouc-press.com
图片统筹	寒　露
装帧设计	寒　露
印　　制	河北万卷印刷有限公司
版　　次	2024 年 6 月第 1 版
印　　次	2024 年 6 月第 1 次印刷
成品尺寸	170 mm×240 mm　　　　　印　张　15
字　　数	240 千　　　　　　　　　印　数　1～1000
定　　价	88.00 元
订购电话	0532-82032573（传真）　18133833353

发现印刷质量问题，请致电 18133833353 进行调换。

前　言

　　高等教育应用型人才培养是适应时代发展与国家经济教育政策调整的需求应运而生的，其目标定位于培养直接面向市场一线的应用型人才，这就要求应用型本科院校在人才培养各个环节中重视实践教学，其中教材的建设工作至关重要。

　　"中国现代文学史"是汉语言文学专业的专业必修课程，与"中国古代文学""中国当代文学""外国文学"课程一起构成该专业课程模块中的"文学模块"。"中国现代文学史"课程主要讲述1917年1月至1949年9月这段历史时期的文学创作现象，其内容主要包括：第一，了解中国现代文学1917年1月至1949年9月的文学思潮、文学流派和文学社团的发展脉络。联系时代背景，解读文学与历史、政治之间的关系，明确文学革命与社会政治革命之间的内在联系，阐明中国共产党无产阶级革命是历史必然的选择。引导学生从历史的和现代的眼光看待不同时期的历史现象和文学现象，体悟中华民族文化现代化之艰难与多维，凝聚振兴民族文化的使命担当。第二，了解著名作家，如鲁迅、郭沫若、茅盾、老舍、巴金、沈从文、曹禺等的创作历程，并鉴赏其作品的思想和艺术成就。结合文学鉴赏，培养学生在学习、工作和生活中分析问题、解决问题的能力；通过个案分析提高学生的审美感受能力和审美分析能力，注重培养学生的文学素养和人文关怀，建立和提升学生的民族自豪感和文化自信心。第三，掌握小说、诗歌、散文、戏剧等文体的发展和不同文学流派的特点。夯实学生的专业素养和对文体基础知识的掌握，着重培养学生对现代各文体改革过程中显现出的传统与现代的传承与创新精神。

本教材以应用型人才培养目标为编写依据，在学校课程建设和教材建设项目的支持下，一方面，深入钻研课程内容，打破以时间为顺序的常规编排体例，采用横向为主、纵向为辅的编排模式。横向上将中国现代文学史分为文字思潮与运动、作家作品、各文学体裁的发展与创作三大教学模块。其中，模块一、模块三中的内容按照时间纵向的发展顺序进行"史"的梳理，并兼及作家作品鉴赏。模块二主要以中国现代文学三十多年中重要的作家作品为主要内容，整体采用"横—纵—横"的编排样式，试图从整体上勾勒中国现代文学史的发展脉络，启示学生从更为广阔的视野中审视中国现代文学的发展与变化。另一方面，本教材突出了课程的实践性特征。特别是模块二、模块三，以目前基础教育语文教学及教师培养中存在的学科问题为导向，不断完善汉语言文学专业师范应用型人才培养的课程体系。

目　录

模块三：
各文学体裁的发展与创作　131

模块一：
文学思潮与运动

第一章　文学思潮与运动（一）

本章主要内容

本章介绍中国现代文学在 1917—1927 年的文学思潮与运动，具体包括文学革命的发生与发展、新文学社团的涌现等内容。通过本章的学习，学生应掌握以下内容：

1. 文学革命的发生与发展（章节重点）。
2. 文学研究会、创造社、新月社、语丝社、湖畔诗社等。
3. 新文化阵营与国粹派、学衡派、甲寅派的论争。

本章知识结构图

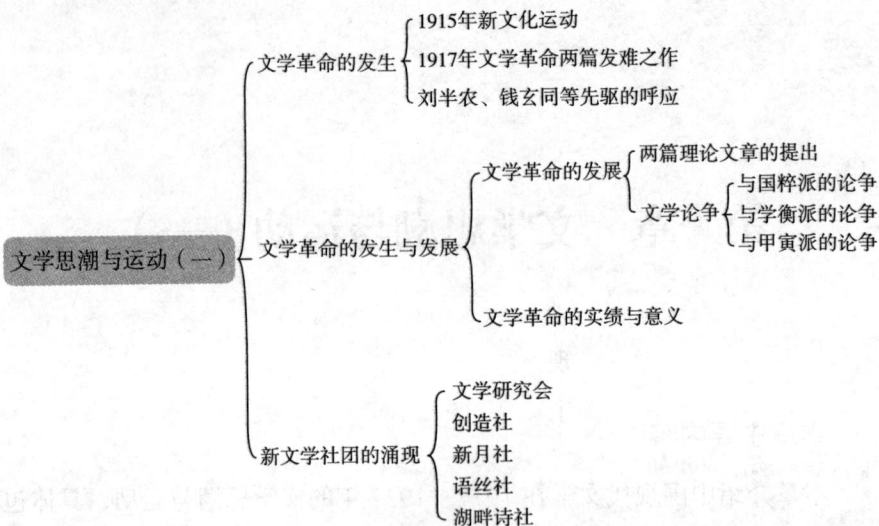

```
                              ┌ 1915年新文化运动
                   文学革命的发生 ┤ 1917年文学革命两篇发难之作
                              └ 刘半农、钱玄同等先驱的呼应

                                              ┌ 两篇理论文章的提出
                                    文学革命的发展 ┤       ┌ 与国粹派的论争
文学思潮与运动（一）  文学革命的发生与发展                └ 文学论争 ┤ 与学衡派的论争
                                                       └ 与甲寅派的论争

                                    文学革命的实绩与意义

                              ┌ 文学研究会
                              │ 创造社
                   新文学社团的涌现 ┤ 新月社
                              │ 语丝社
                              └ 湖畔诗社
```

图 1.1   第一章的知识结构图

本章涉及的实践教学环节

本章涉及的实践教学环节主要是了解 1917—1927 年的文学思潮与运动概况，能够深入理解文学、社会、政治间的相互作用，并对文学、思潮现象做出评析。

本章思政凝练

在国家危亡、社会急剧转型的时期，知识分子纷纷以笔为武器，或批判痼疾，或针砭时弊，或向西方学习，探索着适合民族、国家的发展之路。

第一节　文学革命的发生与发展

1917 年发生的文学革命，在中国文学史上树起了一个鲜明的界碑，标志着古典文学的结束，现代文学的开始，但实际上，在文学革命发生之前，中国文学已经出现了突破传统的观念与形式，以适应社会改良与变革要求的尝试。

一、晚清以来中国文学观念的变革

1840 年，西方列强用坚船利炮打开中国大门，甲午中日战争失败后，中国的民族危机日益加深，知识分子寻求变革的诉求也日益强烈。他们意识到，之前器物层面的变革不能改变民族危亡的命运，于是开始寻求社会组织结构的变革。1898 年戊戌变法失败后，梁启超等知识分子再次反思政治变革失败的原因，他们认识到以政治制度变革为中心的维新运动，并不能改变民族，转而策动了以"新民救国"为主旨的思想启蒙运动，由此带来文学观念的变化，产生了新的文学革新运动。

（一）梁启超等倡导的"三界革命"①

"诗界革命"是晚清文学革新运动中提出的第一个口号。梁启超认识到中国古典诗歌与时代的隔膜，他认为的"诗界革命"的目标："第一

---

① "三界革命"即"诗界革命""文界革命""小说界革命"。

要新意境，第二要新语句，而又须以古人风格入之。"①但实际上，在梁启超之前，黄遵宪就已经提出了诗歌改革的目标。黄遵宪在《杂感》中写道："我手写我口，古岂能拘牵！即今流俗语，我若登简编；五千年后人，惊为古斓斑。"也即只要把身之所遇、目之所见、耳之所闻笔之于诗，那么这首诗歌就有存在的价值。诗歌写作不避俗字俗语，要通俗易懂、明白畅晓。"诗界革命"由于它的不彻底性，成绩不是很大，但是在观念和方法上对诗歌界产生了重要的影响。"文界革命"要求突破桐城派古文的藩篱，将西方近代思潮注入散文写作中，将俗语、外来语入文，推广一种平易畅达的新文体。这种新文体带有强烈的忧患意识、革新意识和批判意识。梁启超便是这种文体的代表作者，他创造了一种带有感情，且不拘一格的新政论文体。"小说界革命"是"三界革命"中影响最大的。梁启超认为，小说是国民之魂，在《论小说与群治之关系》一文中，他说："欲新一国之民，不可不先新一国之小说。故欲新道德，必新小说；欲新宗教，必新小说；……乃至欲新人心，欲新人格，必新小说。""小说界革命"促生了 20 世纪初新小说的高潮，使得小说创作呈现出前所未有的活力。

（二）晚清的白话文运动

早从黄遵宪开始，中国先进知识分子就认识到文言文表达含糊不清，不利于知识普及与传播的弊端，于是展开提倡白话文的文字革新运动。其中裘廷梁是倡导白话文运动的先驱。1897 年，他在《论白话为维新之本》一文中明确提出"愚天下之具，莫文言若。智天下之具，莫白话若"。这种以白话文为中心的革新思路，得到了广泛的社会认同。梁启超等从不同的角度，为白话文的普及进行了有益探索。晚清时已经出现了 140 多家白话文报刊，如陈独秀的《安徽俗话报》、钱玄同与友人的

---

① 梁启超 . 饮水室文集：第三集 [M]. 吴松，卢云昆，王文光，等，点校 . 昆明：云南教育出版社，2001：1826.

《湖州白话报》等。这些白话文报刊的主持人不乏后来文学革命的倡始者和领导人，不少报刊也提出了通过白话文改良社会的主张。

（三）清末翻译的兴盛

1907—1919 年是翻译文学的繁盛期，此时的翻译呈现出译者多、名家多、名著多、流派广、水平高、影响大等特点。此时期，域外小说翻译在数量上远远超过同时期创作的小说，其中有代表性的文学翻译家是林纾和严复。林纾的翻译不是按原著逐字逐句翻译，而是有一个再加工的过程，往往形成自己独特的风格，轻快明爽，既保持原文的情调，也能传原著之神，他先后翻译了 180 多种西方名著。严复翻译了大量的西方的社会学、政治学、哲学著作，如赫胥黎的《天演论》、亚当·斯密的《原富》。严复"信、达、雅"的翻译标准，对后来的文学翻译产生了深远影响。总而言之，域外小说及域外政治学、经济学和社会学著作的翻译，刺激和启迪了新旧时代交替中的中国作家，有力地促进了文学内容、文学观念的变革，对后来新文学的文体演变和理论建设产生了重要影响。

总之，晚清民初一系列的文学变革，从不同方面为文学革命蓄势，逐渐拉开了文学革命的序幕。王德威先生在他的《被压抑的现代性：晚清小说新论》一书的导言中就提出"没有晚清，何来五四？"的观点。

二、文学革命的发生与发展

（一）文学革命的发生

新文化运动是文学革命发生的直接动因。1915 年，《青年杂志》（后更名为《新青年》）在上海创刊，这是新文化运动的肇始。《新青年》是新文化运动的主要阵地，它集结了一大批新文化和新文学运动的先驱人物，大力倡导民主和科学。新文化运动反对旧道德，提倡新道德，对封建的专制主义和"三纲五常"等传统伦理道德观念进行了猛烈抨击。在

《新青年》的带动下，激进的知识分子围绕诸如宗教、妇女、劳工、教育、贞操等社会问题展开了激烈讨论，由此掀起了反对传统文化的浪潮。此外，各种报刊和出版物争相译介西方的思潮理论，形成了多种文化开放活跃的局面，这场基于对封建文化批判的思想启蒙运动，矛头直指封建主义文学，这是文学革命发生的背景。

1917年1月，《新青年》刊发了胡适的《文学改良刍议》，该文被称为文学革命的发难之作。胡适在这篇文章中提出文学改良应从"八事"入手：一曰，须言之有物；二曰，不模仿古人；三曰，须讲求文法；四曰，不作无病之呻吟；五曰，务去滥调套语；六曰，不用典；七曰，不讲对仗；八曰，不避俗字俗语。1917年2月，陈独秀在《新青年》上发表了《文学革命论》，提出将"三大主义"作为文学革命的目标：推倒雕琢的、阿谀的贵族文学，建设平易的、抒情的国民文学；推倒陈腐的、铺张的古典文学，建设新鲜的、立诚的写实文学；推倒迂晦的、艰涩的山林文学，建设明了的、通俗的社会文学。

当胡适和陈独秀竖起"文学革命"的大旗之后，刘半农、钱玄同等新文化运动先驱纷纷发表文章进行呼应。1918年，《新青年》刊出了王敬轩（钱玄同化名）的《给新青年编者的一封信》和刘半农的《复王敬轩书》两篇文章，王敬轩用旧文人的口吻批驳文学革命，刘半农则对其观点加以辩驳，宣扬了新文学和新文化，进一步扩大了新文学的影响。1919年元旦，以傅斯年、罗家伦为首的北京大学新潮社创办《新潮》月刊，声援文学革命。

（二）文学革命的发展

文学革命的逐步深入可从两个方面来考察。首先是在1918年，胡适在《建设的文学革命论》一文中用"国语的文学、文学的国语"来概括革命文学的宗旨。这个口号的提出，将国语运动和文学革命合流，进一步扩大了文学革命的影响，使其合法化。同年，周作人在《人的文学》

中提出了"人的文学"的鲜明主张，使文学革命内容更加具体化，精神特征更为凸显。这些都体现出文学革命在逐步走向深入。其次是新文学阵营与守旧派的论争。新文化阵营先后与守旧派、学衡派、甲寅派等有过激烈的论争。其中与学衡派的论争更具现代性与学理性，学衡派道德为体、科学为用的观点具有一定的合理性和前瞻性，但他们保守的立场与当时的时代主潮格格不入。正是在这些论争中，文学革命的影响得到进一步扩大。

（三）文学革命的实绩与历史意义

文学革命的实绩体现在以下四个方面：第一，白话文的全面推广；第二，外国文学思潮的广泛涌入和文学社团的蜂起；第三，文学理论建设取得初步成果；第四，文学创作取得引人注目的成绩。

文学革命给中国文学带来了文学观念、内容、形式等全方位的大革新与大解放。在文学观念上、传统的游戏消遣的、载道的文学观念被否定，文学表现人生、反映时代成为新文学作家的共识；在内容上，新文学充溢着强烈的觉醒精神，新民主主义和人道主义的内容充分反映在新文学的创作中；在形式上，新文学摒弃了文言文和传统僵化的文学格式，大力提倡用白话文写作，并且广泛吸收外国文学的创作手法。文学革命掀开了现代文学光辉的一页，使中国文学的发展进入一个崭新的阶段。

第二节　新文学社团的涌现

在西方文艺思潮和艺术方法的影响下，新文学作家在创作上表示出不同的倾向，由此形成了不同的社团。文学社团的涌现是新文学实绩的一个有力体现。

一、文学研究会

文学研究会于 1921 年 1 月在北京成立，发起人有周作人、郑振铎、沈雁冰（茅盾）等。文学研究会提倡"为人生"的文学，注重文学的社会功利性，强调作品要表现人生、批评人生和改造人生。茅盾接编的《小说月报》经过全面革新，成为文学研究会的会刊。文学研究会在北京、广州和宁波等地设立了分会。1932 年，"一·二八"事变爆发后，《小说月报》被迫停刊，文学研究会无形解散。其持续时间是新文学社团中相对较长的，它"为人生"的文学宗旨，和晚清以来知识分子强调文学启发民智、启蒙思想的社会功利价值一脉相承。他们的创作较多地受到俄国和欧洲现实主义文学的影响，注重对社会黑暗的揭示和对灰色人生的批判。

二、创造社

创造社于 1921 年 6 月在日本东京成立，主要成员有郭沫若、成仿吾、郁达夫、张资平、田汉等。以 1925 年的五卅运动为界，创作社可分为前后两期。前期，创造社提倡"为艺术而艺术"的文学主张，这和文学研究会"为人生"的文学宗旨形成鲜明的对比。创造社强调文学的个人性，认为文学是表现作者内心需求、抒发个人情感的活动。在创造社作家看来，文学创作靠的是直觉和灵感，甚至文学是天才的创造物，所以他们特别维护文学的审美价值，表现出浪漫主义和唯美主义的倾向。后期，创造社转向了无产阶级文学。1927 年 10 月，冯乃超、朱镜我等从日本回到上海，和国内创造社同人一起倡导无产阶级革命文学，思想明显"左"倾。1929 年 2 月，创造社被当局查封。

在新文学发展初期，文学研究会和创造社双峰并峙，代表着新文学发展的新局面。文学研究会更偏向现实主义风格，创造社则代表着浪漫主义风格，这两种风格对新文学的发展产生了深远的影响。

三、新月社

新月之名来源于泰戈尔的《新月集》，是在欢迎泰戈尔来华的筹备工作中定下来的。新月社于 1923 年在北京成立，是一个比较松散的沙龙性质的文人团体，成员大都是一些留学欧美的知识分子，如胡适、徐志摩、闻一多。新月社成立之初在文艺领域主要开展戏剧活动和新诗格律的研究，且内部产生了一个专注于新诗创作和理论批评的团体——新月诗派。新月诗派也分前后两期，前期的新月诗派主要以徐志摩和闻一多为代表，他们提出了新诗格律化的主张。后期的新月派则逐渐与当时诗坛上的现代派合流。

1926 年，"三一八"惨案发生后，闻一多、胡适、徐志摩等相继离京，新月社无形中解散。

四、语丝社

语丝社因 1924 年在北京创办《语丝》周刊而得名，该社没有明确的组织机构及严密的章程，主要成员有周作人、钱玄同、刘半农、林语堂等。语丝社最突出的贡献是形成了一种新的文体——语丝体。语丝体实际上是一种随笔、散文和杂谈，它不拘一格，任意而谈，对当时及后来的文坛产生了很大的影响。

五、湖畔诗社

湖畔诗社于 1922 年 3 月在杭州成立，是一个年轻的诗歌团体。该社的主要成员有应修人、冯雪峰、汪静之和潘漠华。湖畔诗人最引人注目的是他们的情诗，大胆率真，给当时文坛吹来一股清新之风，也因此引发当时文坛激烈的争论，周作人、鲁迅等对他们的情诗创作给予了充分肯定，认为这种率真大胆的情诗创作，真实反映了新一代年轻人的情感、困惑和彷徨。

除了湖畔诗社，本时期还有诸多社团：1923 年，胡山源、钱江春等创立的弥洒社；1922 年，陈炜谟、陈翔鹤、冯至创办的浅草社；1925 年，浅草社成员加上杨晦、蔡仪等组成沉钟社；1925 年，鲁迅、高长虹、向培良、韦素园等成立莽原社；1925 年，鲁迅、台静农等成立未名社；1927 年，田汉、欧阳予倩等创办南国社；等等。

必读文献

胡适：《文学改良刍议》《建设的文学革命论》

陈独秀：《文学革命论》

周作人：《人的文学》《中国新文学的源流》

林纾：《致蔡鹤卿太史书》

蔡元培：《答林琴南书》《文学研究会宣言》

沈雁冰：《文学与人生》

成仿吾：《新文学之使命》

梅光迪：《评提倡新文化者》

黄子平、陈平原、钱理群：《论"二十世纪中国文学"》

严家炎：《二十世纪中国文学史》（三卷本）

课后巩固与练习

（1）简述文学革命的发生与发展。

（2）简述文学研究会的成立。

（3）简述创造社的成立。

第二章　文学思潮与运动（二）

本章主要内容

本章主要介绍中国现代文学在 1928 年至 1937 年 6 月的文学思潮与运动，具体包括革命文学的倡导与左联①的成立、文学论争等内容。通过本章的学习，学生应掌握以下的内容：

1. 革命文学的倡导、左联的成立。
2. 左翼文学与自由主义文学思潮的论争。

---

① 中国左翼作家联盟的简称。

本章知识结构图

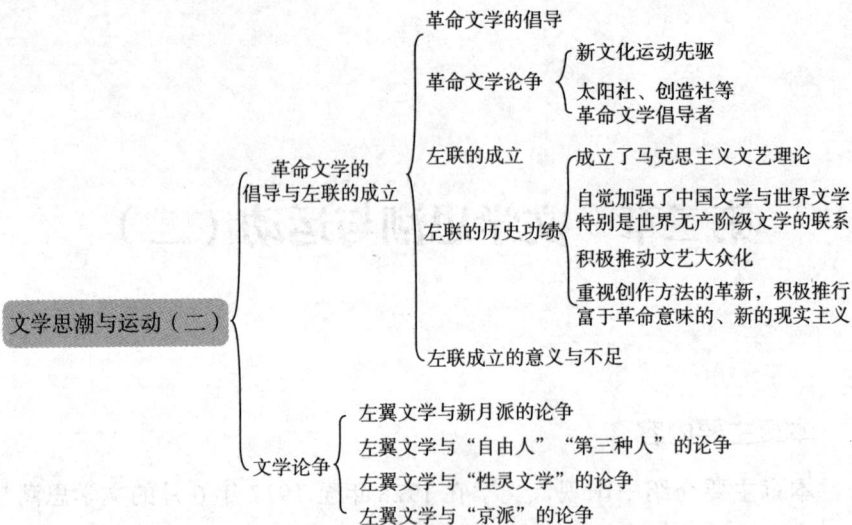

图 2.1　第二章的知识结构图

本章涉及的实践教学环节

本章涉及的实践教学环节主要是了解 1928—1937 年的文学思潮与运动概况，深入理解文学、社会、政治间的相互作用，并对文学、思潮现象做出评析。

本章思政凝练

政治环境急剧变化，文学家或倡导革命文学，或选择自由主义文学、民主主义文学，始终在文学、政治、家国的平衡间寻求救国救民的最佳路径。左翼文学倡导者以马克思主义文艺理论为基础，倡导文学为革命服务。

第一节　革命文学的倡导与左联的成立

政治的发展与文学的发展是不平衡的。1928—1937 年，尽管国民党政府掌握着军权、政权、财权以及出版物的控制权，但没有掌握文化上的领导权，此时，占主导地位的是无产阶级领导的左翼文学运动。

一、革命文学的倡导

这是一股于 20 世纪 20 年代末兴起、在 30 年代得到长足发展的文学思潮，它终止于 20 世纪 30 年代后期。无产阶级革命文学的兴起和左翼文学运动的发展，既是无产阶级政治革命运动的产物，也是文学自身发展的必然结果，是与当时国际国内政治形势的突变紧密联系在一起的。资本主义世界经济危机的加剧，促使帝国主义加紧了对我国的侵略，我国社会的民族矛盾和阶级矛盾十分尖锐。为了适应新的斗争形势，广大革命作家以马克思主义思想为指导，在苏联、日本等国无产阶级文学运动的影响下，掀起了新的文学运动，并逐渐形成了左翼文学运动。"四一二"反革命政变发生后，国民党反动派政治上的高压和文化上的"围剿"，使文学在悲愤之中与革命缔结了不解之缘，由此从五四文学革命走向革命文学。就文学自身而言，革命文学运动是五四文学革命在新的历史条件下发展的必然结果。革命文学的倡导可追溯到 1923 年前后。那时，共产党人邓中夏、恽代英、萧楚女、沈泽民、蒋光慈、沈雁冰等就提出过无产阶级革命文学的主张，但当时没有展开深入的讨论与思考。1924 年，有革命倾向的文学社团——春雷社成立，表明作家在新的革命形势发展中的重新集结。1925 年，五卅运动之后，沈雁冰等试图运用马克思主义阶级论来解释文学现象。直到 1928 年，无产阶级革命文学才作为一种规模浩大的文学运动崛起。

1927 年底，冯乃超、李初梨、朱镜我、彭康等从日本归国，以崭新的马克思主义理论革新创造社，实现了创造社的文学转向，把革命文学推向新阶段，即无产阶级文学阶段。1928 年 1 月，蒋光慈创办了《太阳月刊》，接着又成立太阳社，成员大都是共产党员，倡导以被压迫的群众为出发点的"革命文学"。1928 年 2 月，《创造月刊》第 9 期刊登了成仿吾的《从文学革命到革命文学》，表明创造社转变方向的态度，也正式提出："我们今后的文学运动应该进一步的前进，前进一步，从文学革命到革命文学。"另外还有一些文章，如郭沫若的《英雄树》、冯乃超的《艺术与社会生活》、李初梨的《怎样地建设革命文学》、蒋光慈的《关于革命文学》等，这些文章从多方面阐述了有关无产阶级革命文学的基本主张，概括起来主要表现在以下几个方面。

关于文学的阶级性，革命文学的倡导者初步阐述了文学的性质及阶级性特点；关于文学的描写对象，他们初步提出了文学作品要描写工农大众的观点；关于作家的思想转变，他们认为无产阶级革命文学的倡导是作家自觉地把文学活动同时代、社会结合起来的新的文学运动，也是积极宣传马克思主义文艺理论的思想运动。革命文学运动不但在文学界树起了鲜明的旗帜，而且对整个思想界产生了积极的作用。

二、革命文学论争与左联的成立

（一）革命文学论争

当时一些革命文学倡导者自身尚处于思想探索的过程中，对马克思主义及其文学理论的理解还比较肤浅，自身小资产阶级的思想意识还比较浓厚，因此，他们身上还不同程度地存在着宗派主义和机械论的缺陷，加上当时党内"左"倾路线和国际共产主义运动中某些错误倾向的影响，使他们的政治认识和文学见解存在明显的错误。在文学的功能上，他们受苏联"无产阶级文化派"及文学组织"拉普"的影响，片面地夸大了文艺的作用，认为文艺能够"组织生活""创造生活"，主张革命文学作品是机关枪、迫击炮，是"由艺术的武器，到武器的艺术"，忽视了文艺的本质特征，片面强调文艺的宣传作用。在作家世界观转变的问题上，他们把这一转变看得过于简单和容易，认为一夜之间就可以完成这种转变。在文学的发展上，他们对当时中国的社会性质、革命任务等认识不清，分不清敌友，在提倡革命文学的同时，割断了文学的历史联系，把批判的矛头指向鲁迅、茅盾、郁达夫等革命进步作家。冯乃超轻率地否定了五四运动以来的新文学，除了肯定郭沫若为唯一具有"反抗精神的作家"，认为其他新文学作家都有"非革命的倾向"，并指名批判鲁迅、郁达夫和叶圣陶等。钱杏邨从"超越时代"的精神出发，认为鲁迅主张"文艺守节论""不曾超越时代""没有抓住时代"，也"不曾追随时代""阿Q时代是早已死去了""阿Q正传的技巧也死去了"，鲁迅成了没有革命情绪、没有阶级意识的"落伍者"。冯乃超的《人道主义者怎样地防卫着自己》、彭康的《"除掉"鲁迅的"除掉"》、成仿吾的《毕竟是"醉眼陶然"罢了》、郭沫若的《文艺战线上的封建余孽》等文认为鲁迅是"过渡时代的游移分子""封建余孽""二重性的反革命的人物""中国的堂吉诃德"。李初梨、钱杏邨等发文将茅盾作为"小资产阶级的代言人"加以攻击，"茅盾先生所表现的倾向当然是消极的投降大资产阶级的人物倾向"，"他所描写的虽然是小资产阶级，他的意识仍然是资产阶级的，对于无产阶级是根本反对的"。这些批评反映出一些革命文学倡导者强烈的"左"倾色彩。

面对创造社、太阳社的"围攻"，鲁迅和茅盾诚恳地指出了创造社、太阳社作家的错误认识。鲁迅在论争中，阅读并翻译了苏联卢那察尔斯基的《艺术论》和普列汉诺夫的《艺术论》等数种科学文艺论著，坚持认为文艺仅是一种特殊的社会现象，并强调文艺揭示与认识生活的现实主义观点，发表了《我的态度气量与年纪》《革命咖啡店》《文坛的掌故》《文学的阶级性》《文艺与革命》等文，批评了创造社、太阳社作家暴露出来的种种错误，并对革命和文艺的关系问题作了中肯的论述。他说："一切文艺固是宣传，而一切宣传却并非全是文艺，这正如一切花皆有色（我将白也算作色），而凡颜色未必都是花一样。革命之所以于口号，标语，布告，电报，教科书……之外，要用文艺者，就是因为它是文艺。"在他看来，文艺"不过是一种社会现象，是时代人生的记录"。鲁迅的这些观点是对无产阶级文学倡导运动中"左"倾思想的针砭。茅盾比鲁迅更明确地赞成革命文学的倡导，但同样反对文学的工具论，严厉批评创造社、太阳社对五四文学传统的全盘否定，批评他们忽略文艺本质，不可避免地走上标语化、口号化的道路。

1929 年上半年，为了对抗国民党的文化"围剿"，在中国共产党的直接调解下，革命文学论争基本结束。在这场论争中，双方各抒己见，论争双方大量学习和翻译了马克思主义的理论著作，提高了马列主义理论水平，为左联的成立做了理论、思想、组织和干部上的准备。

（二）左联的成立

1928 年，文坛关于革命文学的剧烈论争，引起了国民党的注意，国民党迅速采取措施扼杀革命文学的存在，面对严峻的态势，在共产党的直接调解下，鲁迅、茅盾以及太阳社、创造社倡导革命文学的作家停止论争，团结一心共建无产阶级文学，抵御国民党的文化扼杀和围剿，并于 1930 年 3 月在上海成立左联。左联成立大会提出了左联主要的行动纲领和工作方针，确立了左翼文艺的性质、内容和任务。会上通过的纲领宣告："我们的艺术是反封建阶级的，反资产积极的，又是反对失掉社会地位的小资产阶级倾向的。"在左联成立大会上，鲁迅发表了题为《对于左翼作家联盟的意见》的讲话，总结了革命文学倡导过程中的经验和教训，要求左联作家克服脱离实际斗争和个人高于群众的错误，并辩证地论述了左和右的关系，对左联的发展具有科学的指导意义。左联除上海的总部外，在北平（今北京）、天津、广州、武汉等地设有分盟或小组，盟员由 50 人增至 400 人。左联的成立标志着革命文学跨进了一个新的阶段，也标志着中国共产党对革命文艺领导的加强。

左联成立后，出版的刊物有《拓荒者》《萌芽月刊》《北斗》《文学导报》等。作为国际革命作家联盟的一个支部，左联的许多活动都与国际上的无产阶级文学活动同步。许多左联作家既是作家又是革命者，因而左联创办的一些刊物受到国民党当局的查禁，一些成员也遭到逮捕甚至杀害。1936 年春，为服务抗日民族统一战线的需要，左联自动解散。虽然左联的历史仅有六年，但它对 20 世纪 30 年代乃至后来的文学发展产生了巨大影响。

（三）左联的历史功绩

第一，成立了马克思主义文艺理论研究会。经过与鲁迅、茅盾的论争，革命文学倡导者普遍意识到自身理论修养的不足，深感切实掌握马克思主义文艺理论的必要性。左联成立后的第一项重要工作就是成立马克思主义文艺理论研究会，加强对马克思主义文艺理论的翻译、介绍和研究。此时，瞿秋白、鲁迅等翻译了马克思主义经典作家的主要著作，并撰写文章，系统、全面地介绍马克思主义文艺理论。马克思主义文艺理论家普列汉诺夫、拉法格、梅林、沃罗夫斯基的论著几乎都被介绍到中国，对宣传马克思主义文艺理论起到很大的推动作用。文艺理论的建设推动了文艺批评的发展，此时期出现了鲁迅、瞿秋白、茅盾、冯雪峰、胡风、周扬、钱杏邨等一大批批评家，中国现代文学批评史上第一次出现了建立在唯物史观基础上的马克思主义文艺批评，这是 20 世纪 30 年代最先进的也是最有影响力的文艺批评。相关代表文章有瞿秋白的《鲁迅杂感选集·序言》、鲁迅的《中国新文学大系·小说二集·序》、茅盾的《鲁迅论》、胡风的《林语堂论》等，此外，还有周扬、冯雪峰关于革命现实主义理论的探讨，钱杏邨关于现代小品文的研究等，这些共同丰富了 20 世纪 30 年代的文学批评。

第二，自觉加强了中国文学与世界文学，特别是世界无产阶级文学的联系。这一时期，许多反映无产阶级运动的外国文艺作品，特别是苏联文学作品被大量翻译出版。其中影响较大的有高尔基的《母亲》、法捷耶夫的《毁灭》、绥拉菲莫维奇的《铁流》、肖洛霍夫的《被开垦的处女地》等，还有西方进步作家辛克莱的《屠场》《石炭王》、雷马克的《西线无战事》等。鲁迅先后与郁达夫、茅盾等主编《奔流》《译文》杂志，主要译介了易卜生、惠特曼、托尔斯泰、莱蒙托夫、密茨凯维奇等作家的作品。1935 年，郑振铎主持编辑的《世界文库》收集了许多外国作家的作品，规模宏大，轰动一时。许多西方名著，如《死魂灵》《浮士德》《十日谈》等都是在这一时期进入中国的。与此同时，也有一部分中国现代作家的作品被译介到国外，得到了世界读者的喜欢，从而加强了中国文学与世界文学的联系。

第三，积极推动了文艺大众化运动。左联成立后，设立了文艺大众化研究会，随后出版了《大众文艺》半月刊，并于 1931 年 11 月在题为《中国无产阶级革命文学的新任务》的左联执委会决议中，明确规定文学的大众化是建设无产阶级革命文学的第一个重大问题。为了促进文艺大众化，1930—1932 年，左联先后围绕"文艺为什么要大众化""怎么大众化"举行了两次集中讨论，并发表了大量文章。鲁迅对大众化有清醒且深刻的认识，他既反对文艺只是少数人才能够鉴赏的，也不赞同迎合和媚悦大众；既要重视文艺的大众化，又不宜陷入"急务"的盲目要求。文艺大众化运动是对文学革命以来"欧化"倾向及革命文学作品中存在的某些"左"倾倾向的纠偏，缩短了文学与群众的距离。

第四，重视创作方法的革新，积极推行富于革命意味的、新的现实主义。革命文学倡导者将创作方法与政治立场等同起来，独尊现实主义的文学创作方法,并对其进行不断革新。1929年,太阳社引进了新写实主义;1932年,瞿秋白、茅盾等倡导"唯物辩证法的创作方法"……但这些方法的倡导或多或少存在某些概念化、公式化的痕迹,导致文学创作方法的革新经历了一个曲折的过程。

(四)左联成立的意义和不足

左联是在中国共产党的调解下,革命文学论争双方握手言和后结成的统一战线,是20世纪30年代成立的规模、影响均较大的综合性社团。它的成立不仅标志着无产阶级文学运动的深入发展,还标志着中国共产党对文艺事业的直接领导。在左联的影响下,其他文化领域也相继建立了类似的左翼组织,如剧联、影联、美联,掀起了声势浩大的左翼文艺运动,对新文学的发展具有极其深远的意义。当然,左联也存在一些明显的不足,如政治上的"左"倾机会主义;思想理论上的教条主义,组织上的宗派主义、关门主义。

第二节 文学论争

文学论争是20世纪30年代文坛上较为突出的现象,其中左翼文学与自由主义文艺的论争较为明显。自由主义作家强调文学的独立性,以及与现实人生的距离,与当时强调文学批判性和社会功利性的左翼文学主潮相对立。

一、左翼文学与新月派的论争

左翼文艺与新月派的论争发生在革命文学的倡导期。1927年左右,胡适、徐志摩等陆续到上海,创办了新月书店,1928年3月又创刊《新月》，徐志摩在创刊词《新月的态度》中阐明新月"不折辱尊严和不损害健康"的原则，他们既反对文坛上的颓废派、唯美派、纤巧派，又将进步的革命文学称为功利派、训世派、偏激派、标语派、主义派；他们既反对无产阶级文学，也抨击国民党的民主主义文学。因此，作为20世纪30年代最有影响力的资产阶级自由主义文人的刊物，《新月》既受到革命作家的抨击，也一度招致国民党政府的压迫。新月派对革命文学的批评，引起了革命者的反驳，双方论争的焦点在"人性论"上。新月派理论家梁实秋提倡人性论，反对文学的阶级性，从而否定了无产阶级文学存在的阶级基础，认为"伟大的文学基于固定的普遍的人性"，文学创作不应受阶级束缚。鲁迅反对文学只表现"普遍的人性"，赞同文学反映人的阶级性，他说："倘以表现最普通的人性的文学为至高，则表现最普遍的动物性——营养，呼吸，运动，生殖——的文学，或者除去"运动"，表现生物性的文学，必当更在其上。"梁实秋彻底否定了文学的阶级性，革命文学倡导者又将文学的阶级性无限扩大，而鲁迅则切中要害，认为阶级社会里的文学都带着阶级性，而非只有。梁实秋在文学创作、文学鉴赏与阶级的关系上主张"天才论"，认为"一切的文明，都是极少数天才的独创""文学愈来愈成为天才的产物"。这样的观念遭到了无产阶级文学的反对。梁实秋的"人性论""天才论"表现了新月派自由主义作家及其文艺思想的保守倾向和贵族色彩，但梁实秋也指出了革命文学中存在的公式化、概念化的弊病。

二、左翼文学与"自由人""第三种人"的论争

20世纪30年代，左翼文学与"自由人""第三种人"论争的焦点是文学的阶级性和文艺为哪个阶级服务的问题。在高度政治化的20世纪30年代，胡秋原既反对无产阶级将文学政治化的倾向，又反对国民党的民族文艺运动，自认为是远离政治的"自由人"，认为"文学与艺术至死是自由的，民主的""将艺术堕落到一种政治留声机，那是艺术的叛徒"，

而"谁能以最适当的形式，表现最生动的题材，最能深入事象，最能认识现实把握时代精神之核心者，就是最优秀的作家"，并指出"艺术不是宣传"。苏汶则以"第三种人"自居，批评左翼文坛是"目前主义"，左翼的主张是"政治家式的策略"，他反对政治对文学的干涉与"连环画和唱本"式的大众文艺化。苏汶还批评左翼作品"不但在量上不见其增多，甚至连质都未见得有多大进展"，认为左翼作家是"左而不作"。随后，左翼批评家冯雪峰、瞿秋白、周扬、鲁迅等对他们展开了批评。冯雪峰认为"自由人"的观点是"进攻整个普洛革命文学运动""是文学的阶级的任务之取消"。瞿秋白指出，"胡秋原先生的艺术理论其实就是变相的艺术至上论"，"每一个文学家，不论他们有意的，无意的，不论他是在动笔，或者是沉默着，他们始终是某一阶级的意识形态的代表"。周扬认为"无产阶级文学是无产阶级斗争中的有力的武器。无产阶级作家就是用这个武器来服务于革命目的的战士"，政治的正确就是文学的正确，文学与政治二元论的观点是不能成立的。鲁迅指出"生在有阶级的社会里要做超阶级的作家，生在战斗的时代而要离开战斗而独立，生在现在而要做给与将来的作品，这样的人，实在也是一个心造的幻影，在现实世界上是没有的"。"自由人"胡秋原和"第三种人"苏汶的出现，表现了部分文学家对文学批评中政治话语的反感以及对机械唯物批评方法的不满，左翼批评家在论争中也暴露出理论上的机械论。

三、左翼文学与"性灵文学"的论争

"性灵文学"的代表人物是林语堂。1932年9月，林语堂主编的《论语》半月刊在上海创刊，该刊是林语堂创办的三大小品幽默杂志之一。在林语堂的大力倡导下，文坛很快刮起了幽默风。鲁迅在《论语》创办后，先后发表了《从讽刺到幽默》《从幽默到正经》《论语一年》等文，对幽默给予了一定肯定，认为当时幽默的兴起与反动派的压迫有关，同时指出，在中国"幽默"是不会"长久"的。面对20世纪30年代险恶

的政治环境，鲁迅认为幽默最容易"将屠户的凶残，使大家化为一笑"，是不符合国情和时代需要的。林语堂作为我国现代文学史上第一个提倡幽默的著名作家，他确立幽默的概念，探讨幽默传统，对我国幽默理论基础的建立和幽默文学的发展做出了重要贡献。1934 年 4 月，林语堂又创办了《人间世》半月刊，大力提倡写作既"不谈政治"也不"吟弄花草"，但是与社会人生有关的小品文。在政治、经济矛盾十分尖锐的 20 世纪 30 年代，提倡远离政治的小品文，表现出对现实的逃避。鲁迅在《小品文的危机》一文中说："生存的小品文，必须是匕首，是投枪，能和读者一同杀出一条生存的血路的东西；但自然，它也能给人愉快和休息，然而这并不是'小摆设'。"他批评"小摆设"的小品文："何况在风沙扑面，狼虎成群的时候，谁还有这许多闲工夫，来赏玩琥珀扇坠，翡翠戒指呢？"鲁迅提倡作家创作具有战斗性的小品文。

四、左翼文学与"京派"的论争

左翼文学与"京派"第一场论争发生在左翼作家和朱光潜之间。朱光潜受西方美学理想的影响，主张心理距离说和移情说，奉"静穆"为最高审美境界，在艺术中追求"和谐"，要求技巧运用要"恰当"，创作感情的表现要"节制"。与此相反，左翼作家主张战斗的、力的美，鲁迅在《"题未定"草·七》中指出，一切伟大的作家都应是时代的先驱，不能对现实生活的矛盾斗争采取超然态度。第二场论争发生在左翼作家和沈从文之间。沈从文于 1936 年 10 月发表《作家间需要一种新运动》，认为当时文坛的创作普遍存在"差不多"的现象，无论是小品文，还是诗歌，抑或是小说，都给人一种同样的印象——作家缺少独立的创见，"记着时代，忘了艺术"，因此他主张进行一项"反差不多运动"。许多作家对沈从文的观点展开了批评，茅盾于 1937 年 7 月分别在《文学》《中流》上发表《新文学前途有危机吗？》《关于"差不多"》，对沈从文把文学的时代性与永久性对立起来的观点进行了批评。后来，沈从文又发表《再谈差不多》，进一步强调："要中国新文学有更好的成绩，在民主式的自由发展下，少受凝固的观念和变动无时风气所控制，成就也许会更大一些。"从中可以看出，沈从文并没有接受左翼作家的批评，而是始终坚持自己的文艺远离政治的文学观点。

由于时代环境的急剧变化，此时期的论争也表现出一些特点：论争集中在文学艺术发展的外部关系，即文学艺术与社会、国家、阶级、人民、社会等的关系，很少关注文学艺术内部关系、美学范畴的问题；一些论争的问题未能充分展开；马克思主义文艺思潮成为主潮，自由主义文艺思潮对主流文学起到某种补充作用。

必读文献

李初梨：《怎样地建设革命文学》

钱杏邨：《死去了的阿Q时代》

茅盾：《从牯岭到东京》

鲁迅：《文艺与革命》《"硬译"与"文学的阶级性"》

梁实秋：《文学与革命》

朱光潜：《谈美》

课后巩固与练习

（1）评析左联的历史功绩和不足。

（2）评析左翼文艺思潮得失。

（3）简述左翼文艺思潮与自由主义文艺思潮的对峙状况。

第三章 文学思潮与运动（三）

本章主要内容

本章介绍中国现代文学在 1937 年 7 月至 1949 年 9 月的文学思潮与运动，具体包括 20 世纪 40 年代文学的发展和分布、文学论争。通过本章的学习，学生应掌握以下内容：

1. 20 世纪 40 年代文学的发展与分布。

2. 文学论争。

本章知识结构图

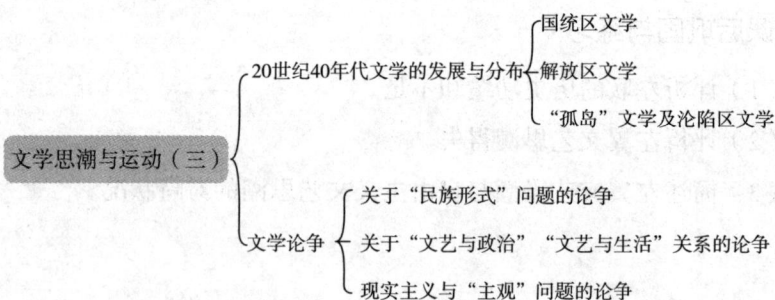

文学思潮与运动（三）
- 20世纪40年代文学的发展与分布
  - 国统区文学
  - 解放区文学
  - "孤岛"文学及沦陷区文学
- 文学论争
  - 关于"民族形式"问题的论争
  - 关于"文艺与政治""文艺与生活"关系的论争
  - 现实主义与"主观"问题的论争

图 3.1　第三章的知识结构图

本章涉及的实践教学环节

本章涉及的实践教学环节主要是了解 1937 年 7 月至 1949 年 9 月文学思潮与运动概况，深入理解文学、社会、政治间的相互作用，理解战争、民族危亡与文学的关系。

本章思政凝练

此时期的文学思潮与运动和战争发生了紧密的联系，从抗战初期到抗战相持阶段，知识分子都以自己独特的文学方式关注着国家与民族。毛泽东《在延安文艺座谈会上的讲话》更是将文学与人民大众紧密联系起来。

第一节　20 世纪 40 年代文学的发展与分布

20 世纪 40 年代的文学，是指从 1937 年 7 月抗日战争全面爆发到 1949 年 7 月第一次中华全国文学艺术工作者代表大会（简称文代会）在北京召开这一时期的文学。这一时期的文学最显著的特征就是文学跟战争、民族危亡产生了密切的联系，战时的地域政治文化对文学的发展产生了重要的影响。这一时期的中国文学界可划分为几个部分：国统区文学、解放区文学、"孤岛"文学以及沦陷区文学。

国统区文学是指国民党统治区的文学。国统区在全国所占面积最大，拥有作家最多，且有不同的流派，文学思潮与运动比其他区域活跃得多，因此更能代表 20 世纪 40 年代文学的主要成绩。虽然抗日战争的全面爆发导致国统区文学形成共同的创作基调，但随着战争形势的变化，不同阶段呈现出了不同的审美倾向，文学创作潮流与趋势的阶段性特征非常明显，主要可分为三个时期。

　　从 1937 年 7 月卢沟桥事变到 1938 年 10 月广州、武汉失守，是战略防御阶段。此阶段国统区文学的基调是昂扬的英雄主义，救亡压倒一切，重视文学的时代性、战斗性。文学的主题是抗日救亡、爱国主义与民族主义。在文学形式上，此阶段的文学注重实效性、宣传性、鼓动性，通俗化、大众化的小型轻便的文艺形式成为文坛主角。诗歌空前繁荣；报告文学、战地通讯题材创作由于便于鼓舞斗志取得丰硕成果；大量朗诵诗、街头诗等，因短小精悍而又能够及时表达时代主题，也成为此阶段文学创作的一个主要形式。此阶段另一个重大事件是中华全国文艺界抗敌协会于 1938 年 3 月 27 日在武汉成立。该协会几乎包括了当时中国文艺界所有的派别，创办了自己的机关刊物《抗战文艺》，积极响应"文章下乡，文章入伍"的号召，要求作家、文学、文艺要跟时代、抗战主题紧密联系在一起。该协会的成立标志着文艺界空前的统一，齐心协力，共赴国难。1945 年抗战胜利后，该协会更名为"中华全国文艺协会"。

　　1938 年 10 月到 1943 年 12 月，是战略相持阶段。此阶段国内政治形势发生急剧逆转，社会心理与时代氛围也随之变化，文学创作转为正视战争的残酷性和取得胜利的艰巨性，其基调表现为沉郁、苦闷。在沉郁、苦闷的情绪中，很多作家勇敢面对黑暗，解剖民族痼疾，由此形成了以《在其香居茶馆里》《腐蚀》等为代表的讽刺性作品，同时掀起了以郭沫若的《屈原》为代表的历史剧的创作热潮。在知识分子题材方面，作家开始重新审视、探讨知识分子的历史道路，如路翎的《财主底儿女们》、李广田的《引力》。

　　从 1944 年 1 月到 1945 年 8 月日本宣布无条件投降，是战略反攻阶段。在此阶段及解放战争时期，国统区爆发了爱国民主运动，文学与这次运动相结合，讽刺成为主调，出现了许多具有喜剧性批判色彩的作品。文学主题和题材主要集中在对黑暗的诅咒、对腐朽现实政治的否定以及知识分子在新时代到来之前的自我内省与历史总结。戏剧方面有丁西林的《三块钱国币》、陈白尘的《升官图》等；小说方面有钱锺书的

《围城》、张恨水的《八十一梦》等；诗歌方面有袁水拍的《马凡陀的山歌》等。

解放区文学是指以延安为主要阵地的中国共产党领导的敌后根据地的文学，其创作基调明朗、朴素。具体来说，解放区文学更多地歌颂新社会新制度的光明面，歌颂人民群众的斗争生活，翻身解放的“新人”成为文学的主角；在形式上，借鉴农民喜闻乐见的传统民间艺术形式，创造了新评书体小说、新章回体小说、民歌体叙事诗、新歌剧等文艺形式，使文学走向了大众化的道路。主要成就有赵树理、孙犁、丁玲、周立波的小说；李季、阮章竞等的民歌体叙事诗；贺敬之、丁毅等的新歌剧；《新儿女英雄传》《洋铁桶的故事》《吕梁英雄传》等新章回体小说；秧歌剧《兄妹开荒》《夫妻识字》等。

“孤岛”文学是指从1937年11月上海沦陷到1941年12月8日“珍珠港事变”爆发这段时间，一部分留在上海租界的作家，在类似孤岛的特殊环境中仍然坚持创作，利用各种艺术形式配合抗日救亡运动，史称“孤岛”文学。其中戏剧创作较为活跃，有于伶的《夜上海》、阿英的《碧血花》等。

沦陷区文学是指1941年12月太平洋战争爆发，上海的文学创作结束了“孤岛”文学时代，和东北沦陷区文学、华北沦陷区文学一起被称为“沦陷区文学”。因为沦陷区在日伪的高压统治下，所以沦陷区文学呈现出一些不同于其他文学的特点。首先是沦陷区的文学从时代中心主题向日常生活和对永久人性的描绘转变。其次是坚持英雄主义、浪漫主义的文学传统。有些作家仍然坚持揭示沦陷区人民的生存困境以及不屈不挠的生存意志，表现出英雄主义和浪漫主义的倾向。最后是雅俗的融合，“雅文学”“俗文学”从绝对对立走向相互融合。沦陷区的通俗小说非常繁荣，以上海为中心的职业化、商业化的剧场戏剧也比较繁荣，出现了钱锺书、师陀、张爱玲等作家。

整体来说，20世纪40年代的文学，受毛泽东《在延安文艺座谈会上的讲话》的影响，更加关注人民大众的问题，强调文艺的工农兵方向，缩短了文学与大众的距离，同时扭转了五四运动以来文学创作过于欧化的局面。关于文艺与政治的关系问题，这时期强调"政治标准第一""艺术标准第二"，但政治内容与艺术形式的完美结合，才是理想的文学境界。

第二节　文学论争

由于战争的因素，文学思潮呈现出纷繁的状态，文学论争也较为频繁和激烈。

一、关于"民族形式"问题的论争

这场论争是20世纪40年代进步文艺界内部展开的一次重要的文艺论争，是20世纪30年代文艺大众化运动在新形势下的发展。"民族形式"是1938年毛泽东在《中国共产党在民族战争中的地位》的报告中提出的。毛泽东在该报告中关于"民族形式"的一些主张，指导和推进了20世纪40年代关于"民族形式"的讨论。

此次讨论的焦点在如何看待"民族形式"的来源上。延安的讨论激烈而热闹，国统区由于讨论分歧较大，引起了论争。向林冰重视民间旧形式，认为"民间形式为民族形式的中心源泉"，强调创造新民族形式的途径就是运用民间形式。同时，向林冰强调"新质发生在旧质胎内"，并以此为前提，提出民族形式的创造应以"先行存在的文艺形式"为基础，否定五四运动以来新文学借鉴外国的成功经验以及一切新文学。葛一虹则完全否定民间形式有可继承的合理成分，全盘肯定新文学，无视新文学与人民大众脱节的缺点，并将新文学与劳动大众的隔膜归结为民众文化水准太低。

直到 1940 年下半年，《新华日报》举办座谈会，关于民族形式的讨论才向更高的层次提升。在这个时期，郭沫若、胡风、茅盾对"民族形式"进行了比较全面的论述。论述内容涉及内容与形式、如何对待中外文化遗产、如何创造新的民族形式等。郭沫若提出：民族形式的中心源泉毫无可议的是现实生活。胡风也提出：不能离开内容去独立地把握形式，民族形式应该是反映民族现实的新民主主义内容所要求的形式。

二、关于"文艺与政治""文艺与生活"关系的论争

关于"文艺与政治""文艺与生活"关系的论争主要有两场：一场是延安整风期间关于文艺与政治、生活关系的讨论，以及由此引发的对王实味等的批判；另一场是 1945 年由话剧《清明前后》《芳草天涯》引发的相关讨论。

延安整风期间，周扬发表文章，鼓励作家要正视生活，理解生活，对现实生活既要有歌颂，也要有批评。正是在周扬文章的鼓励下，延安的作家纷纷发文，表达对文学的见解，对当时延安存在的"阴暗面"和"黑暗面"提出批评意见。例如，丁玲、王实味、罗峰、艾青等强调文学的真实性和独立性，指出要以文学为武器进行批评和自我批评，并将自己的看法付诸文学创作。丁玲的小说《在医院中》揭露了延安解放区的官僚主义和小生产者的习气，杂文《三八节有感》明确地揭露了当时延安妇女事实上遭受的不平等现象；王实味的《野百合花》、罗峰的《还是杂文的时代》，都表达了他们对现实生活的认识和理解。作家希望通过对这些弊端的批判，推动革命事业更顺利地发展。

1945 年，茅盾的话剧《清明前后》、夏衍的话剧《芳草天涯》在重庆上演，引起了激烈的论争。一种观点认为《清明前后》的政治倾向太明显，体现了大后方文学创作的公式化、概念化倾向；另一种观点认为

《芳草天涯》虽有一定的艺术特色，但疏离政治，是有害的。随后何其芳、邵荃麟、冯雪峰等都发表文章，表达他们对文艺和政治的不同看法。

三、现实主义与"主观"问题的论争

这场论争是 20 世纪 40 年代发生在国统区的一场论争。起因是毛泽东《在延安文艺座谈会上的讲话》传到国统区后，在学习讨论的过程中，为了解决文学理论上一些亟待解决的基本问题，写出真正好的作品来，作家们各抒己见，提出了许多建议。

胡风从 20 世纪 30 年代起就坚持批评文学创作中的公式主义和客观主义倾向，认为公式化、概念化作品的产生，根本原因是教条主义扼杀了创作个性和创造精神，为了使作家的主观精神不致衰落，就必须加强作家的"人格力量""战斗要求"，即作者的主体因素在创作中的决定作用。胡风的文学理论关注作者的主体因素在创作中的决定作用，坚持一种能动的"反映论"，提倡重体验的现实主义。

胡风的"主观战斗精神"受到了普遍的批评。批评者认为胡风及其支持者将"主观"提到了决定性的位置，背离了辩证唯物论的基本原则，陷入了唯心论的陷阱。他们认为决定创作的最重要的因素是作家的思想认识、世界观，不能离开阶级分析谈主观精神问题。

外界对胡风的批判促使胡风深入思考，他以"主观战斗精神"为基础，有针对性地提出了三个重要的观点：一是"到处都有生活"说，主张作家创作题材选择的自由性；二是"精神奴役创伤"说，要求群众正视自身的"奴役创伤"并加以改造，作家应继承鲁迅改造国民性的精神；三是"世界进步文艺支流"说，肯定世界进步文学对中国文学的影响。

胡风的这些理论受到了广泛的批评。与胡风"到处都有生活"说不同的是，多数批评者认为生活应当依据政治标准分为主流和支流、本质与非本质、光明与黑暗等，并要求革命作家以体现主流、本质、光明的生活为主要内容；他们认为"精神奴役创伤"说也背离了人民是历史发

展动力的马克思主义观点，认为人民的缺点可以批判，但不是靠主观精神和人格力量，而是要真正熟悉人民生活，用人民主体的健康精神来批判人民的奴役创伤，因此作家必须长期无条件地、全心全意地到工农兵群众中去，改造自己的主观世界。

关于现实主义和"主观"问题的论争从 20 世纪 40 年代前期开始，到 1948 年结束，持续时间较长，探讨也比较深入。胡风的理论探求是对新文学某些局限的一次不成熟的反思，其理论价值在当时没有得到重视，到 20 世纪 80 年代以后才得到应有的客观评价。

必读文献

毛泽东：《在延安文艺座谈会上的讲话》

胡风：《论现实主义的路》

李泽厚：《中国现代思想史论》

课后巩固与练习

（1）简述关于"民族形式"问题的论争。

（2）简述胡风"主观精神说"的内容。

（3）简述国统区文学的发展及特点。

模块二：

作家作品

第四章　20世纪20年代作家作品

本章主要内容

本章主要介绍 20 世纪 20 年具有代表性的作家鲁迅、郭沫若的生平及创作成果。通过本章的学习，学生应掌握以下内容：

1. 鲁迅生平及创作概况与思想，重点熟悉《呐喊》《彷徨》《野草》《朝花夕拾》。

2. 郭沫若的诗歌创作及历史剧创作的成就与特征。

本章知识结构图

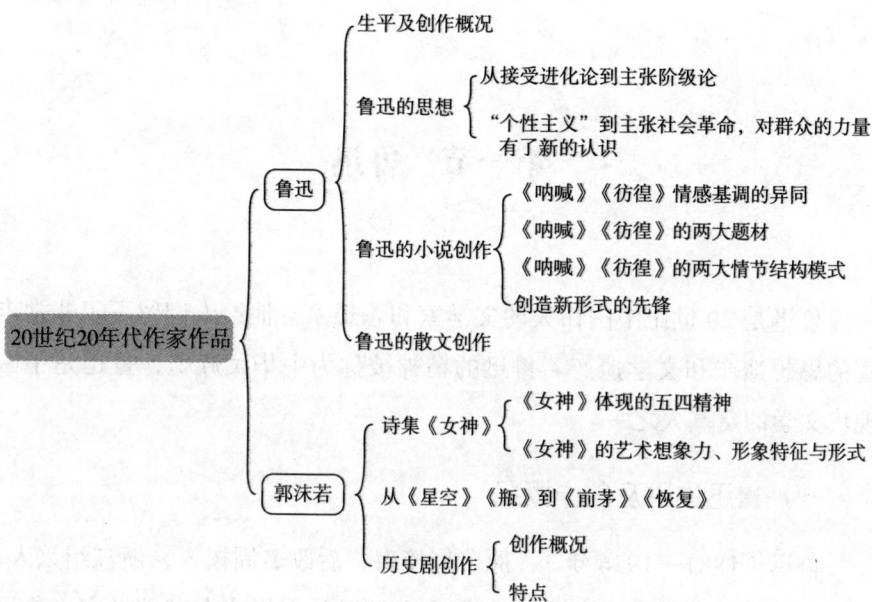

图 4.1　第四章的知识结构图

本章涉及的实践教学环节

本章涉及的实践教学环节主要是了解鲁迅、郭沫若两位作家的生平、创作及文学成就。通过文本阅读，结合时代背景，深入理解新旧更替时期作家复杂矛盾的心理及思想，从而深入理解其文学作品背后的思想意蕴。

本章思政凝练

深入理解鲁迅、郭沫若深沉的爱国主义情感，挖掘他们的作品中蕴含的家国情怀。了解他们的生平经历及人生理想追求，凝练培养青年学生积极向上、关怀国家发展的家国情怀。

第一节　鲁迅

鲁迅是 20 世纪中国伟大的文学家和思想家，他给人们留下了非常丰富的思想遗产和文学遗产。鲁迅的精神被称为中华民族魂，鲁迅是中国现代文学的奠基人之一。

一、鲁迅生平及创作概况

鲁迅（1881—1936 年），原名周樟寿，后改名周树人，浙江绍兴人。鲁迅出生在一个没落的封建士大夫家庭，祖父周福清在京城做官。鲁迅儿童和少年时期衣食无忧，但在他 12 岁的时候，家庭发生了重大变故，祖父因科考贿赂案被捕入狱。接着，他的父亲得了重病，不治而亡。这样的变故使得周家陷入了经济的困顿，少年鲁迅因此常常出入当铺和药铺，还曾寄人篱下，到乡下的舅父家避难。1898 年，鲁迅去南京求学，先后在江南水师学堂和江南陆师学堂附设的矿务铁路学堂学习，其间他接触到包括自然科学、社会科学在内的新思想，对其影响最大的当数严复翻译的《天演论》。1902 年，鲁迅去日本留学，先在东京弘文学院学习日语，1904 年，去仙台医学专门学校学习。学习期间，一次偶然的"幻灯片"事件让鲁迅认识到想要改变民族的命运，首先要改变的是国人的精神，最能改变中国人精神的首推文学和艺术，所以他决意放弃学医而选择文学。1906 年，鲁迅离开仙台医学专门学校，到东京从事文学活动。从 1907 年开始，他发表了一系列非常重要的论文，如《摩罗诗力说》《文化偏至论》，提出了鲜明的"立国必先立人"的重要思想。同时，他还开展了一些积极的文学活动，和弟弟周作人合译了《域外小说集》。

1909 年，鲁迅回国，先后在浙江两级师范学堂、绍兴府中学堂等地方任教。1912 年 5 月，应教育总长蔡元培之邀，到教育部任职。从该年起至 1917 年，鲁迅苦闷而消沉，他亲历了辛亥革命的失败，加之工作的乏味与情感生活的不顺，致使鲁迅退回到一己书斋中抄写古碑，整理经文。新文化运动的兴起，促成了鲁迅人生中的又一次重要转折，在时代潮流的感召下和友人的鼓动下，鲁迅压抑已久的思想情感像流岩一样，通过文学作品猛烈地喷发出来。1918 年，他首次使用鲁迅的笔名，发表了中国现代文学史上第一篇用现代体式创作的白话小说《狂人日记》。之后，鲁迅又连续发表了一系列小说，并创作了许多精悍、锋利的杂文，收在《坟》《热风》《华盖集》中。在文学创作之余，鲁迅积极参与组织文学社团，编辑新文学刊物。新文化运动之后，鲁迅先后在北京女子师范大学、北京大学任教，致力中国小说的研究和讲授。在"女师大事件"中，鲁迅以无比坚定的勇气站在学生的立场上与北洋政府进行斗争。"三一八"惨案发生后不久，北京环境逐渐恶化，教育界人人自危，纷纷南下。

1926 年 6 月，经林语堂介绍，鲁迅到厦门大学任教。1927 年又辗转受聘中山大学，任中山大学文科主任兼教务主任。1927 年 4 月 12 日，蒋介石在上海发动"四一二"反革命政变，三天后，广州发动"四一五"反革命政变。其中许多共产党人和工人被杀害，残酷的事实再一次使鲁迅受到巨大的冲击，他感到无比悲愤和痛苦。1927 年 10 月，鲁迅和许广平一起从广州抵达上海，从此定居上海，开启了生命中最后十年的生活。1928 年，鲁迅与创造社、太阳社展开关于革命文学的论争，论争逼着鲁迅开始学习马克思主义的书籍，加深了他对现实革命斗争的认识和对马克思主义的理解，促使他成为无产阶级的真正友人与战士。1930 年，左联在上海成立，鲁迅列名发起人，并参与左联的领导工作。鲁迅后期主要以杂文为武器进行战斗，同时，他还坚定地站在政治斗争与社会斗争的前列，热情支持左翼文艺运动。

1936 年 10 月 19 日，鲁迅在上海逝世，走完了他辉煌的一生。

鲁迅的文学创作成就主要体现在小说、散文、杂文方面。小说集有《呐喊》《彷徨》《故事新编》；散文集有《野草》《朝花夕拾》；杂文是鲁迅创作中数量最多的文学作品，主要杂文集有《坟》《热风》《华盖集》《华盖集续编》《而已集》《三闲集》《二心集》《南腔北调集》《伪自由书》《且介亭杂文》《且介亭杂文二集》等。

二、鲁迅的思想

鲁迅的一生正好处在中国社会向现代转型过程中极为曲折的历史时期，因此他的思想充满了变化，他的思想是丰富、复杂，甚至矛盾的。总体上，学界通常以 1927 年为界把鲁迅的思想分为前后两期，其思想经历了由前期接受进化论到后期主张阶级论的变化，从前期相信个性主义到后期主张社会革命，对群众的力量有了新的认识。

（一）从接受进化论到主张阶级论

进化论是鲁迅早期思想中非常鲜明的特征，早在南京求学期间，鲁迅就受到进化论的影响。在日本留学期间，他潜心研究了包括进化论在内的西方自然科学和社会科学。鲁迅在接受进化论的过程中，一方面对资产阶级改良派否认质变与革命的庸俗进化论进行批判，另一方面对社会达尔文主义中弱肉强食的消极因素进行了摈弃，提出弱小民族联合自卫反抗帝国主义侵略的思想。鲁迅在进化论思想中汲取了注重生存斗争、相信事物新陈代谢和强调人类精神发展的重要性等积极思想。在此基础上，鲁迅猛烈抨击封建制度和礼教，坚信"将来必胜于过去，青年必胜于老年"，这为鲁迅后期主张社会变革提供了思想动力。进化论在强调物竞天择、适者生存的同时，忽略了人类社会进步过程中的斗争性与曲折性。20 世纪 20 年代中后期，鲁迅亲历了五卅运动、"三一八"惨案、"四一五"反革命政变等事件，帝国主义和中国封建势力勾结在一起，用强大的反革命武装来镇压革命人民，在血的事实面前，鲁迅受到很大的冲击。在此过程中，鲁迅目睹了青年的分化，致使鲁迅坚持的"将来必胜于过去，青年必胜于老年"的思想逐渐发生了变化，他开始接受马克思主义唯物论和阶级论的观念。其实早在五四运动时期，鲁迅便接触过马克思主义的相关理论并进行了学习，1928年在与太阳社、创造社的革命文学论争中更是阅读了更多的马克思主义著作，这时鲁迅就用马克思主义阶级观念来分析社会现象，自觉地用阶级论为武器，参与当时的文学论争。值得注意的是，鲁迅虽接受了马克思主义阶级论和唯物论，但他并未放弃知识分子思想和行动的独立性，仍然用怀疑的目光审视着一切。

（二）从相信个性主义到主张社会革命，对群众的力量有了新的认识

在鲁迅早期的思想中，个性主义也是一个非常鲜明的特征。这集中反映在他的文章《文化偏至论》《摩罗诗力说》中。在《摩罗诗力说》中，鲁迅鲜明地提出了"立人思想"，他认为"立人而后凡事举"，要"尊个性而张精神""掊物质而张灵明，任个人而排众数"。

鲁迅以个性解放为口号，反对帝国主义侵略和封建主义的束缚。后期，鲁迅在新的社会事实面前，思想发生了变化，逐渐趋于成熟。例如，鲁迅看到了社会革命的重要性，认为社会进步不能仅依天才和超人，对群众的力量有了新的认识。他在《革命时代的文学》中说："中国现在的社会情状，止有实地的革命战争，一首诗吓不走孙传芳，一炮就把孙传芳轰走了。"在《中国无产阶级革命文学和前驱的血》中说："大众存在一日，壮大一日，无产阶级革命文学也就滋长一日。"

总之，鲁迅思想的变化具有过程性，在变化过程中，前期思想中的积极成果被不断深化，使得鲁迅后期的思想更成熟、更深刻、更丰富了。

三、鲁迅的小说创作

鲁迅一生共有三本小说集:《呐喊》《彷徨》《故事新编》。《呐喊》出版于 1923 年，收入了小说《孔乙己》《药》《明天》《一件小事》《故乡》《头发的故事》《阿 Q 正传》等 14 篇;《彷徨》出版于 1926 年，收入了小说《在酒楼上》《幸福的家庭》《肥皂》《长明灯》《孤独者》《伤逝》等 11 篇。

（一）《呐喊》《彷徨》情感基调的异同

《呐喊》《彷徨》由于创作时间不同，其情感基调也有所不同。《呐喊》充满了强烈的、充沛的战斗激情，充分体现了时代精神。而《彷徨》情感基调较为低落。和《呐喊》相比，《彷徨》显得更沉郁、深蕴，题材上也以知识分子形象居多。

但《呐喊》《彷徨》也有共同的思想基础，这就是对启蒙主义话语与实践的复杂态度。

晚清以来的知识分子大都抱着启蒙主义的态度进行文学创作，鲁迅也不例外，其中国民性问题是作家关注最多、最深刻的主题。《呐喊》《彷徨》中始终贯穿着国民性批判的主题，鲁迅在对封建专制文化吃人本质进行深刻批判的同时，将笔触深入国民精神深处，探索国民的心理痼疾，展开对国民性的深刻反省，由此，人们可以看到鲁迅对启蒙主义的一种坚持。但更为复杂的是，鲁迅一方面在坚持启蒙主义，另一方面却对其产生严重的质疑。例如，在《药》的夏瑜的坟上凭空增添了一个花环，也在《明天》里不叙述单四嫂子竟没有做到看见儿子的梦，他质疑黑暗的铁屋子仅凭思想的批判是否能够摧毁，把熟睡的人唤醒是否能给予他们出路的指引。这里人们可以看到鲁迅对启蒙主义的怀疑。同时他深刻地意识到，启蒙者所批判的封建传统文化，已经渗透到国民精神深处，在漫长的历史中形成国人文化心理的结构，难以完全拔掉，甚至自己也成了那个封建传统文化的承载者，身上附着一种毒气和鬼气。总而言之，鲁迅的启蒙主义态度是复杂的，在坚持中质疑，又在质疑中坚持，充满了内在张力。

（二）《呐喊》《彷徨》的两大题材

从《呐喊》到《彷徨》，鲁迅描写了非常多的农民形象，他是农民问题最深切的关注者。无论是《明天》中的单四嫂子、《祝福》中的祥林嫂、《离婚》中的爱姑，还是《药》中的华老栓、《故乡》中的闰土以及《风波》中的七斤、《阿 Q 正传》中的阿 Q 等，他们一方面承受着苦难、悲惨，另一方面承载着封建因袭的重担，愚昧而麻木。鲁迅对底层劳动人民施以深深同情的同时，着力表现了长期处于封建专制奴役下中国底层农民在精神上的病态和弱点，把批判的锋芒直接指向了毒害人们灵魂的封建宗法制度和封建思想。

除农民题材之外，鲁迅在《呐喊》《彷徨》中还塑造了大量的知识分子形象，几乎囊括了五四运动前后不同历史阶段中国社会新旧知识分子阶层的全部构成。例如，以孔乙己为代表的受封建思想毒害的旧社会文人，对待这类知识分子，鲁迅一方面揭露了封建科举考试制度的弊害，另一方面对他们被封建思想侵蚀，不仅四体不勤、五谷不分，还一心追求功名利禄进行了揭露和批判。

又如，以《肥皂》中的四铭、《高老夫子》中的高尔础为代表的虚伪无耻的封建复古派或卫道士的形象，这类人道貌岸然，极力维护封建文化道德，实际上道德败坏，灵魂卑劣无耻，是在新思潮冲击下的思想怪胎。

再如，以《狂人日记》中的狂人、《长明灯》中的"疯子"为代表的觉醒者形象，这些形象往往带有强烈的悲剧色彩。鲁迅通过塑造这些形象，对封建社会的弊端进行了猛烈批判。

此外，鲁迅倾力最多的是辛亥革命以后到五四运动落幕时期、由叛逆而趋于彷徨的知识分子形象。例如，《在酒楼上》中的吕纬甫和《孤独者》中的魏连殳，这两位都曾意气风发，是五四运动的闯将，但后来变得消沉，成为苟活者或以死亡的方式对社会做最后的反抗。在此类小说中，鲁迅一方面批判了黑暗的社会现实和腐朽的文化，另一方面揭示了知识分子自身精神的软弱性。又如，《伤逝》中的涓生，也是五四运动之后年轻知识分子的典型，他和子君为了追求个人的自由与幸福，毅然同封建家庭决裂，生活在一起。但他们的悲剧却昭示人们知识分子个人的幸福最终要依赖整个社会环境的进步，而个人也不能只停留在狭窄的一己空间中，失去奋斗的理想，这样终归走向失败。总之，在这两部小说集中，鲁迅塑造了不同时期不同类型的众多知识分子形象，表现了鲁迅小说丰富的文化内涵，既体现了反封建的主题，也体现了鲁迅对知识分子命运与道路的思索和对自我精神世界的剖析。

（三）《呐喊》《彷徨》的两大情节结构模式

第一类情节结构模式是"看/被看"的模式，其中包括群众之间的看/被看和先驱者与群众（启蒙者和被启蒙者）之间的看/被看。例如，单四嫂子、祥林嫂身边便围绕着一大批看客，呈现出人与人之间关系的冷漠，表现出国民的麻木与冷酷。而在小说《示众》中，鲁迅用漫画式的笔法以及深厚的白描功底，为读者描绘了一场看客的盛宴。而在小说《药》中，革命者夏瑜的鲜血被华老栓当药引治病，革命者的崇高被作为看客的普通民众彻底消解，在这里，鲁迅的批判是双向的，他将批判的矛头首先指向了作为庸众的看客，其次指向了启蒙者自身。这也体现了鲁迅一方面宣扬启蒙主义，另一方面又对其有深深的质疑。同时显示了鲁迅小说创作内在的丰富性。

第二类情节结构模式是"归乡模式"，即"离去—归来—再离去"的模式。例如，小说《故乡》中主人公"我"，阔别20多年回到故乡，看到儿时的玩伴闰土的变化，看到了豆腐西施的势力，最终"我"绝望而走。又如，小说《祝福》写"我"在旧历年底回到故乡，暂住在本家鲁四老爷家，遇到祥林嫂逼问人死后有无灵魂？会不会入地狱？无法回答，第二天决计要走。再如，小说《在酒楼上》中"我"回到阔别多年的故乡，在酒楼上遇到昔日同学吕纬甫，经过交谈，"我"走出酒店离开故乡。这种模式首先是中国知识分子在城市与乡土、现代与传统之间徘徊犹疑的人生轨迹或命运的隐秘表达，流露出现代知识分子无家可归的悬浮感和漂泊感，表现出鲁迅对现代中国知识分子命运和道路深深的思考。

（四）格式的特别：创造新形式的先锋

鲁迅被称为"中国现代小说之父"，不仅在于他小说思想内容的深刻，还在于他创造了既现代又中国化的小说新形式，对中国传统小说的创作和发展产生了深远的影响，由此，鲁迅也被称为创造新形式的先锋。

鲁迅突破传统小说的创作模式，吸取中外文学小说创作经验，并进行大胆的融合、实验与创新。鲁迅善于运用白描的手法刻画人物形象。与传统小说讲究故事性相比，在《呐喊》《彷徨》中，鲁迅使用截取横断面的写法，场面比较集中，情节比较单纯，故事性也不是很强，小说完全按照内容表现的需要直接剪接场景和细节。鲁迅小说的叙事角度多元化，不再局限于传统小说第三人称的全知视角，而尝试了多种叙述角度的组合。此外，鲁迅还善于运用象征、意识流、精神分析、心理分析等现代艺术手法进行小说创作。

例如，小说《狂人日记》在艺术表现上非常有特点，主要表现在写实与象征交融上，不仅写出了一个精神病人真实的心理活动和行为表现，还用象征的手法揭露了封建社会吃人的本质。《狂人日记》采用日记体的形式，用第一人称的自白揭示了人物真实的心理活动，有效地突出人物的形象和性格。《狂人日记》由小序的文言文和正文的白话文形成双重叙述角度，形成有力的反讽。

四、鲁迅的散文创作

《朝花夕拾》《野草》两部集子是鲁迅散文创作的代表作，它们一方面是鲁迅最个人化的写作，融入了鲁迅的生命哲学；另一方面开创了现代散文的两个创作潮流和传统，即"闲话风"散文与"独语体"散文。

《朝花夕拾》作于 1926 年，共 10 篇，最初以《旧事重提》为总题目陆续发表于《莽原》杂志。之后，鲁迅对其进行了重新编订，并改名为《朝花夕拾》。这部散文集主要以回忆性散文为主，如《从百草园到三味书屋》《藤野先生》《阿长与〈山海经〉》等人们所熟知的名篇。《朝花夕拾》的内容非常丰富，不仅包括鲁迅对童年生活及亲人，求学时期的老师、朋友的回忆，还有对封建文化的激烈抨击。从农村到城镇、从家庭到社会、从中国到日本，这部散文集真实生动地反映了那个时代社会生活的一角。《朝花夕拾》是一种"闲话风"的散文风格，题材选择随意，任心而谈，自然亲切。

《野草》收录散文诗 23 篇，最初陆续发表于《语丝》周刊上，1927年 4 月由鲁迅亲自编定，同年 7 月由北新书局出版。《野草》被认为是鲁迅最晦涩难懂的作品，体现出"独语体"散文的特点，这种散文以作者与读者之间的紧张与排拒为存在前提，径直逼视作者自己灵魂最深处，捕捉微妙的、难以言传的感觉、情绪、心理、意识，以进行更深层次的哲理思考。这种散文主要表达作者潜意识中微妙的情绪心理，在某种程度它拒绝读者，是一种完全内向性的散文创作模式。

《野草》的内容主要分为两方面：一方面是对现实的呼应，如《淡淡的血痕中》《一觉》都以"三一八"惨案为直接写作背景；另一方面是突出个人化的写作特征，以曲折幽晦的象征表达了 20 世纪 20 年代中后期鲁迅内心世界的苦闷、彷徨和矛盾，流露出虚无的情绪，如《希望》《死火》《影的告别》《过客》等作品。《影的告别》是一篇自喻性作品，"影"宁愿被黑暗卷没，也不愿活于明暗之间，终于自我献身，为光明而灭亡。

"影"是鲁迅思想的一个侧面展现，表现了鲁迅当时复杂的内心世界。文章用象征的手法，寄托其深刻的感受，意境深远，寓意含蓄，感情浓烈。《过客》使用戏剧的形式，全篇在老翁、女孩、过客三人的对话中展开。通过对过客形象的塑造，真实地反映了鲁迅在上下求索中不畏艰险、不怕牺牲、勇往直前的战斗精神。过客和老翁是两个对立的艺术形象，通过他们的对话，批判了以老翁为代表的在探索中半途退缩、颓唐消沉的庸人形象，概括了辛亥革命以来革命探索者的不同道路和命运。而女孩则象征着充满稚气的、涉世未深的年轻人。正是对绝望虚无的深刻认识与反抗绝望的生命哲学将《野草》统一为一个整体，它是心灵炼狱中熔铸的鲁迅诗，是从孤独的个体存在升华出的鲁迅哲学。在艺术形式方面，《野草》作为独语体散文集，完全摆脱了传统写实、描摹、抒情的样式，最大限度地发挥了鲁迅的艺术想象力。在作品中，人们看到的是奇幻的场景、荒诞的情节、丰富的想象、瑰丽冷漠的色彩以及神话传说等，所有这一切为读者营造了一个全新、陌生而又奇特的艺术世界。

必读文献

鲁迅：《呐喊》《彷徨》《朝花夕拾》《野草》

王富仁：《中国反封建思想革命的一面镜子：〈呐喊〉〈彷徨〉综论》

李欧梵：《铁屋中的呐喊》

汪晖：《反抗绝望：鲁迅及其文学世界》

课后巩固与练习

（1）简述《呐喊》《彷徨》中的两大情节结构模式。

（2）简述《呐喊》《彷徨》中的两大题材。

第二节　郭沫若

郭沫若（1892—1978 年），原名郭开贞，号尚武，1892 年出生在四川省乐山市沙湾镇，现代著名作家、历史学家、考古学家，在文学上的成就主要体现在诗歌和历史剧的创作上。主要作品有诗集《女神》《前茅》《恢复》以及历史剧《三个叛逆的女性》《屈原》《虎符》等。

一、郭沫若的诗集《女神》

《女神》是郭沫若的第一本诗集，也是中国新诗发轫期最重要的一部诗集。《女神》于 1921 年 8 月出版，被认为是最能够体现时代特色、开一代诗风的诗歌创作，堪称中国现代新诗的奠基之作。《女神》中大部分诗作写于 1919—1920 年，是郭沫若在日本留学期间所作。《女神》连同序诗共有 57 篇，共分为三辑：第一辑是神话和历史题材的诗剧，即《女神之再生》《湘累》《棠棣之花》；第二辑是诗集的主题，主要有《凤凰涅槃》《炉中煤》《天狗》等读者熟悉的诗作；第三辑大部分是恬淡隽永的写景抒情短诗，多为诗人早期作品。

（一）《女神》体现的五四精神

首先，《女神》体现了作者爱国的热忱和对新生的渴望。五四运动爆发时，郭沫若虽远在日本，但仍心系国家，他感受到五四运动狂飙突进的热潮，汹涌澎湃的社会思潮和郭沫若内心情感的起伏同频共振。因此，在《女神》中，人们读到的是作者对祖国命运和民族的强烈关注以及颂扬新生、渴望祖国复兴的激情。《凤凰涅槃》选取凤凰集香木自焚而长生的神话传说，否定了冷酷如铁、腥秽如血的旧世界，表达了人们对华美芬芳的美丽新世界的向往，凸显了作者爱国的热忱和渴望自我、祖国新生的主题。《炉中煤》将五四运动后的祖国比作心爱的女郎，而将自己比作炉子里熊熊燃烧的煤，传达出作者强烈的爱国之情和为祖国奉献一切的精神。《晨安》是一首充满清新气息与自豪感的诗作，诗人在美好的晨光里向着祖国壮丽的河山、同胞发出一声声"晨安"的问候："晨安！我年青的祖国呀！／晨安！我新生的同胞呀！／晨安！我浩荡荡的南方的扬子江呀！／晨安！我冻结着的北方的黄河呀！／黄河呀！我望你胸中的冰块早早融化呀！／晨安！万里长城呀！"这一连串的问候中蕴含着作者对美好事物及祖国的满腔热爱。

其次，《女神》体现了彻底破坏和大胆创新的精神。《女神》中的诸多诗篇集中表现了诗人叛逆、破坏的精神，他敢于同旧世界决裂，并对创造新世界怀有坚定的信念，深具英雄气概和浪漫主义色彩，这种特征呼应了彻底的、革命的、除旧立新的时代精神。在《凤凰涅槃》中，凤鸟和凰鸟舍弃生命投入烈火中涅槃，显示出舍弃旧我、再造新我、与旧世界决裂的决心与气概；《女神之再生》源于女娲炼石补天的神话传说，女神在面对世界末日的到来时，决定不再炼石补天，而是任凭旧世界的毁灭，待她们创造一个新的太阳出来，"照彻天内的世界，天外的世界"，同样显示着强烈的与旧世界决裂、宣战的决心及对创造新世界的强烈信心。

最后，《女神》体现了对自我的崇尚。《女神》中充满了对自我的崇尚、张扬和赞美。在《我是个偶像崇拜者》中，诗人崇拜一切大自然中有生命力、创造力的事物，诗作最后更是表达了诗人对自我的崇拜，"我崇拜偶像破坏者，崇拜我！我又是个偶像破坏者哟！"体现了诗人打破权威与偶像的破坏精神，赞颂了自我的力量。在《女神》其他诗作中，人们同样可以读到一个气吞日月、志盖寰宇、蔑视一切权威与偶像、拥有无限充沛精力和激情的自我。这个自我突破了狭小的个人天地，不再孤独高傲、忧伤颓废，充分体现了时代要求和民族解放的要求。

在《女神》中，除对作为叛逆者的自我唱出激烈的颂歌之外，人们可以感受到这个极度夸张、张扬的自我的矛盾和痛苦。《女神》把诗人的内心世界赤裸裸地袒露在读者面前，充分展示了 20 世纪初中国青年在新旧时代交替之际，骚动而充满矛盾的内心世界。在《天狗》中，诗人开篇以"天狗"自喻，展现了其吸收天地日月之精华后，裂变与新生的紧张、痛苦，这种在痛苦坚忍的自我搏斗中裂变、求得新生的"自我"，正是五四一代青年心灵震颤的生动反映。因此，《女神》展现的精神世界，不单是乐观、激情、昂扬、欢快、热烈的，更是充满矛盾、痛苦、焦灼与挣扎的。

（二）《女神》的艺术想象力、形象特征与形式

郭沫若强调诗歌的抒情本质。作为创造社的代表作家，郭沫若在诗歌创作中坚持主情主义的文学观，认为诗歌的本质在抒情，诗歌是直觉、情调、想象加适当的文字的产物。这种主情主义的文学观，注重自我表现和情感的自然流露，把想象和情感当成诗歌最重要的因素。因此，贯穿《女神》的便是那种热烈甚至狂躁、焦灼、奔放的情绪。《天狗》中有种志盖寰宇、气吞日月的恢宏气势，反复旋转急剧呼喊却按捺不住的情绪让人喘不过气来。《凤凰涅槃》中有凤的哀鸣、凰的悲歌，也有凤凰重生后的热烈与欢唱。

《女神》创造了自由诗的形式。郭沫若主张诗歌创作不受任何形式的束缚，因此《女神》中的诗歌形式自由灵活，做到了诗体的大解放。从形式上来看，《女神》中的大部分诗作不受节数和行数的限制，也没有固定的格律，诗人的情感自然流淌，形成了诗歌的内在结构。例如，《天狗》传达了一种焦躁、狂热的情绪，与之相应的是诗歌中使用了很多短促的句式。《凤凰涅槃》中的凤歌和凰歌控诉了显示的黑暗，相应的诗人使用了较长的诗节。需要注意的是，《女神》并非完全回避押韵、排比、

复沓、对偶等格律的使用，而是不拘泥于格律，这就使得《女神》中的诗歌多姿多彩，自由而灵活，同时在自由变动中取得了某种程度上的整齐与和谐。

《女神》的艺术想象与形象体系建构在泛神论思想的基础上。《女神》中不论是对自然的礼赞，还是强烈的叛逆与创造精神，都与郭沫若早期受泛神论的影响有关。泛神论是欧洲用来反对中世纪神权的武器，泛神论者认为上帝存在于自然中，存在于万事万物中，并不凌驾于世界和人之上。因此，泛神论实际上是一种无神论，反对上帝绝对的权威性。郭沫若在日本留学时便接触到泛神论的思想，他说："泛神便是无神，一切的自然只是神的表现，我既是神，一切自然都是我的表现。"在强调人的发现、个性解放的时代背景下，郭沫若借助泛神论强化了个性思想解放，并将此作为与整个封建制度和传统观念相对抗的理论基础。不仅如此，郭沫若继承了中外文学中的浪漫主义精神，使得《女神》呈现出奇异的壮阔感和动态的诗画美，以及雄奇瑰丽的艺术风格。从泛神论出发，郭沫若将整个大自然作为自己的书写对象，因此赞美太阳、高山、光明等一切有生命力、创造力的自然事物，同时将自己的个体意志融于自然中，将自我个体升华为与宇宙、自然同体并存的力量，构成了囊括宇宙万物极其壮阔的思想体系。

二、从《星空》《瓶》到《前茅》《恢复》

郭沫若在 1923 年出版了诗歌、散文、戏曲集《星空》，由于此时期他的心理发生了变化，看到了现实的黑暗，所以在《星空》中表现出了苦闷、彷徨的情感，但诗歌技巧趋于圆熟，结构更为严谨，语言也更加凝练与含蓄。写于 1925 年春的《瓶》主要收录了郭沫若爱情题材的诗歌。《前茅》《恢复》则标志着郭沫若诗风的转变，由于接受了无产阶级革命文学观的影响，郭沫若在《前茅》《恢复》中开始强调政治对文学的指导作用，诗集《女神》中所呈现的浪漫主义气息逐渐淡化。

三、郭沫若的历史剧创作

（一）郭沫若历史剧创作概况

　　郭沫若的历史剧创作同他的新诗一样，也是发轫于五四运动时期。收录在诗集《女神》第一辑中的《棠棣之花》《女神之再生》《湘累》可看作郭沫若历史剧的早期形态。这三部诗剧表现了五四运动时期狂飙突进的时代精神，以昂扬的革命精神和深刻的思想认识鼓舞和启迪了广大的中国青年。《女神之再生》写的是上古时期颛顼和共工争帝，不惜驱使他们手下党徒互相残杀，闹得天体破裂，尸横遍野，像是到了世界末日。在这种情况下，女神从神龛中走出来，决定不再像历史传说中那样用五色石补天，而是尽它破坏，待她们新造的太阳出来，要照彻天内的世界、天外的世界。诗剧借助历史神话，表现了破坏的、创造的精神。《湘累》写屈原被放逐后，乘船游湖的生活片段。诗人借助屈原之口强烈申诉了对现实的不平和愤懑，表达了深沉的爱国情感。《棠棣之花》写战国时期的刺客聂政行刺韩相侠累之前和姐姐聂嫈在母亲墓前诀别的场景。诗人借姐弟俩的对话表达了对祖国和人民深沉的爱。

　　1923—1925年，郭沫若相继创作了《王昭君》《卓文君》《聂嫈》三部历史剧。后结集为《三个叛逆的女性》。这三部戏剧集中体现了女性解放的主题，呼应了反对旧道德，提倡新道德的时代浪潮。这三部历史剧取材于历史故事，在《卓文君》中，郭沫若歌颂了卓文君蔑视封建道德、争取人格独立、婚姻自主的精神。在《王昭君》中，郭沫若将王昭君写成一个敢于与皇帝反抗的、具有叛逆精神的女性。《聂嫈》写聂嫈在弟弟聂政剖面自杀后认尸的故事，歌颂了聂嫈叛逆、追求自由与个性的精神。

　　在20世纪40年代，郭沫若的历史剧创作进入爆发期，1941—1943年，他写了《屈原》《虎符》《高渐离》《孔雀胆》《南冠草》等一系列历史剧。这些剧作均取材于历史故事或历史人物，作者借助这些故事与人物，表现了反对侵略、投降、卖国、暴政，歌颂爱国、爱民，主张团结御敌、坚守气节的主题。

（二）郭沫若早期历史剧创作的特点

首先是"失事求似"的创作原则。"失事"即指郭沫若在历史剧创作中不求历史的真实性；"求似"即指郭沫若在历史剧创作时尽可能准确地把握与表现历史的精神。因此，郭沫若的历史剧，虽取材于历史故事，但不拘泥于历史，在某种程度是旧瓶装新酒，借古讽今，借古喻今。其次是多取材于战国时代，郭沫若偏爱屈原、聂政这样的人物，并认为战国时期和五四时期非常相似，都处于打破旧束缚的时代。再次是郭沫若的历史剧具有强烈的主观性与抒情性，他在创作历史剧时总把自己主观的思想情感乃至生活体验与历史人物相融合，大胆地表现自己的人格与个性。最后是郭沫若的历史剧与诗高度统一，均呈现了浓厚的浪漫主义色彩。

必读文献

郭沫若：《女神》《屈原》《论诗三札》《我的作诗的经过》《〈少年维特之烦恼〉序引》

课后巩固与练习

（1）《女神》诗集主题分析。

（2）郭沫若诗歌创作的特点。

（3）郭沫若历史剧创作的特点。

（4）如何理解《女神》中抒情主人公形象的丰富性和复杂性。

第五章　20世纪30年代作家作品

本章主要内容

本章介绍作家茅盾、老舍、巴金、沈从文、曹禺的生平、创作概况以及代表性作品，并在此基础上对他们的创作思想、艺术风格进行理解与分析。通过本章的学习，学生应掌握以下内容：

1. 茅盾生平及创作概况、前后期小说创作。

2. 老舍生平及创作概况、老舍笔下的市民社会、老舍小说的"京味"与幽默。

3. 巴金生平及创作概况、前后期小说创作。

4. 沈从文生平及创作概况、沈从文的两个文学世界、沈从文小说的艺术追求。

5. 曹禺生平及创作概况、代表剧作。

本章知识结构图

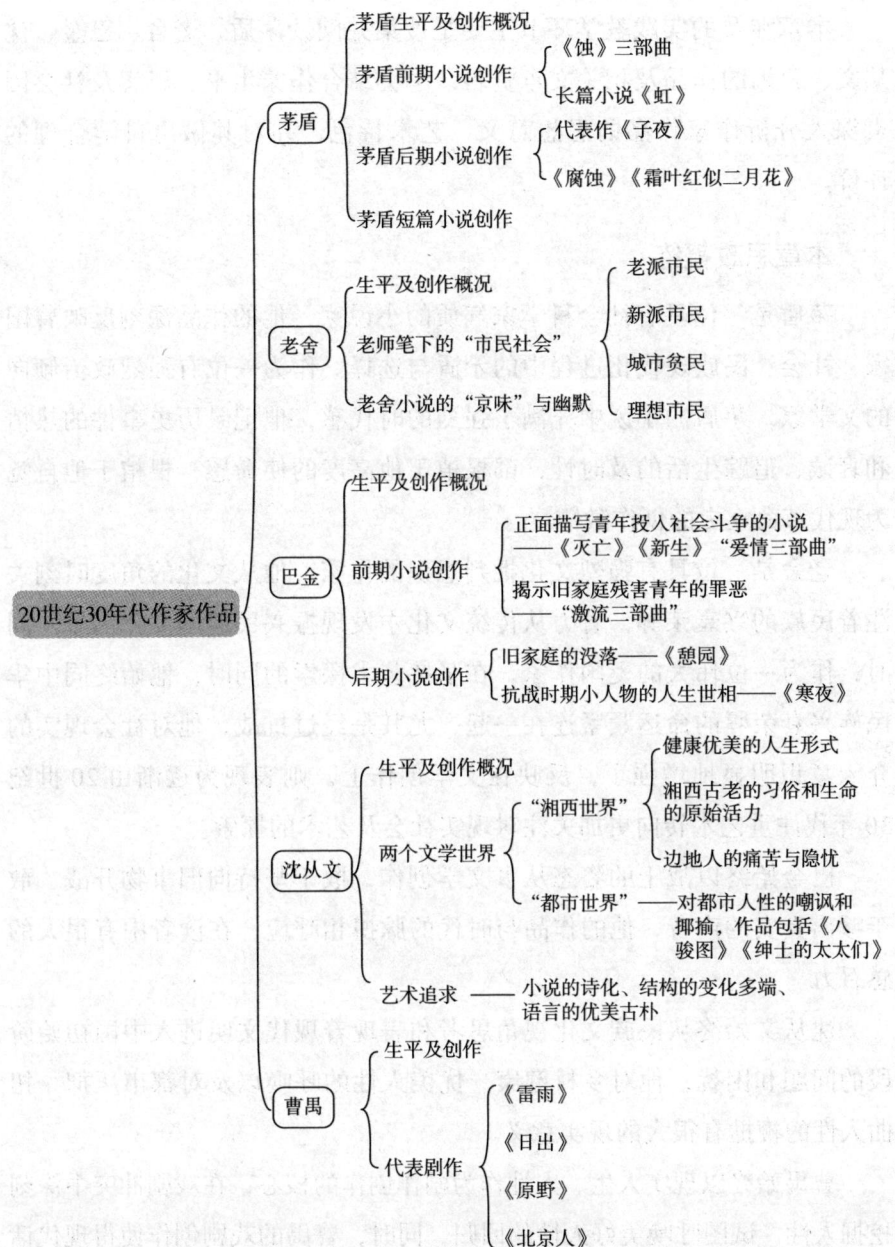

```
                              ┌─ 茅盾生平及创作概况
                              │
                              │                    ┌─《蚀》三部曲
                              │  茅盾前期小说创作 ┤
                        ┌ 茅盾┤                    └─ 长篇小说《虹》
                        │     │
                        │     │                    ┌─ 代表作《子夜》
                        │     │  茅盾后期小说创作 ┤
                        │     │                    └─《腐蚀》《霜叶红似二月花》
                        │     │
                        │     └─ 茅盾短篇小说创作
                        │
                        │     ┌─ 生平及创作概况
                        │     │                    ┌─ 老派市民
                        │     │                    │
                        │     │  老师笔下的"市民社会"┤─ 新派市民
                        ├ 老舍┤                    │
                        │     │                    │─ 城市贫民
                        │     │                    │
                        │     └─ 老舍小说的"京味"与幽默└─ 理想市民
                        │
                        │     ┌─ 生平及创作概况
                        │     │
                        │     │                ┌ 正面描写青年投入社会斗争的小说
20世纪30年代作家作品 ─┤     │  前期小说创作┤  ——《灭亡》《新生》"爱情三部曲"
                        ├ 巴金┤                │ 揭示旧家庭残害青年的罪恶
                        │     │                └  —— "激流三部曲"
                        │     │
                        │     │                ┌ 旧家庭的没落——《憩园》
                        │     └  后期小说创作┤
                        │                      └ 抗战时期小人物的人生世相——《寒夜》
                        │
                        │       ┌─ 生平及创作概况
                        │       │
                        │       │              ┌─ 健康优美的人生形式
                        │       │              │
                        │       │   "湘西世界"┤─ 湘西古老的习俗和生命
                        ├ 沈从文┤              │  的原始活力
                        │       │ 两个文学世界 │
                        │       │              └─ 边地人的痛苦与隐忧
                        │       │
                        │       │   "都市世界"——对都市人性的嘲讽和
                        │       │   挪揄，作品包括《八
                        │       │   骏图》《绅士的太太们》
                        │       │
                        │       └─ 艺术追求 —— 小说的诗化、结构的变化多端、
                        │                         语言的优美古朴
                        │
                        │     ┌─ 生平及创作
                        │     │              ┌─《雷雨》
                        └ 曹禺┤              │
                              │  代表剧作   ┤─《日出》
                              │              │─《原野》
                              │              └─《北京人》
```

图 5.1 第五章的知识结构图

本章涉及的实践教学环节

本章涉及的实践教学环节主要是搜集并阅读茅盾、老舍、巴金、沈从文、曹禺的作品及相关文章资料，学会结合作家生平、思想及社会因素深入分析作家作品的思想意义、艺术特色，并对其做出科学合理的评价。

本章思政凝练

茅盾是一位具有社会科学家气质的小说家，他的作品深刻反映着国家、社会、民族现代化进程中的矛盾与选择。作为一位有强烈政治倾向的文学家，茅盾的小说中充满了强烈的时代感，他记录历史事件的热情和真诚、追踪生活的及时性，都根植于他高度的使命感，根植于他自觉为现代革命立史的创作激情。

老舍是一位具有强烈文化批判意识的作家，他从文化的角度时刻关注着民族的兴衰荣辱，着力从传统文化中发现振兴民族的文化因子。同时，作为一位伟大的爱国作家，在坚持艺术探索的同时，他始终同中华民族兴衰荣辱的命运紧紧连在一起，尤其是经过抗战，他对社会现实的介入意识明显地增强了，反映在文学创作上，则表现为逐渐由 20 世纪 30 年代注重艺术转向更加关注对现实社会及艺术的探索。

巴金始终以战士的姿态从事文学创作，敢于坚持向旧事物开战，敢于喊出真实的声音，他的作品与时代的脉搏相呼应，在读者中有很大的感召力。

沈从文始终从民族文化视角思考和表现着现代文明进入中国初始阶段的问题和困扰，他对乡村健康、优美人性的呼唤以及对都市压抑、扭曲人性的鞭挞有很大的现实意义。

曹禺始终以现实人生、人性作为剧作创作的核心，在戏剧冲突中深刻挖掘人性，试图呼唤美好人性的回归。同时，曹禺的戏剧创作使得现代话剧走向了成熟，其大胆、包容、开放的戏剧观念深刻影响着后世。

第一节　茅盾

一、茅盾生平及创作概况

茅盾（1896—1981 年），原名沈德鸿，字雁冰，出生于浙江省桐乡市乌镇。茅盾出生于一个较为开明的书香门第，父亲是中医，受到康梁变法的影响，接触了不少西学，特别喜爱自然科学，母亲也有文化修养。茅盾从小就受到良好的家庭教育，入学前就涉猎了许多古典文学书籍。1909 年秋，茅盾小学毕业，先后到湖州府中学堂、杭州安定中学读书；1913 年，考入北京大学预科，开始接触西欧文学名著。在学习生涯中，茅盾受到系统的旧学、新学教育以及新思潮的影响。1916 年，茅盾预科毕业后，因家境窘迫未升学，进入上海商务印书馆编译所工作。在五四运动前后，他翻译了契诃夫、高尔基和莫泊桑等的作品，编写了童话，撰写了社会政治、文学和科学论文。1919 年底，茅盾担任了《小说月报》"小说新潮"栏的专栏编辑；1921—1922 年，他主编并全面改革《小说月报》。1921 年 1 月，文学研究会成立，茅盾是主要发起人之一。1922年，茅盾因批评《礼拜六》杂志而辞去《小说月报》主编之职。1925 年，茅盾参加了五卅运动。1926 年初，赴广州参加革命政党召开讨论当前形势的会议，后去武汉任《民国日报》主笔。1928 年 7 月，茅盾离开上海流亡日本，1930 年回国后，参加了左联。20 世纪 30 年代前后是茅盾创作最旺盛、收获最丰富的时期。抗日战争全面爆发后，茅盾辗转于长沙、武汉、广州等地，曾担任过《文学》《文季》《中流》等刊物的主编。抗战中，他创作了大量的小说和评论。1946年12月，他应邀访问苏联，次年回国。1949年7月，他参加了第一次文代会，并当选为全国文联副主席、中华全国文学工作者协会主席。中华人民共和国成立后，茅盾担任文化部部长，此后长期从事文学艺术和文化事业的领导工作。在1979年召开的第四次文代会上，茅盾当选为中国文联名誉主席、中国作家协会主席。1981年3月27日，茅盾在北京逝世。

茅盾的创作较为特殊，他是在政治理想受挫后开始文学创作的。新文学伊始，茅盾主要的文学活动是理论批评和评介外国文学，他早年熟读英法原著，后来在商务印书馆编译所工作，能接触到更多的外国文学作品，特别是巴尔扎克、托尔斯泰对茅盾后来创作《子夜》有很大的影响。同时，时代风云中的革命实践活动也为茅盾后期的文学创作提供了丰富的素材。从整体上看，茅盾长篇小说创作成就最高，按时间可分为以下几个阶段。

早期创作：从1927年9月起，茅盾的《幻灭》《动摇》《追求》连载于《小说月报》，后结集为《蚀》，1930年5月由开明书店出版，由此确定了他作为小说家的地位。之后迫于国民党白色恐怖的压迫，茅盾于1928年7月流亡日本。1929年6月发表长篇小说《虹》，反映了从苦闷到振奋再到积极进取的一个过程，表现了他透过黑暗追求光明的精神。

左联时期：从1931年到全面抗战前这段时间，茅盾对无产阶级文学观的认识有了深化，逐步树立了马克思主义文学观，运用革命现实主义的创作方法有意识地对20世纪30年代初期错综复杂的社会生活，特别是对当时受帝国主义经济侵略和国民党残酷压榨下都市、农村和市镇的破产与萧条景象，以及工人运动的高涨，阶级矛盾的尖锐化等进行了深入的观察和分析。此时，茅盾的创作进入全盛时期，表现为出版的作品数量最多，且质量很高，如长篇小说《子夜》，中篇小说《多角关系》《少年印刷工》，短篇小说集《泡沫》《烟云集》，散文集《速写与随笔》《话匣子》。以上作品从现实生活出发，全面反映了大革命时期特别是第二次国内革命战争时期国民党统治区阶级斗争和民族矛盾的复杂情景。

抗战时期：1939—1944 年，茅盾的创作也极为丰富，有长篇小说《腐蚀》《霜叶红似二月花》《走上岗位》，短篇小说集《委屈》《耶稣之死》，散文集《见闻杂记》《时间的记录》等。

中华人民共和国成立后：茅盾停止了小说创作，主要创作了散文集《跃进中的东北》，撰写了回忆录《我走过的道路》。

从内容和主题看，茅盾的创作可以分为前、后两个时期。前期创作主要揭示知识分子在社会变革中的心路历程。后期创作反映殖民地化趋势下中国社会各阶级的动向和相互关系，以《子夜》的创作为标志，进入"社会剖析小说"创作阶段。

二、茅盾前期小说创作

（一）《蚀》

1917—1927 年，在政治上的迷惘，加之受到白色恐怖压迫，茅盾走上文学创作道路，最终成为左翼小说的巨匠。政治上的挫折使他深感沮丧，他悲愤于血腥的屠杀，困惑于革命阵营的动摇和溃散，震惊于声势浩大的农民革命运动轻易地被摧毁。"我是真实地去生活，经验了动乱中国的最复杂的人生的一幕，终于感得了幻灭的悲哀，人生的矛盾，消沉的心情下，孤寂的生活中，而尚受生活执著的支配，想要以我的生命力的余烬从别方面在这迷乱灰色的人生内发一星微光，于是我就开始创作了。"《蚀》中的《幻灭》就写于这种心情之下。可以说，在政治理想破灭后，茅盾将小说创作作为社会斗争惊涛骇浪里的自救之舟。作品是他思想矛盾的产物，也是时代痛苦的结晶。《幻灭》投稿时以"茅盾"为笔名，他用"茅盾"作为自身形象和其处女作主题的定位，折射出被抛入历史文化过渡时代知识分子的尴尬处境和复杂心理。关于《蚀》所反映的社会现实，茅盾说："我那时早已决定要写现代青年在革命壮潮中所经过的三个时期：一是革命前夕的亢昂兴奋和革命既到面前时的幻灭；二是革命斗争剧烈时的动摇；三是幻灭动摇后不甘寂寞尚思作最后之追求。"《蚀》包含着茅盾早年丰富的社会政治体验和社会情绪体验，它以广阔的场面、宏大的气势，描述了一群小资产阶级知识分子的生活与斗争，真实地反映了刚刚过去的大革命和大革命失败后的社会心理。《蚀》所反映的矛盾现象是多层次的，既反映了时代的病象和矛盾，又反映了青年知识分子的追求与自身的矛盾，也反映了茅盾内心世界的苦闷与矛盾。

《幻灭》主要通过章静描写了革命前夕的上海和革命高潮中的武汉风云变化的现实生活。主人公章静是一个小资产阶级女性，从小在母亲的爱抚和安静的生活中长大，情感脆弱而富于幻想，理智上向往光明、要革命，但感情上每遇顿挫便灰心。她的灰心也是不能持久的，消沉之后感到寂寞便又寻找光明，然后又幻灭。章静在中学时代热衷于参加社会活动，后来幻灭，则以读书为逃路，然而又耐不住寂寞，恋爱成为她生活的主要内容。当发现所爱之人是一个暗探时，她就躲进了医院。当恋爱的创伤平复后，她的理智又指引她再去追求，想要投身于革命事业。她讨厌上海的喧嚣，受革命形势的鼓舞，怀着新的憧憬来到革命中心武汉，决心"受训练，吃苦，努力"，先后干过政治宣传工作、妇女工作和工会工作，但由于不了解革命的长期性和复杂性，每次都"只增加些幻灭的悲哀"。最后，所爱的强连长接到归队的命令，她更感人生如梦，前途一片灰色。章静女士抱着脆弱的感情，寻求个人心灵的寄托和安慰，结果是一次又一次的幻灭，这些恰好反映了革命浪潮冲击下一些知识分子共同的特点和命运。与章静女士相比，另一人物慧女士则在恋爱中遭受打击后，失去了再次追寻理想的渴求，产生了向男性复仇的心理和消极厌世、玩世不恭的人生哲学，以及自欺欺人的生活态度。

《动摇》写大革命时期武汉一个小县城里发生的故事。复杂激烈的矛盾斗争和五光十色的社会动态，在作品中得到鲜明、生动的反映。暴风骤雨似的群众运动和地主豪绅的投机破坏，以及其他具有不同政治态度和性格特点的人物活动，构成了一幅多彩的时代画卷。小说中，作为革命联盟的国民党县党部负责人方罗兰，"遇事迟疑，举措不定"，表现出最充分的动摇。对内，方罗兰动摇于婉丽贤惠的妻子和爽快活泼的浪漫女性孙舞阳之间，脚踩两只船，犹豫不定；对外，对土豪劣绅胡国光的两面三刀和风云变幻的形势感到束手无策。胡国光混进店员工会、县党部兴风作浪，方罗兰不敢作坚决、大胆的斗争，他在处理店员和店主矛盾的时候，他的软弱无能显露无遗。有"积年的老狐狸"之称的投机者胡国光，在辛亥革命时期首先剪去辫子，"仗着一块什么党的襟章，居然在县里开始当起绅士"，在大革命中利用种种卑劣手段混进了革命阵营，并取得商民协会执行委员兼常委的职位，以伪装的面具掩盖投机破坏行为，鼓动店员工会反对省里特派员李克，策划了一系列的流氓暴动。胡国光和方罗兰的活动贯穿小说的全篇，隐现了整个北伐革命主体的内在危机。

茅盾称《追求》为"一件狂乱的混合物""作品有一层极厚的悲观色彩""缠绵幽怨和激昂奋发的调子同时并在"。《追求》中所写的人物有张曼青、王仲昭、章秋柳等小资产阶级知识分子，他们在革命高潮时都一度昂奋，当革命处于低潮、白色恐怖笼罩全国的时候，他们不肯与反动派同流合污，但由于时代的局限，他们既看不到希望和光明，又不愿苟活沉沦，虽然每个人都有自己的追求，但常常是盲目挣扎，最终都不免失败。张曼青在对政治失望后想以教育救国，但他在反动当局及其走狗压制学生的淫威下，既不能救出无辜的学生，也不能救出自己，就连最后的憧憬也被无情的现实宣告为绮丽的幻影，从而变得越来越消沉。"半步主义"的王仲昭进行"新闻救国"，但主办的报纸栏目改革计划平庸浅陋，意趣相当低，且不为当局所容，他对爱情的追求也因爱人的突然遇险而归于失败。章秋柳经常在无力的绝叫中生活着，有"向善的焦灼"，但更多的是"颓废的冲动"，是一个美丽、有活力、感情热烈又充满矛盾的女性。她不甘平庸，与恶浊的社会对抗，失败后感到空虚、孤独，只能在官能享受的自我麻醉中毁灭自己。《蚀》恰如日食、月食一样，明暗交织，吹拂着悲凉的气息。

《蚀》的创作是茅盾对现代文学的贡献。《蚀》从小资产阶级知识分子心路历程的角度来反映人们所关注的重大题材，如北伐战争的情势、武汉蜕变前夕的尖锐斗争、南昌起义的枪声，虽然不是直接描画，但通过人物在历史洪流中的沉浮，展现了纷繁复杂的时代风貌。《蚀》反映了茅盾对中国社会与中国革命深刻的认识、把握以及清醒的现实主义精神。茅盾在错综复杂的社会矛盾中刻画人物，细致入微地描写他们的心理状态，展示了人物的个性特征，给中国现代文学提供了两类时代女性形象：静女士、方太太式的性格娴静、内向的东方女性与慧女士、孙舞阳、章秋柳式的性格泼辣、外向得类乎西方女性的典型。作品塑造人物最大的特点是通过细致的心理刻画来展示人物的不同个性特征，其中对女性心理的刻画是《蚀》中最生动的篇章。《蚀》没有一以贯之的中心人物和主要故事，各篇结构自行独立，布局方法各异。《幻灭》以静女士的活动为主线，《动摇》以方罗兰、胡国光的活动为主线，《追求》以章秋柳、张曼青、王仲昭三人的活动为线索，是一个复调式的结构。《蚀》的场面描写很有特色，许多场面像诗一样，有豪迈激情的，也有脉脉温情的。全书语言总的特色是绚丽又犀利，恢宏又细密。由于特殊的时代背景，作品中充溢着凄哀的抒情基调和浓厚的悲观色彩，在表现人物恋爱的苦闷和两性关系时，存在着一定的自然主义倾向，语言上还有欧化的痕迹。

（二）《虹》

《虹》是茅盾"欲为中国近十年之壮剧，留一印痕'的作品，延续了他在创作中试图把握时代重大事件和革命进程的艺术构想。《虹》通过写梅行素在时代大波澜中的种种挣扎、反抗，写出了中国知识青年从单纯反抗封建婚姻对个人的压迫到投身群众斗争行列的曲折历程。主人公梅行素本是天真无邪、受父亲宠爱的小姐，受到五四新思潮的影响，接受了民主、自由和个性解放的思想，勇敢地反抗不合理的婚姻。父亲把她许配给姑表兄柳遇春，但她爱上了另一个表兄韦玉。起初，她以为嫁给柳遇春后可以依靠个人的力量说服柳遇春，获得自由的生活，却没有料想到将自己置于家庭的牢笼中。婚姻的问题使她痛苦、沮丧，待到柳遇春阻碍她同韦玉诀别时，她才毅然冲破婚姻的牢笼，离开柳家。梅行素，唯一的野心是征服环境，征服命运，寻找一条光明幸福的道路。她先到一个教授"新思想"的学校教书，后到提倡所谓"新思想"的军阀惠师长家里做家庭教师，但她发现到处弥漫着混浊的空气，"新思想"的骨子里还是陈腐的观念，是道德败坏与胡作非为，因而离开了闭塞的四川，到达革命中心上海。飞出家庭牢笼的梅行素，初到上海时感到十分迷茫，后在革命者梁刚夫的帮助和马克思主义的教育下初步觉醒，朦胧地感到另一个光明的世界。茅盾借梅行素的人生轨迹显示了一条中国妇女走向解放及中国知识分子走上革命的必由之路，同时对道路的曲折性与艰巨性，保持了清醒的认识。

《虹》是一部中国最初觉醒的知识女性艰难曲折又绚丽多姿的心灵变迁史，并在体现时代性和社会性上取得了成功。与《蚀》相比，《虹》具有了乐观昂扬的基调，广阔且多方面地表现了梅女士的性格发展。结构上，《虹》以一个中心人物的活动为线索展开故事，主线与小支线之间有内在的联系，采用半倒叙的方法，具有广阔、严谨、细密的艺术风格。

三、茅盾后期小说创作

（一）《子夜》

长篇小说《子夜》是茅盾的代表作，全书共十九章，约 30 万字，始作于 1931 年 10 月，完稿于 1932 年 12 月。《子夜》以宏大的艺术构思，深刻地反映了 20 世纪 30 年代初期中国社会的重大矛盾和斗争，它不但是茅盾创作道路上的里程碑，而且是 20 世纪 30 年代左翼文艺运动的重大收获之一。《子夜》发表后轰动社会，三个月内重版四次，成为革命现实主义作品的杰出代表。《子夜》的成功得益于作者政治经济的宏观思考，但决不是政治经济观念的简单图解与演绎，它是一部中国现代民族工业资本社会命运的悲剧。《子夜》出版后获得国内外广大读者的好评，鲁迅曾多次称道这部作品。瞿秋白认为"这是中国第一部写实主义的成功的长篇小说"，"一九三三年在将来的文学史上，没有疑问的要记录《子夜》的出版"，他高度评价了《子夜》的文学价值。关于《子夜》的写作目的，茅盾说，我那时打算用小说的形式写出以下三个方面：一是民族工业在帝国主义经济侵略的压迫下、在世界经济恐慌的影响下、在农村破产的环境下，为自保，使用更加残酷的手段加紧对工人阶级的剥削；二是因此引起了工人阶级的经济的、政治的斗争；三是当时的南北大战，农村经济破产以及农民暴动又加深了民族工业的恐慌。这三者是互为因果的，我打算从这里下手，给以形象的表现。小说通过民族资本家吴荪甫的悲剧命运，准确地把握了 20 世纪 30 年代社会各阶级、各阶层人们的思想、性格、心理、命运及历史纠葛，反映出整个大时代的丰富性和复杂性，并回答了中国社会的性质及民族资本家的出路问题。作品中既有政治经济的内涵，也有都市人伦关系、文化风俗等社会文化心理的内涵。

《子夜》塑造了吴荪甫、赵伯韬等许多栩栩如生的人物形象，其中重点塑造了民族资本家吴荪甫的典型形象，这也是中国现代文学史上第一个成功的民族资本家典型形象。一方面，茅盾从政治上对这个人物的阶级属性进行了深刻剖析，写出了他作为民族资产阶级的软弱性和两面性；另一方面，茅盾赞赏吴荪甫一扫老中国儿女的萎靡气息而充满生命活力，使吴荪甫的失败带有某种悲剧感。

吴荪甫是一个个性鲜明、丰满又复杂的民族资本家典型，他游历欧美，具有管理现代工业的知识和经验，有魄力，有手腕，热心于发展故乡双桥镇的实业，想要建起他的"双桥王国"，要把那些半死不活的企业拯救过来，还联合其他民族资本家一起发展民族工业。吴荪甫不仅关心企业的利害关系，还关注政治上的变化，但这个工业界的骑士却生不逢时，在半封建半殖民地的中国，帝国主义侵略的魔爪紧紧扼住了中化民族工业的咽喉，他发展民族工业的雄心成了一个无法实现的梦想。在数条"战线"的较量中，他有时野心勃勃、满怀信心，有时颓唐失望、垂头丧气；有时果断决绝，有时犹豫不决；有时刚愎自用，有时软弱自私。时而慌乱，时而自信；时而镇静，时而暴躁；时而专横，时而空虚；时而严肃，时而荒唐。吴荪甫既有封建者的专横冷酷，又有资本家的开拓热情，这一切矛盾自然地统一在他的性格里。一方面，他有站在民族工业立场上的义愤；另一方面，压倒一切的却是"个人利害的考虑"。他是办实业的，以发展民族工业为己任，他向来反对拥有大资本的杜竹斋一类专做地皮、金子、公债买卖的人，但是他也不能不钻进疯狂的公债投机活动。他精明强悍，但是又时时显露出中国民族资产阶级先天的软弱性。茅盾将吴荪甫放在各种矛盾斗争的漩涡中来刻画和表现，围绕他与赵伯韬的矛盾、与其他资本家的矛盾、与农民的矛盾、与工人的矛盾、与家庭的矛盾等，以雄浑而又细密的笔触，从错综复杂的社会关系中，成功地塑造了吴荪甫这个 20 世纪 30 年代初期想实现自己国家工业化的中国民族资产阶级典型。

除吴荪甫之外，《子夜》还塑造了赵伯韬、屠维岳、冯云卿、王和甫、李玉亭等一系列性格各异的人物形象。赵伯韬是买办资本家的典型。他一方面骄横、奸诈，在金融界兴风作浪；另一方面恣肆放纵，荒淫糜烂，在生活上"扒进各式各样的女人"。他在上海金融界、工业界是一个神通广大的人物，背后有外国资本家作后台，又和军政界有联络，可以通过尚仲礼用三十万两银子收买西北军故意打败仗，又可以利用"国内公债维持会"的名义，借政治的压力控制整个公债市场，最后打败了吴荪甫。屠维岳是吴荪甫工厂里的一个工头，他性子刚强，机警，干练，颇有胆量，而又极为狡诈、毒辣。他恪守鹰犬的原则并得到了吴荪甫的信任与赏识，在破坏工人的罢工斗争中玩弄权术和阴谋，制造工人之间的内讧，勾结警察镇压工人运动。标榜以"诗礼传家"的地主冯云卿，逐渐被都市的金钱观吞噬，为了捞回在公债市场沉下去的血本，竟然教唆亲生女儿冯眉卿用美人计从赵伯韬那里探听公债信息。冯云卿是传统封建人伦礼仪道德在现代资本主义金钱观念冲击下走向崩溃的地主形象。此外，杜竹斋的多疑犹豫、莫干丞的懦弱无能、朱桂英的勇敢坚强、范博文的消极颓唐、周仲伟的花言巧语、孙吉人的沉默寡言、王和甫的谈吐诙谐，以及地头蛇式的地主曾沧海、封建老朽吴老太爷都给读者留下了深刻的印象。这些人物形象展示了20世纪30年代初期中国社会都市生活的广阔画卷，揭示了当时社会错综复杂的阶级关系，深刻地表现了作品的主题。

《子夜》在人物描写、艺术结构和文学语言等方面都具有鲜明的特色。在人物描写上，作者善于把主要人物放在广阔的历史背景、尖锐的斗争冲突和交叉的矛盾纠葛中，从不同的侧面和场合将肖像描写、心理刻画、对照陪衬、细节描写和风景描写等紧密结合起来，反复刻画人物的主要性格特征。以第七章为例，作者第一次把吴荪甫放在工厂、交易所及家乡这三方面斗争的交错中，从而突出吴荪甫在各个方面的表现。当吴荪甫听到家乡被袭击时表现出惊惶和凶狠的心理，当他听到费小胡子报告家乡"损失不多"的消息时表现出轻松和微笑。作者还常常运用景物来烘托人物的性格，如在第七章开头，作者描述天气的阴沉，衬托吴荪甫担心公债投机能否胜利而忧愁的心情；接着写浓雾细雨造成的昏暗模糊的情景，反映吴荪甫由工厂方面失利引起的灰暗的心情；林佩珊奏着悲凉音调的钢琴曲，加深了气氛的阴惨与沉闷。之后，作者文笔陡转，从阴暗到明朗，吴荪甫在公债市场初获胜利的喜悦与雨后阳光普照的景色交相辉映。《子夜》的艺术结构宏伟而谨严。小说共十九章，第一、二章交代人物，提供线索；此后十七章，一环紧扣一环，头绪繁多而有条不紊，各有描写的重点又共同服务于小说所要表现的主题。贯穿整篇的主线是吴荪甫与赵伯韬之间的矛盾与斗争，有虚有实，虚实结合，加之运用穿插补充等手法，使主体部分既错综复杂，又浑然一体，脉络清晰。序幕、高潮、发展、结局安排得波澜起伏，摇曳多姿。《子夜》的叙述和描写语言，简洁细腻又雄浑精细，明快幽默，形象与哲理兼而有之，感情色彩很浓烈。人物语言富于个性特色，如吴荪甫的武断专横、赵伯韬的狂妄狡诈、李玉亭的讨好逢迎、封建地主曾沧海酸溜溜的语言，都符合人物的身份和性格。茅盾的语言恢宏细密，刚劲明快，色彩鲜明而又不失素朴，寓尖锐犀利于含蓄幽默之中，这是文学家语言和理论家语言的综合，是在民族语言的基础上吸收外来语而形成的独特的语言风格。

　　从茅盾的创作历程看，《子夜》是他创作进入成熟阶段的代表作，也是对以前小说创作的突破。在构思上，《蚀》《虹》的纵剖面到《子夜》的横断面，概括地反映了大革命失败后到"九一八"事变前中国社会的各个方面；在人物描写上，从《蚀》《虹》通过革命斗争和爱情生活写人到《子夜》中手法更加多样，作者在工人运动、农民斗争、军阀内战，在交易所、企业活动、交际舞台以至家庭生活等当时社会各个方面交织一起的复杂而激烈的矛盾冲突中，从外形、行动、心理、环境等角度展示主要人物的性格；在创作情感的控制上，《蚀》是"写意之作"，更多的是个人情绪的抒遣，《子夜》则更多显示的是一种理性精神；在语言风格上，《蚀》的语言细密而冗长，《虹》的语言细腻中有刚劲，《子夜》的语言则精细而又简洁，雄浑而又恣肆。从《子夜》开始，茅盾更自觉地展开了对自己所处时代全景式的描绘。《子夜》集中体现了20世纪30年代社会分析小说的主要特色与主要成就，由此形成了中国现代社会分析小说的基本格局。《子夜》的成功绝不是偶然的。茅盾具有文学家和社会科学家的素养，积累了广泛的社会经验，在政治热情的促动下，力图运用马克思主义的观点分析各种现象，揭示其重大的意义，形成作品的主题思想。《子夜》正是在这种情况下产生的。茅盾特别喜爱中国古典小说，如《水浒传》《儒林外史》，又广泛阅读过外国著名作家（如英国的狄更斯和司各特，法国的大仲马、莫泊桑和左拉，俄国的托尔斯泰和契诃夫）的作品。对中外优秀文学遗产的吸收，是茅盾获得成功的主要原因之一。

（二）《腐蚀》《霜叶红似二月花》

《腐蚀》是茅盾在抗战时期创作的成就最高、影响最大的一部作品，1941 年 5 月在香港《大众生活》上开始连载时，就在读者中引起强烈反响。这部采用日记体的长篇小说以皖南事变前后的重庆为背景，斗争锋芒直指国民党的特务统治和卖国政策。《腐蚀》是一部暴露社会黑暗的政治小说，也是一部心灵忏悔者自剖的心理小说。《腐蚀》的创作是茅盾返回自己情感记忆的又一次尝试。女主人公赵惠明这一形象是茅盾艺术上的新创造。

赵惠明出身于封建官僚家庭，父亲供职于内务部，她曾有过美好的少年时代，上中学时参加过学生运动和救亡工作，母亲死后，她因姨太太的挑唆愤而离开家庭，她的出走具有反封建的意味。当她走上社会，成为一名小学教师时，是一个爱祖国、求自由的女青年，但有时爱慕虚荣、任性逞强。婚姻自主思想使她与小昭勇敢地结合，又由于志趣不合而各奔前程。政治上的幼稚以及性格中的利己主义，导致她无法抵御特务头子的威逼利诱，堕入政治的泥坑，成了一名特务，走上人生的歧途。作为一名特务，她手上沾过纯洁无辜者的血，同时，由于她在特务系统中不是嫡系而受到排挤，还遭到高级特务的侮辱和玩弄。在一定程度上，她既是"食人者"，也是"被食者"。在她尚未完全腐蚀的灵魂中，还多少保留一点"人之所以为人"的东西，因此她常常感到矛盾痛苦又无处可以申诉。后来，小昭的那种坚持真理、献身革命的精神使她消除了幼稚的幻想，认清了特务组织的罪恶，最终走出了泥潭。

茅盾采取了最能揭示人物内心世界的日记体，充分发挥了深刻、细腻地刻画人物心理活动的特长，在政治斗争和爱情波澜中多方面地揭示了赵惠明复杂的内心世界。小说既写到她的社会意向和私人感情，又写到她正常、变态、清醒、梦魇等各种心理状态；既写到她露出毒牙兽性的一面，又发掘她掩埋在尘沙中的人性。《腐蚀》是一个被腐蚀的青年女性灵魂在狐鬼满路的茫茫尘海中，背着罪恶的枷锁走向自新时撕肝裂肺的惨呼绝叫，此前的中国新文学，尚未有如此大幅度的、多方位的心曲自陈。茅盾把赵惠明受骗、犯罪而又不甘于堕落引起的矛盾和痛苦，她的"自讼、自嘲、自辩护"，以及在觉醒自新过程中所经历的决裂、斗争，写得细腻真切，深深地打动着读者，激起了人们从对在精神上和肉体上戕害、摧残青年的国民党特务统治的仇恨，暴露了特务统治阴森恐怖的内幕。小说写赵惠明的内心活动，并尽可能将现实生活中的重大事件和围绕这些事件展开的各种社会矛盾，反映和投射到人物的思想性格和感情活动中。茅盾运用了心理分析、行动描写及情景渲染等多种手法塑造人物，也保持了小说与现实生活斗争密切相关、选材富于时代性和社会性的特色。《腐蚀》在结构上以赵惠明身陷特务圈子中的矛盾、挣扎后走上自新道路为主线，以小昭的被害、K 和萍的活动、N 的出走为重点，精心安排了许多人物和故事，从而形成了主线突出、支线分明、经络相连、此起彼伏又浑然一体的结构特色。《腐蚀》的文学语言除保持作者固有的细密特点外，还大力追求洗练、纯净、含蓄、文采斐然又富有强烈节奏感的语言风格。《腐蚀》的现实主义成就不仅表现在通过赵惠明典型形象系列的刻画，尖锐地抨击了国民党特务统治的黑暗，还体现在按照现实生活和人物性格本身的特点，真实地揭示了赵惠明逐步觉醒、走向自新之路的过程。《腐蚀》通过展现人物的心理变动，深刻地再现了社会和历史活动的真实，作为一篇心理小说，不仅是茅盾艺术创新精神的结晶，还显示着他对革命现实主义的深刻认识。从表现客观的现实发展到揭示人的内心体验的真实，这一点与胡风后来倡导的现实主义有相通之处。

长篇小说《霜叶红似二月花》通过轮船公司经理王伯申因发展民族工业而同封建地主阶级的顽固派赵守义发生冲突，最终与之妥协的故事，展现了从五四运动到大革命时期这一历史阶段的社会生活，反映了五四运动前夕民族资本家在发展资本主义过程中既雄心勃勃又动摇软弱的特点。

四、短篇小说创作

茅盾在 20 世纪 30 年代还创作了大量短篇小说。其中描写乡镇和农村生活的《林家铺子》《春蚕》是茅盾短篇小说的代表。小说描写的都是1932 年"一·二八"事变前后的动乱生活。《林家铺子》是茅盾对中国现代文学的又一贡献。小说的主人公林老板是善于经营的小商人，他很有一套生意经，对顾客巴结认真，惯用"大廉价""一元货"之类手段招徕顾客。林老板又是一个安分守己的生意人，没有冒险家的胆量，也不想骗人，他委曲求全、千方百计要保全自己的财产，甚至在女儿将入虎口、店员寿生暗示他逃走的时候，他还摇头，流泪，不肯走。小说的结尾，林老板最终还是以店铺倒闭、破产出走而告终，其原因在于农村破产和农民购买力的锐减，使得他一再减价的商品仍是销路不佳；战争的影响又使他在年关迫近时债主登门坐索，无处通融；更有国民党官员的一再敲诈勒索，甚至要强迫他女儿为妾，同时有同行的落井下石，林家铺子就在这些重重压迫下倒闭了。林老板的命运正是那个时代千万小商人的命运，林家铺子的倒闭正是当时处在风雨飘摇中的整个民族工商业的共同前途。茅盾善于由表及里地挖掘林老板性格的社会内容，注意把个人命运融入整个时代潮流中，把林老板放在广阔的时代背景下，这就使个人形象具有了重大的社会意义。小说还写到林家铺子的倒闭给朱三阿太、张寡妇那些将自己仅有的积蓄存在铺子里的贫民的致命打击，小说就在这些不幸者疯狂的惨呼中结束。这样的处理，一方面是对整个悲剧制造者提出更加有力的控诉；另一方面反映了旧社会"大鱼吃小鱼，小鱼吃虾米"的残酷真相和林老板性格中的两重性。小说描写的地点是连接城乡的市镇，时间是商业活动繁忙的年关和"一·二八"事变前后，这样便于表达深广的历史内容。为了塑造林老板的性格，茅盾运用典型化的方法，在林老板的身上集结了多种多样真实复杂的矛盾，然后在这些必然发生的矛盾中，让林老板按照自己的性格逻辑进行拼死的挣扎，从而刻画他血肉丰满的形象。茅盾还特别注重以细腻入微的笔触，如丝如缕地剖析林老板的内心活动来表现其性格特点。总之，《林家铺子》的冲突线索鲜明，中心突出，波澜迭起又单纯明净，层次清楚，形成深广而又简练、严密而又灵活的艺术风格，因而被朱自清誉为茅盾短篇小说中的最佳之作。

　　如果说《子夜》是 20 世纪 30 年代初期大都市的生活图画，那么茅盾创作的"农村三部曲"则是 20 世纪 30 年代初期农村的社会生活图画。"农村三部曲"是茅盾大规模地描写中国社会、分析中国社会性质、探索中国社会发展前途的一个重要组成部分。《春蚕》以"一·二八"事变后的江南为背景，通过老通宝家境由小康走向破产的变迁过程，揭示了旧中国农村经济崩溃、农民贫困的阶级和历史根源，并且展示了青年一代农民逐步觉醒、不甘于压迫、走向抗争的过程。《春蚕》中老通宝一家人经过一个多月辛勤紧张的养蚕劳动，取得了多年未有的蚕茧丰收，但是丰收带给他们的不是温饱和欢乐，而是更多的贫困和灾难。《春蚕》中蚕茧丰收而成灾，《秋收》中稻谷丰收亦成灾，《残冬》则写了农村灾难的加深和农民反抗斗争的崛起。农民的悲惨遭遇是帝国主义经济侵略、商业资本家和高利贷者加紧盘剥的结果。

　　"农村三部曲"塑造了两代农民的形象。老通宝是勤劳、朴实、忠厚又保守蒙昧的老一代农民，凭过去的经验对待眼前的事物，怀恋过去劳动发家的日子，幻想安分守己地靠养蚕还债，以恢复家业。他一切按老规矩办事，拒绝接受新事物，盲目地仇视一切都带有"洋"字的东西，有着朴素的反帝意识，但骨子里更多是农民小生产者传统的封闭意识。他热爱劳动也相信命运和鬼神，用大蒜头卜蚕花的吉凶，在灶神前祈祷有个好收成，歧视邻家妇女荷花。他单凭祖传遗训和狭隘的经验，以为只要忠厚勤俭、苦做苦干，就会把家发起来。所以他在蚕事大忙季节，全力以赴，蚕事上的任何一点微小的变化都会牵动他的心，他借债养蚕，动员全家省吃俭用，奋战了三十个昼夜，但蚕茧丰收反而成灾，"赔上十五担叶的桑地和三十块钱的债！一个月光景的忍饥熬夜还都不算"。老通宝的遭遇和命运是中国千千万万农民悲惨境遇的缩影。老通宝形象的典型意义在于茅盾并不满足于简单地描述他一生的苦难，而是基于广阔的历史背景，形象地刻画老通宝思想性格的复杂性，从而揭示其悲剧的根源。

多多头是勤劳勇敢的新一代农民的代表，完全在苦难和饥饿中长大，父辈的惨痛教训和周围的黑暗现实使他逐步觉醒，具有了新的思想。"他永不相信靠一次蚕花好或田里熟，他们就可以还清了债再有自己的田；他知道单靠勤俭工作，即使做到背脊骨折断也是不能翻身的。"多多头善良忠厚，对世事开明乐观，蔑视神权与传统，富于反抗，乐于助人，以宽容、友好的态度对待受人冷落和歧视的妇女荷花。在《秋收》《残冬》里，他的性格得到进一步发展，他的成长、觉醒反映了中国农村变化的趋势。作为新一代的农民形象，多多头是鲁迅和五四时期其他乡土文学作家没有表现过的。

茅盾的"农村三部曲"与同一时期叶紫的《丰收》、吴组缃的《一千八百担》等代表了左翼文学在农民题材上新的艺术高度。关于农村、农民，鲁迅所描写的是封建的农村，里面都是些"老中国的儿女"。王鲁彦所描写的是西方物质文明侵入后的农村，但他的作品中太多过火的话，大概不是观察，是幻想。茅盾所写的却是快给经济的大轮子碾碎了的农村。茅盾也对乡土文学的创作深有见地："我以为单有了特殊的风土人情的描写，只不过像看一幅异域的图画，虽能引起我们的惊异，然而给我们的,只是好奇心的餍足。因此在特殊的风土人情而外,应当还有普遍性的与我们共同的对于运命的挣扎。"茅盾"农村三部曲"的创作,意味着五四时期开拓的乡土小说的深化和发展,他将现实与理想融合在一起,以深邃的目光透视灾难的现实,同时充满了理想和希望,展示了大时代的变动和农民心理的变化。《春蚕》在严谨的布局中描写了一场波澜起伏、扣人心弦的蚕事大搏斗。随着育蚕过程的进展,从容而细致地表现了人物的精神状态。"窝种"期间人们的焦灼和惊喜,"收蚕"前后人们的兴奋和紧张,以及"采蚕"时的欢乐和由于卖茧"远征军"的失败而产生的愤怒和忧愁。所有这一切都写得十分自然、生动,充满了江南农村的生活气息。可以说,小说不论是对富于历史特点的典型环境的渲染还是对江南水乡地方色彩的勾勒,不论是人物的创造性描写还是情节的曲折展开都各呈异彩,显示出气宇恢宏又缜密精细的风格。

20世纪40年代,茅盾的短篇小说有了新的发展,如果说30年代的短篇小说以广阔而缜密见长,那么40年代的则以明快而曲折著称。谈到创作短篇小说的经验,茅盾说:"在横的方面,如果对于社会生活的各环节茫无所知,在纵的方面,如果对于社会发展的方向看不清楚,那么你就很少可能在繁复的社会现象中恰好地选取最具有代表性、典型性的,即是具有深刻的思想性的一事一物,作为短篇小说的题材。对于全面茫无所知,就不可能深入一角:这是我在短篇小说写作方面所得到的一点经验教训。"茅盾纵与横、广与深的思考,使他在短篇小说中有意识地截取具有典型意义的生活横断面,以片段的描述来揭示生活的面貌和发展趋势,并与时代风貌紧密联系起来,展示广阔的社会内容。

必读文献

茅盾:《子夜》《春蚕》《林家铺子》《我走过的道路》

课后巩固与练习

（1）试论茅盾小说创作的史诗性特征。

（2）分析《子夜》中吴荪甫的人物形象。

（3）茅盾笔下系列资产阶级知识女性形象分析。

（4）为什么说茅盾的社会剖析小说在 20 世纪 30 年代开创了新文学的范式？

第二节　老舍

一、老舍生平及创作概况

老舍（1899—1966 年），原名舒庆春，字舍予，现代小说家、语言大师。祖籍辽宁沈阳，满族正红旗人，是一位跨越了中国现当代半个多世纪的文坛巨人是一位极具创作个性的杰出作家，中国现代文学史上最杰出的市民社会的表现者与批判者。老舍通过对北京市民社会这一独特对象世界的发掘，在一定程度上达到了对民族性格、民族命运的艺术概括，以及对时代本质的某种揭示。

（一）童年与学习经历

老舍生于北京，父亲是一名满族的护军，阵亡在八国联军攻打北京城的战争中。母亲也是旗人，靠替人家洗衣裳做活计维持一家人的生活。1908 年，老舍九岁，得人资助始入私塾。1913 年，老舍考入京师第三中学（现北京三中），数月后因经济困难退学，同年考取公费的北京师范学校。1918 年夏天，老舍以优秀的成绩毕业，被派到北京方家胡同小学当校长。两年之后，晋升为京师教育局北郊劝学员，但是由于很难和教育界及地方上的旧势力共事，很快便辞去了这份待遇优厚的职务，重新回到学校教书，先后在天津南开中学、北京一中任教员。在此期间，他热衷于社会服务事业，同时在英文夜校和燕京大学补习英文。

（二）英国五年（1924—1929 年）

1924 年夏，老舍应聘到英国伦敦大学东方学院。1926 年，老舍写成长篇小说《老张的哲学》，接着又写下长篇小说《赵子曰》《二马》。三部作品陆续在《小说月报》上连载，引起读者的注意。1929 年，老舍由英国回国在新加坡逗留期间完成长篇童话《小坡的生日》。

（三）山东六年（1930—1936 年）

1930 年 6 月，老舍回到北平，住在好友白涤洲家，在这里他结识了北师大女学生胡絜青。两人通过频繁的书信交谈，情投意合。他们有爱好文学的共同志趣；都是满族人，有相同的生活习惯。两人于 1931 年 4 月订婚。1930 年 7 月，老舍应聘到齐鲁大学任文学院教授兼国语研究所文学主任，并兼《齐大月刊》编辑。1931 年暑假，老舍回北平与胡絜青结婚，开学后两人回到济南。南新街 54 号是老舍在济南的住所，在这里住了三年，生下大女儿舒济，写作了《猫城记》《牛天赐传》《离婚》等作品。1934 年 9 月，老舍举家迁往青岛，任国立山东大学国文系教授。1935 年 8 月 16 日，儿子舒乙出生。1930 年，老舍开始短篇小说和幽默诗文写作，作品大多收入《赶集》《老舍幽默诗文集》《樱海集》《蛤藻集》中。

（四）抗战八年（1937—1945 年）

老舍主持文协工作、创作通俗文艺作品和话剧，多以抗战救国为主题，主要作品有《残雾》《国家至上》等。抗日战争全面爆发后，老舍投入全民抗战的洪流。他组织和领导了"中华全国文艺界抗敌协会"，成为一个联络全国各路文艺大军的勤务兵；他致力于文学的普及和曲艺的改造。在这八年的时间里，老舍创作了 310 余篇与抗战有关的作品。

（五）美国三年（1946—1949 年）

1946 年 5 月，老舍和曹禺应美国国务院的邀请赴美讲学和进行文化交流。他们在美国用了半年多时间周游旅行，宣传中国现代文学的成就。同年出版《四世同堂》第二卷。《四世同堂》全书分《惶惑》《偷生》《饥荒》三部，共百万言，描写了北平沦陷后各阶层人民的苦难和抗争。同期，还创作了另一部长篇小说《鼓书艺人》，并协助别人将这两部小说译成英文。他说："一部小说与一部剧本的介绍，其效果实在不亚于一篇政治论文。"

（六）中华人民共和国十六年（1950—1966 年）

1950—1966 年是老舍又一个创作高峰期。除小说、散文创作外，其话剧创作尤为引人注目，并取得很高的成就。

1951 年，老舍创作话剧《龙须沟》。作品上演后，引起文艺界和社会的强烈反响，老舍因之被授予"人民艺术家"称号。1955 年，话剧《茶馆》问世，遂成为当代中国话剧舞台上优秀的剧目之一。1961—1962年，老舍创作自传体小说《正红旗下》，遗憾的是未完成，就被迫停笔。中华人民共和国成立后，老舍曾任政务院文教委员会委员、政协全国委员会常务委员、中国文联副主席、中国作家协会副主席及书记处书记、中国民间文艺研究会副主席、中国剧协和中国曲协理事、北京市文联主席等职。受政治形势影响，1966 年 8 月 24 日，老舍在北京城西北角外的太平湖畔投湖自杀。

二、老舍笔下的市民社会

老舍的小说描写了北平市民社会的五行八作、三教九流，他的小说几乎是一个五光十色的市民王国，北平市民社会形形色色的人，如车夫、艺人、暗娼、巡警、教员、拳师、土匪以及一些游手好闲的八旗子弟等都能够在他的小说中看到。总体来说，老舍写了四类市民形象：老派市民、新派市民、城市贫民、理想市民。

（一）老派市民

老派市民是老舍笔下最丰满、最生动的一个形象系列。他们有一个总体的文化背景，即农者心态。这类老派市民虽然生活在大都市北平，但他们的风俗习惯、文化心理、行为方式都没有脱离乡土。在道德情感上，北平市民继承了农民的朴素；在历史观上，他们又继承了中国农民的狭隘、自私和保守。老舍正是通过发掘老派市民这些特质，探讨了他们的心理痼疾和再造的可能性。因此，老舍的创作在这个意义上显示出了对鲁迅国民性批判题旨的继承。

《二马》中的老马便是一个地地道道的老派市民。老马是老中国的儿女，他到伦敦继承兄长的一笔遗产和一家古玩店。老马到伦敦后便固守遗产，坐吃山空，颐养天年，他整天无所事事。小说写老马是伦敦第一闲人，下雨不出门，刮风不出门，下雾也不出门，叼着小烟袋把火添得红而亮，隔着玻璃窗子，细细地琢磨雾与风的美。他懒得动手动脚，更不想动脑筋去思考人生问题。有人问他人为什么活着？他说为做官；怎么能做官呢？先请客运动呀；为什么要娶老婆呀？年岁到了吗？怎么娶？先找媒人么？娶了老婆干吗？还要讨姨太太。由此，人们可以看到，老马对人生的一些重大问题，都有现成的答案，他从来都懒得动脑筋去思考这些，都是别人怎么做他跟着怎么做。老马自尊自傲，喜欢听别人的夸奖，从不考虑这是虚情还是假意，他最看不起的工作就是经商，最看不起的人就是生意人。老马说君子爱财取之有道，想发财那就要当官，当了官就有钱了。面对英国人，老马怯懦而空虚，百般讨好取宠，显得低三下四，甚至参演有辱中国人的影片，也因此他的店铺被一些华人砸了。对这样一个老派市民，老舍不由得感叹：一个民族要是老了，他从生下来就是出窝老，老马就是出窝老。一个新生命的诞生，并不意味着无限的希望和可能性，而是衰萎和枯竭。

《离婚》中的张大哥也是一个老派市民的典型。小说一开始便说：张大哥是一切人的大哥，你总以为他的父亲也得管他叫大哥，他的"大哥味"就那么足。张大哥一生要完成的使命就是做媒人和反对离婚。对张大哥来说，离婚就意味着一切既有秩序的破坏，而他一生的事业正是要调和这种矛盾，凑合着过日子。张大哥在很多方面都表现出这样的特点，他认为凡事都要拿小筛子筛一筛，这样就不会走上极端。例如，他的衣裳、帽子、手套、烟斗、手杖全都是时髦的人用过了半年多，而老顽固还要再思索两三个月才敢用的样式和风格，他总要这样筛来筛去，生怕有什么出格的地方。张大哥这种不新不旧的观念，其实就是一种保守的表现。张大哥也很热心，谁家有事他都会去帮忙，尤其是帮人家介绍对象，并且一包到底，婚后两口子过日子有矛盾，张大哥也要去调和。后来张大哥的儿子张天真被抓进了大牢，张大哥想方设法救出了自己的儿子，而此时周围曾受惠于张大哥的人却冷眼旁观，甚至有的落井下石。经过这事，张大哥尝尽了世态炎凉，但他并没有因此而有所改变，还是照着以往的处世态度和原则，凑合着过日子，热心帮助着别人。

《四世同堂》中的祁老人也是一个典型的老派市民。他糊涂、保守、狭隘，回避一切政治事件的纷争，哪怕是日本人侵略中国的时候，他关心的也不是民族危亡，而是自家安危。面对民族灾难，祁老人认为只要把自家大门用塞满砖头的缸抵住，再备上三个月的粮食和咸菜，多大的乱子都能挺得过去。他认为日本人之所以侵华，是因为日本人爱占小便宜，看上了卢沟桥上的石狮子，要搁着他，就干脆送给他们算了，反正搁那也没用。这个糊涂的老头竟然可以把自家的东西拱手送给侵略者，甚至当侵略者入侵他们家时，他还满脸堆笑地作揖，说别管天下怎么乱，咱们北平人绝不能忘了礼节。他的邻居钱默吟受儿子牵连，被日本宪兵抓去毒打拷问，后来又被放了出来。祁老人对这位邻居很是同情，但害怕自己受牵连，始终不敢去看一眼。但就是这样一个显得有点自私、糊涂、愚昧的老人，当他被逼到绝境，想做奴隶而不得的时候，也终于觉悟了，对侵略者的兽行有了清醒的认识。老舍要把这些旧中国的老儿女放到抗战这样一个民族危亡的背景下，看看他们的国民性是否还有再造的可能，其中交织着作者复杂的情感，既同情又批判。

（二）新派市民

新派市民的产生和中国城市资本主义的发展和殖民地化程度的加深分不开。由于资本主义的发展和殖民地化程度的加深，北平市民的文化意识变得更为驳杂，一大批受西方文化影响的新派市民应运而生。但这些新派市民，既受过中国传统文化的影响，又汲取了西方文化中的一些皮毛和一些负面因素，因此他们的人性发生了不同程度的异化。在老舍笔下，新派市民又可以分为两类：一类是恶少型洋奴；另一类是洋派青年。

恶少型洋奴这类人物受资本主义观念影响，唯利是图，道德沦丧，寡廉鲜耻，而且行径卑劣。例如，《离婚》中的小赵、《赵子曰》中的欧阳天风。老舍给予这类人物无情的批判和鞭挞。洋派青年这类人物，是只取西方文化的一些皮毛用来装点门面，让自己看起来是个时髦而文明的人。例如，《善人》中的穆女士，她为了显示自己是一个独立女性，受过西方现代教育，便让人叫她穆女士，而不是汪太太。她还给自己的两个丫鬟取了两个非常别致的名字：一个叫博爱，一个叫自然。但实际上她对丫鬟不是打就是骂。为了赶时髦，她到处去演讲，演讲的主题是沐浴和洗澡。在那个很多人饥寒交迫、食不果腹的时代，她的演讲简直就是空虚无聊，不切实际。《牺牲》中的毛博士是一位留美归来的博士，他人虽回国了，但他的人生观、价值观似乎还停留在美国。毛博士从来不去中国的澡堂子，嫌脏；他也从来不吃中国菜，觉得不卫生；他觉得做任何事都要按照美国人的精神去做，结婚后他自认为对妻子非常好，但最后妻子还是离他而去。毛博士非常苦恼，他说自己每天上课走之前都会吻她，每天下课都及时回家，给妻子买储金和保险，我哪样不是照着美国人的方式来的，所以他想不明白为什么妻子会离开自己。最后毛博士说："她是我的人，她跑到天边，没有我她也是黑人。"由此可以看出，毛博士看似接受了现代教育，但骨子里始终抹不去封建礼教的束缚，在他看来，妻子就是他的个人财产，而不是和他一样独立自由的个体。老舍对这类人有一个非常形象的概况，他说像毛博士这样一类人，是"孔教打底，西法恋爱镶边"。《离婚》中的张天真是典型的洋派青年，小说是这样介绍这个人物的：高身量，细腰，长腿，穿西装；爱看跳舞，假装有理想，皱着眉照镜子，每天吃蜜柑；拿着冰鞋上东安市场，穿上运动衣睡觉，每天看三份小报，不知道国事，专记影戏院的广告。

（三）城市贫民

城市贫民形象系列在老舍的市民社会中占有特殊的位置，因为它不但集中体现了老舍跟下层人民深刻的精神联系，而且突出表现了老舍艺术的批判性。如果说老舍对旧派市民和新派市民的描绘带有通俗的喜剧色彩的话，那么老舍对城市贫民的描绘则充满了浓烈的悲剧意味。《骆驼祥子》中的祥子、小福子，《月牙儿》中的"我"，《四世同堂》中的小文夫妇、小崔等，这些都构成了老舍笔下城市贫民形象系列中的一分子。

《月牙儿》用第一人称"我"叙事，"我"七岁丧父，和妈妈孤苦无依，为了活下去，妈妈改嫁，给人浣洗衣物，但这都无法满足母女俩的生活所需，后来母亲只好选择以最屈辱的方式来换取生存。很多年过去了，母亲年老色衰，客人越来越少，眼看母女俩又要衣食无着了，母亲便让正在上学的女儿以同样的方式换取生存。女儿拒绝了妈妈的请求，妈妈没办法离开女儿跟了一个馒头铺的掌柜。从此"我"更是孤苦无依，经历了理想爱情的破灭，也曾试图通过自己的努力养活自己，去饭店当女招待，但是因为不愿以色相取悦客人而被解雇。无奈之下，女孩为了活下去只能重操母业，过着屈辱的生活。后来，母亲被馒头铺掌柜抛弃了，母女重逢，这时候母亲希望女儿趁着年轻多挣点钱，好维持母女俩将来的生活。于是，这对母女就以这样一种屈辱的方式挣扎着。女儿忙着挣钱，母亲就忙着点钱。但是不久城里来的新官员，提倡新道德，登记在册的妓女，因为纳捐所以是道德的，而暗娼因为不纳捐，所以就是不道德的，最后把这些人抓进感化院。女孩也被抓进感化院，因得罪巡视官员，又被投入大狱。在狱中，夜深人静的时候，女孩看着铁窗外的一轮月牙儿，回想起自己一生坎坷的命运，便对着月亮展开了倾诉，倾诉自己内心的屈辱、痛苦和悲凉。这就是这部小说：讲述了一个原本纯洁、善良的女孩，是如何一步一步被黑暗的社会吞食掉；一个原本纯洁的灵魂是如何被扭曲、被撕碎、被蹂躏的。从中，人们可以清楚地看到老舍对生活在社会最底层的弱者所寄予的深挚的同情。其实打动人们的不仅是故事本身，更有小说精巧的艺术构思。首先，小说以第一人称"我"展开叙事，用第一人称叙事特别便于抒发主人公内心的悲凉、屈辱、痛苦，因此，小说一开始就有着强烈的抒情气息，特别容易打动人；其次，小说以"月牙儿"始，以"月牙儿"终，不仅是主人公残缺不全的命运的象征，更是主人公心灵的一面镜子。小说中，主人公命运转折的不同场合"月牙儿"都会出现，它伴随着"我"一生，是"我"悲惨命运的见证者。

《骆驼祥子》是老舍成为职业作家后创作的第一部长篇小说，这部小说的发表标志着老舍进入一个新的阶段，奠定了老舍在现代文学史上的重要地位。小说写勤劳善良、诚实正直的人力车夫祥子买车的三起三落：第一辆车被兵匪抢了；第二辆车还没买，钱便被孙侦探敲诈了；第三辆车虽然买了，但最后虎妞难产而死，为了葬虎妞，又把车卖了。小说通过祥子的故事讲述了一个想靠自己的努力过好生活而不得的故事。在这个过程中，祥子不仅经历了生活理想的毁灭，还经历了精神世界的毁灭。第一辆车被兵匪抢了，他沮丧、生气，但没有完全丧失信心，还想着凭自己的努力再买一辆车，所以他开始跟同行抢座；当想买车的钱被孙侦探敲诈后，祥子开始对正直、诚实等这些善良品性表示怀疑了，还沾染了抽烟、喝酒、赌钱等恶习；当虎妞难产而死，祥子不得已卖掉车子后，他彻底垮了。他想不通为什么车就像个鬼影，永远也抓不牢，而空受那些辛苦与委屈。后来他去找小福子，但小福子不堪屈辱上吊死了。这个时候祥子的精神世界崩溃了，体面的祥子开始堕落了。小说这样写："一个体面的、要强的、好梦想的、利己的、个人的、健壮的、伟大的祥子变成了一个自私的、堕落的社会病胎里的产儿，一个个人主义的末路鬼！"由此人们可以强烈地感受到当时弱肉强食的黑暗社会对个人命运的捉弄，使一个健康的灵魂一步步走向堕落和消亡。作为个人主义者，祥子自身也有很多不足，他的狭隘、自私也是其悲剧的原因之一。老舍通过对祥子自身弱点的挖掘、揭示和批判，在某种程度上实现了国民性批判的主题。

（四）理想市民

在老舍的市民王国里，有一部分市民形象很特殊，这类市民形象寄予了老舍对中华民族、传统文化无限的热爱。老舍从小就喜欢听评书，看武侠小说，因此早期作品中经常会出现一些仗义执言、打抱不平，带有侠义色彩的人物形象。后来随着思想的发展和深化，老舍开始认识到这些理想的人物其实就生活在自己身边，所以他开始自觉地从身边的人物中挖掘潜在的力量，寻找振兴民族的理想之路。因此，他后期作品中的理想市民的形象与前期有了很大的不同，退去了侠义色彩，而在平凡中成就伟大。《四世同堂》中的天佑太太、韵梅等平日里就是一个普普通通的家庭主妇，日常所关注的都是些柴米油盐酱醋茶、老人孩子家长里短这些事。但就是这些普通的家庭妇女，在经历了亡国之痛后开始觉悟，她们看到了家庭以外的世界，她们敢于挺身而出，坚毅沉着地把无私的关爱从家庭扩展到整个民族和国家。同样，钱默吟作为一个典型的传统知识分子，闭门不闻窗外事，整日饮酒作诗、养花喝茶，过着与世无争的生活。但当他的儿子因为参加抗战而壮烈牺牲，自己也被日本宪兵抓去毒打后，他开始觉悟了，他放弃了之前沉醉的生活，最后成为一名抗日战士，彰显了传统知识分子的节气和操守。这就是老舍笔下的理想市民形象，这些平凡的、传统的人物身上深藏着民族的希望和未来。

三、老舍小说的"京味"与幽默

（一）老舍小说的"京味"

老舍小说的"京味"表现在很多方面，下面主要从语言、民俗和文化心理三个方面来分析。

老舍小说语言的"京味"。这突出表现在人物语言的口语化、个性化上。《四世同堂》中有100多个人物，有名有姓的就有五六十个，由于生活环境、社会地位以及文化素养和性格气质的不同，他们都有自己独特的语言表达方式，非常具有个性化。《骆驼祥子》中祥子给曹先生拉包月，躲着虎妞，虎妞便上曹宅找祥子，其中有一段："虎妞鼻子纵起些纹缕，折叠着些不屑与急切；眉棱棱着，在一脸的怪粉上显出妖媚而霸道。看见祥子出来，她的嘴唇撇了几撇，脸上的各种神情一时找不到个适当的归宿，她咽了口唾沫，把复杂的神气与情感似乎镇压下去，半脑半笑，假装不甚在乎的样子，打了句哈哈：'你可倒好，肉包子打狗，一去不回头啊！'祥子忙说：'别嚷！''哼，我才不怕呢，怨不得你躲着我，感情这儿有个小妖精似的小老妈，我早就知道你不是玩意，别看傻了黑粗的，鞑子拔烟袋，不傻假充傻。'"这段文字把虎妞那种泼辣、粗野、蛮横又带点自卑的性格活灵活现地表现出来了，非常生活化，也有北京地方化的色彩。即便是那些话不多的人物，老舍也能抓住要点用简短的几句话就把人物的性格特征凸显出来，如祥子性格木讷、憨厚，话很少，但就是这非常少的台词，很简短的人物语言，老舍也能够把祥子的性格描画出来，如上述虎妞找到祥子，说："原来你在这呢"。祥子很紧张地说了两个字："别嚷。"祥子的紧张、不善言辞便跃然纸上；刘四和虎妞吵架，顺带骂祥子臭拉车的，祥子这时站出来只说了一句话"说谁呢？"可见老舍真真做到了什么人说什么话。此外老舍小说的叙述语言也带有浓浓的"京味"，《骆驼祥子》中有一段写刘四过寿，虎姑娘忙前忙后的场景，这时便写到刘四内心的活动："刘四爷的眼里不揉沙子，把前前后后所见所闻的都搁在一处，他的心中已经明白了八九成。这几天，姑娘特别的听话，哼，因为祥子回来了！……看她的眼老跟着他。老头子把这点事存在心里，就更觉得凄凉难过，想想看吧，本来就没有儿子，不能火火炽炽的凑起个家庭来，姑娘再跟人一走！自己一辈子算是白费的心机！祥子的确不错，但是提到儿婿两当，还差得多呢；一个臭拉车的！……自己奔波了一辈子，打过群架，跪过铁索，临完叫个乡下脑袋连女儿带产业全搬走？没那个便宜事！就是有，也甭想由刘四这儿得到！刘四自幼便是放屁崩坑的人！"这段文字很能体现刘四的性格特征，他很粗鲁，但是心里可不少算计，什么事他都看得明明白白。可以说，跟 20 世纪 30 年代其他作家作品中那种欧化的语言相比，老舍的语言中具有浓郁的生活气息，地道的"京味"，凸显了不一样的民族色彩。

老舍小说民俗的"京味"。老舍的小说为中国新文学提供了丰富多彩的风俗画卷，因此，他的小说具有极高的民俗价值。在他一幅幅近乎原始的风俗画的描绘背后，浸透的更是一种力透纸背的文化意识和历史观念。人们熟悉的几乎所有风俗都可以在老舍的小说中看到，如饮食、礼仪、婚丧、节庆。老舍在最早的长篇小说《老张的哲学》中就写到了各种各样的民俗，尤其是饮食，在老舍的小说中非常突出。他不惜笔墨写到各种各样的饭馆、特色饮食，写出了中国人尤其是北京人各种各样的吃食以及吃法儿。在《二马》中，老舍便把中国人的饮食习俗跟英国人做了比较，他发现英国人吃饭就是为了给自己补充原料，吃对他们而言是一种方式或者手段，目的是更好地工作。但是中国人不一样，中国人似乎就是为吃而吃，吃本身就是一种目的，甚至吃本身就是人生的一种追求。在《赵子曰》中，老舍写到按照赵子曰的历史观，人生乃至世界文化的发展不过是酒瓶里的一点副产品。在《离婚》中，张大哥更有他自己的一套，他说肚子里有了油水，生命才有意义，上帝造人把肚子放在中间，这就说明吃是生命的中心。因此，张大哥一天到晚就是津津乐道于羊肉火锅、打卤面、年糕等吃食。不仅上述人物，老舍笔下的很多北平市民，他们整个生命的流程几乎都可以用吃作为标志。例如，不同的节日有不同的吃食，春节有水饺、元宵、汤圆；端午有粽子；中秋有月饼；等等。老舍对这些有关吃的风俗的描绘，不是为了展示北京人喜欢吃什么，不同的季节有哪些吃食，而是从中发现中国人风俗习惯和人生关系、民族意识的错位。一个民族的风俗是民族意识在传承中的外化，一种民俗具有一种凝聚力和向心力，而这种凝聚力和向心力在某种程度上是一个民族自立于世界之林的一个重要标识。但是在老舍的笔下，北平人的人生目的似乎就在这种风俗本身，而没有任何超越性的价值追求。无论在什么样的情况下，无论是面对国家的动荡还是个人命运的变迁，似乎都很难使他们丧失对饮食的兴趣。老舍对这种情况充满了无奈。他说："当一个文化熟到了稀烂的时候，人们会麻木不仁地把惊心夺魄的事情与刺激放在一旁，而专注意到吃喝拉撒中的小节目上去。"所以在《四世同堂》中，老舍写到按照北平人的习俗，正月初五人们是要到北海参加或者观看滑冰比赛。往年，有钱的没钱的都努力吃过饺子，穿上最好的衣服，实在找不着齐整的衣服，哪怕借一件也要穿戴整齐去参加北平人这一年一度的盛会。当日本人的铁蹄踏入北平，北平人沦为亡国奴后，他们依然有浓厚的兴趣，尽量吃饱了穿好了去参加一年一度的盛典。老舍很沉痛地说："他们忘了前线流血的将士，忘了还关在监狱里受毒刑的亲友，甚至忘了自己脖子上的锁链。"由此可以看到，即便是国难当头的时候，北平人依然忘不了他们日常的享受。老舍通过习俗的描绘揭示了民族灵魂的麻木不仁和苟且偷生。所以说，老舍对北平风俗的描绘，绝不止于作为一个风俗学家在研究、展演风俗，而是有着更深的用意，即从中挖掘民族的劣根性。总之，老舍对民俗的描绘，一方面充满着浓郁的京味，具有北京浓郁的地方色彩；另一方面透过这些民俗，老舍揭示的国民的劣根性也是让人触目惊心的。

老舍小说文化心理上的"京味"。老舍在他的小说中还揭示了北平人特有的文化心理。这种文化心理可以用这样一个词来概括：官样。官样包括几个方面的内容：讲究体面、排场、气派，追求精巧的生活艺术；讲究礼仪，固守成规；性格懒散、苟安、谦和、温厚、懦弱。这样的一种文化心理跟北平人的生活环境息息相关。例如，《骆驼祥子》中刘四爷过寿，大摆酒席，亲朋好友都来祝寿、送礼，主客间互相寒暄着、招呼着，祥子没钱，虎妞掏出自个的体己钱塞给祥子，让祥子给刘四爷送了点礼，显得吉庆，也显得体面、排场。说到送礼，老舍写了很多，《二马》中老马做买卖赔本要送礼。《离婚》中老李的家眷从乡下接来了，同事为了表示恭贺，要送礼；张大哥的儿子从监狱出来以后也得送礼。《四世同堂》中更是如此，小说写祁老人自幼长在北京，耳濡目染地和旗人学习了许多规矩礼路。小说第一章便写到无论战事如何，祁家人也不能忘了给祁老人做寿。而且祁老人也说，别管天下怎么乱，咱们北平人绝不能忘了礼节。其实这不仅是一种礼俗，更是一种文化和性格。在《四世同堂》中，老舍还描绘了北平人温厚、懦弱的性格，小说写到当台儿庄大捷的消息传到北京，祁瑞宣很激动，他想高呼狂喊，但是转念一想自己是北平人，他的声音似乎是专为吟咏用的，北平的庄严、肃穆，不允许狂呼乱闹，所以他的声音必须温柔、和善，以配合北平的敬慕、雍容。就这样为了配合北平的高雅、肃穆、雍容，祁瑞宣把自己内心的激动压抑下去，换做一副很温和、雍容的神态。老舍对像祁瑞宣这类北平人文化心理的描绘，带有非常复杂的情感，既有对北平文化高雅、舒展、含蓄的赞赏，也有对持有这种文化心理的北平人的感伤和悲哀。在老舍看来，当一种文化熟到柔弱无用的时候，就已不再拥有它的荣光了。

（二）老舍小说的幽默

老舍小说从早期"旅英三长篇"开始便显示出幽默的特点。但老舍早期的幽默主要受西方近代文学及北平市民文化的影响，显得有些故弄玄虚。老舍反观自己早期创作的时候说，自己早期的创作多多少少有为了幽默而幽默的嫌疑。他说，早期在写小说的时候，每逢遇到可以幽默一下的机会，就抓住不放，有时候事情本没有什么可笑之处，他便故意要运用点俏皮的语言勉强带出点幽默的味道。后来，随着创作思想、文学观念的升华，他的幽默越来越成熟。在《离婚》中，老舍便不再像他早期那样，故意搞笑，硬挤笑料，而是从社会生活的矛盾中、从人物性格自身的矛盾中去发现幽默、表现幽默，这时的幽默常常是一种含泪的苦笑。例如，《正红旗下》中便写到很多可笑的人物，如大姐的婆婆、姑妈，大姐的公公、大姐夫，这些人物的可笑不是来自外表，而是来自他们的生活方式和生活态度的矛盾，同时这种幽默充满理趣，作者把很深刻的思想用俏皮的方式表达出来，营造了一种意味深长的幽默。在小说第二章中有这样一段议论："二百多年积下的历史尘垢，使一般的旗人既忘了自遣，也忘了自励。我们创造了一种独具风格的生活方式：有钱的真讲究，没钱的穷讲究。生活就这么沉浮在有讲究的一汪死水里。"老舍一语道出旗人、北平人，也是一部分中国人的某种文化心理，这种文化心理在老舍看来是非常可悲的。

必读文献

老舍：《骆驼祥子》《月牙儿》《断魂枪》《茶馆》《四世同堂》

课后巩固与练习

（1）论述老舍笔下的市民世界，并阐明其创作的文化批判视野。

（2）试析《骆驼祥子》中造成祥子悲剧的原因。

（3）简析虎妞的人物形象。

（4）试析老舍小说的"京味"主要表现在哪些方面。

第三节　巴金

一、巴金生平与创作概况

巴金（1904—2005 年）生于四川成都一个旧式的官僚大家庭，原名李尧棠，字芾甘。幼年时的巴金生活在一个充满"爱"的大家族里，他曾说："在那时候一所公馆便是我的世界，我的天堂。"在巴金十几岁的时候，父母相继去世，年幼的巴金非常伤心，开始似懂非懂地了解了恐怖和悲痛的意义。父亲去世后，巴金大哥以长房长孙的身份担起了家庭的重任，由于大哥年轻，各房之间出现了各种纷争，让巴金看到了大家庭"兄友弟恭""诗礼传家""伦理治家"的另一面。1920 年，巴金的祖父去世，导致李公馆走向了分崩离析。家庭的变故对普通人来说无疑是不幸的，但对巴金来说，却成为他天然的财富，为他日后的创作提供了天然的养分。作为一个爱思想的孩子，巴金这时就像刚刚长成的小鸟，只想飞往广阔的天空。对生活苦难与社会黑暗的最初体验，在年少巴金的心里种下了反抗的火种。这时，这个封建大家族变成阻碍他飞翔的铁丝网和囚笼，巴金常常妄想去改造它。

1920 年秋，巴金进入成都外国语专门学校读书，广泛接触和阅读西方文学和社会科学著作，尤其受到社会主义思潮中无政府共产主义理论的影响。1921 年，巴金与朋友一起参与均社等社会团体的工作，自称"安那其主义者"。1923 年 4 月，巴金离开成都，到上海、南京等地，并在东南大学附属中学读完中学。1925 年，巴金与朋友组织民众社，办《民众》半月刊，并从事无政府主义的理论探索和社会运动。1922—1927 年，巴金主要在《妇女杂志》《文学旬刊》《洪水》《时事新报》副刊上发表一些新诗、散文，并宣扬无政府主义的观点。年轻的巴金对无政府主义的追求带有某种宗教意味，在某种程度上，无政府主义是巴金的人生信仰，是容纳他一腔青春热情和社会使命的载体。巴金对无政府主义思想经历了一个由狂热迷恋到渐行渐远的过程，随着思想的成熟，他渐知其"可爱而不可信"。

1927 年，巴金赴法国巴黎求学，其间积极参与营救被美国政府陷害的意大利工人领袖萨坷、凡宰特的国际性活动，但并未成功。时值国内"四一二"反革命政变，大量革命党人和进步群众被捕杀，远在巴黎的巴金听到这样的消息心情极度苦闷与痛恨，于是他便把这种爱与恨交织起来，倾注到了文学创作中，也便有了他的第一部中篇小说《灭亡》，这篇小说深情歌颂了为理想献身的革命青年。1929 年回国后，因无政府主义运动已经失败，巴金将绝望与愤怒的心情寄托于文学，开始了文学创作。

巴金于 20 世纪 30 年代起在上海定居，又不断到南方和北方旅游，写下了大量的散文游记。1934 年秋，巴金写作小说《神》《鬼》《人》，风格渐趋平和稳健。1935 年，巴金回国参加朋友创办的文化生活出版社，并任总编辑，在发现文学新人、推荐优秀作品方面，为 20 世纪三四十年代的新文学事业做出积极的贡献。抗日战争全面爆发后，巴金辗转于广州、桂林、上海、重庆等地，将理想融入知识分子的民间出版事业。抗战后期，巴金的创作风格发生转变，以描写现实生活中的小人物为主，表现出深厚的人道主义，代表作有《憩园》《第四病室》《寒夜》等。1946 年，巴金返回上海定居。中华人民共和国成立后，他担任过诸多文化要职，从事文化活动和文学创作工作，为文化建设事业做出重要贡献。

巴金是勤奋且热情奔涌的多产作家。整体来说，他的创作大体可以分为前后两个时期。前期主要是从 1928 年处女作《灭亡》的完成到 1937 年抗日战争全面爆发。这一时期巴金的作品多以青年的爱情、苦闷、理想与反抗为主题，充满了真挚的爱憎和青春的激情，抒发了那个时代青年人的苦闷，特别能唤起青年的共鸣，主要代表作有《灭亡》《新生》"爱情三部曲""激流三部曲"等。后期主要是从抗日战争全面爆发到中华人民共和国成立。这一时期作品的风格与前期相比，由青春浪漫转向中年人的沉稳，用冷静的人生世相描写代替了奔放的抒情咏叹，主要代表作有《憩园》《第四病室》《寒夜》等。

二、巴金前期小说创作

巴金前期小说创作主要有两大主题：一是正面描写青年投身社会斗争，以《灭亡》《新生》"爱情三部曲"为代表；二是揭示旧家庭残害青年的罪恶，以"激流三部曲"特别是《家》为代表。

（一）正面描写青年投身社会斗争

1928 年，巴金完成了《灭亡》的写作，小说以北洋军阀统治下的上海为背景，描写了青年革命者杜大心对黑暗社会的憎恨和个人的反抗。杜大心受新思潮鼓舞，致力于寻求个人的解放乃至社会的解放，但自己身患肺病，前途渺茫，而且军阀统治下的中国社会黑暗加剧，使他感到前所未有的迷茫与绝望。但他还是拼命工作，想以自己的努力来反抗专制黑暗的社会，他说："凡是曾经把自己的幸福建筑在别人的痛苦上面的人都应该灭亡。"后来，他的同伴被捕遇害，这给了他很大的刺激，他满腔悲愤，对黑暗社会充满了憎恨、诅咒和控诉，他毅然做出"为了我至爱的被压迫的同胞，我甘愿灭亡"的决定，参加了刺杀戒严司令的暗杀活动，结果对方只受了轻伤，自己却献出了年轻的生命。1929 年，《灭亡》在《小说月报》上连载，引起当时青年普遍的关注和喜爱。《灭亡》的魅力不在于革命和反革命激烈斗争的情节，也不在于宣扬了什么主义和思想，而在于穿插其中的杜大心和李冷、李静淑兄妹之间关于人生应该是爱还是憎，是讴歌还是诅咒，对现实社会是逐步改良还是彻底摧毁的激烈争论，更是杜大心那种绝望又抗争的自我牺牲精神。这种精神在当时迫切寻求前途的青年读者间产生了强烈共鸣，激起强烈反响，读者通过作品，可以清晰地感受到同样是年轻人的巴金的思想，甚至是情绪上的起伏波动，这是作家和读者间真正的思想情感上的交流和融合。《灭亡》的续篇《新生》，以日记体的形式，叙述了李冷、李静淑兄妹在杜大心牺牲的激发下，摆脱个人虚无主义，投身工人运动，走向革命的故事。作品渲染了群众的麻木落后和革命者的孤独寂寞，他们只能靠信仰坚持生活和斗争，因而整个作品带有一层阴郁的色彩。在"爱情三部曲"中，《雾》篇幅短小，主要写从日本留学归国的主人公周如水的爱情生活，他虽然是新青年，却摆脱不了封建道德观念的羁绊，在恋爱中软弱、优柔寡断，因此失去了心爱的人。在这三部曲中，最能打动人的便是《雨》了，《雨》接着《雾》的故事写两年后的上海，吴仁民的妻子已经病死，陈真被汽车撞死。此时张若兰已经嫁给一个大学教授，周如水又爱上了另一个小资产阶级女性李佩珠。吴仁民对周冷嘲热讽，但自己也很快坠入情网，恋上他从前帮助过的女学生熊智君。但吴仁民很快发现熊智君的好友就是自己从前的恋人郑玉雯，她因为爱慕荣华富贵而抛弃自己嫁给了军官。就这样，昔日的恋人再次相遇，郑玉雯无法忘怀昔日情感，再次向吴仁民表白，但遭到拒绝，便伤心绝望而自杀。她的军官丈夫仗着自己手里的权力，借口吴仁民是革命党，威胁熊智君嫁给他。熊智君为了保护自己的爱人，违心答应郑玉雯丈夫的逼嫁，并留信鼓励吴仁民去追求自己的事业。最后，吴仁民在悲愤中终于振作了起来，而周如水因李佩珠决心做一个革命女性，拒绝爱情，在绝望中投水自杀。到了《电》的创作，巴金似乎看到了希望的曙光，一改之前阴郁的笔调，换之以明快诗意的笔触描写了一群近乎理想的青年革命者。特别是主人公李佩珠，她是一个近乎完美的女性，作者在她身上倾注了全部的理想和激情，有意识地从多方面刻画她的健康品质，旨在把她塑造成一个健康、成熟的女性革命者，以升华人生境界。在"革命＋恋爱"的小说创作模式下，巴金摆脱了当时普遍存在的概念化的弊病，注重展现 20 世纪二三十年代青年复杂变幻的思想情绪和充满渴望变革的亢奋焦灼的激情，在当时的进步青年中引起共鸣。

（二）揭示旧家庭残害青年的罪恶

几乎与此同时，巴金开始了他另一类小说的创作，这就是"激流三部曲"。"激流三部曲"主要从新文化思潮与封建家族制度剧烈冲突的角度，描写青年反抗家庭的革命，控诉了封建大家庭的罪恶。小说多从侧面暴露宗法家庭统治者的顽固和专制，以及长子继承制的内在矛盾，揭示了封建家庭父辈人物伦理道德的虚伪和沦丧，歌颂了受新文化思想激荡的子辈人物的叛逆行动，表现了青年女性的悲惨命运，以及她们的觉醒与抗争。三部曲中《家》的艺术成就最高，是巴金的代表作。

《家》最早是以在报刊上连载的形式跟读者见面的。最初叫《激流》，1931 年 4 月开始在上海《时报》上连载，1933 年出版单行本，改名为《家》，与后来发表的《春》《秋》合称"激流三部曲"。这部小说发表后陆续印行了 10 版，中华人民共和国成立后印行了 30 余版，曾风靡一时，在国内外产生深远影响。这部小说揭示了旧家庭制度的腐败对青春和人性的扼杀，以及它必然走向灭亡的命运。其思想意义主要体现在两个方面：一方面描写了封建大家族的分化和崩溃，揭露了封建道德、封建专制的罪恶；另一方面探索了旧家庭崩溃过程中青年的觉醒和反抗。这使得这部小说具有了一种沉重的历史感和鲜明的时代感。

小说主要以两个爱情悲剧为线索展开叙述。首先是高觉新、梅表妹和瑞珏的爱情悲剧，觉新跟梅表妹青梅竹马，情投意合，但是有情人却难成眷属，在高老太爷的主持与逼迫下，觉新娶了一个素不相识的女子瑞珏。瑞珏是一个端庄贤淑、善解人意的女子，两人的婚后生活算是和谐，并且他们有一个聪明可爱的儿子。但这三个人同时受着情感的冲击和压抑，梅表妹由此郁郁寡欢，情感淤积而终；高觉新也是抱恨终身，心里充满了矛盾和痛苦，瑞珏非常明白自己丈夫的情感归宿，既同情丈夫和梅表妹的遭遇，又陷入情感、婚姻失落的情绪当中，所以三个人都不同程度地承受着各方面的痛苦和压力。即使这样，高家的长辈并没有放过觉新，就在瑞珏再次生产的时候，恰恰赶上高老太爷一命呜呼，高家长辈为了避免血光冲撞高老太爷的僵尸而带来霉运，强迫觉新把瑞珏送到乡下去生产。觉新对高家的长辈一向逆来顺受、附耳听命，面对高家长辈的威逼，他只好无奈地把瑞珏送到了乡下，结果瑞珏因难产而死。觉新在瑞珏临死的时候，也没有见到她最后一面。在封建家长的迫害下，高觉新失去了最爱的两个女人，失去了家庭。其次是丫鬟鸣凤和婉儿的悲剧。鸣凤是高家的一个丫头，喜欢三少爷觉慧，觉慧也非常喜欢鸣凤。但是在高家这样一个封建家庭里，像梅表妹、瑞珏这样门当户对、端庄贤淑的女性尚且没有自己的尊严和生命的保障，更何况是一个丫鬟呢。高老太爷为了讨好孔教会的会长冯乐山，便把鸣凤送给了冯乐山做小妾，最终鸣凤投湖自尽，以死来抗争。即使这样也未能让高老太爷动容，他又把另一个叫婉儿的丫鬟送了过去，婉儿受尽了冯家的凌辱。在高家高老太爷便是最高的"君王"，他的意志任何人不敢违抗，在他的主持下上演了一幕幕的人间悲剧。巴金通过对这些悲剧的描绘，以及封建家族的罪恶，控诉了以高老太爷为代表的封建家长制。巴金在写这些悲剧的时候也是满怀着悲愤，眼看着一些可爱的年轻人在那里挣扎，在那里受苦，他说他要为这些无名的牺牲者喊冤。而封建家族内部的腐朽，也预示了其必然灭亡的命运。这主要表现在高家儿子辈的身上，高克安、高克定在外面租小公馆，讨妓女做姨太太；借债挥霍，还偷卖妻子的陪嫁首饰。表面上看，高家是个诗礼之家，其实骨子里早已腐朽糜烂。面对家族的黑暗、腐朽、罪恶，年轻一代非常不满，他们在新思想的影响下起来反抗家族的罪恶。小说写到高家的孙子辈觉民、觉慧受新思想的影响而觉醒，从反对家族的专制到反对社会的专制。在外面，他们参加各种学生活动和社会活动，办刊物、发传单，和种种恶势力做斗争；在家

里，觉民大胆逃婚，觉慧最终也离开高家，走向了更广阔的社会。所有
这些都表明了高家年轻一代的觉醒和反抗，他们必将成为高家这个封建
大家族的掘墓人。高家这个封建大家族本身的黑暗和罪恶、年轻一代的
觉醒和反抗，都预示着这个封建家族最终解体的命运。

在《家》这部小说中，巴金对人物性格做了很充分的揭示，并深入
挖掘了人物的内心世界，创造了非常多具有典型意义的人物形象，如高
老太爷、高觉新、高觉慧以及梅表妹、瑞珏、鸣凤等。高老太爷是高家
的权威，他腐朽、衰老、专横、冷酷，是封建礼教的化身。他的意志便
是高家的意志，儿女的命运掌握在他的手中，不仅一手炮制了高觉新和
鸣凤、婉儿的悲剧，还要将同样的悲剧加在高觉民的身上。此外，书中
还写了高老太爷不为人知的一面，他年轻的时候也风流荒唐过，他会巴
结取巧，面对子孙偶尔也会有慈祥温和的时候。由此可以看出高老太爷
性格的多面性，正是这种多面性，才使读者看到一个有血有肉、鲜活而
真实的封建家族的最高统治者形象。高觉新是一个性格非常复杂的人物，
所以人们对他的评价大不一致，有人认为高觉新是封建家族的受害者，
也有人认为他从旁助长了封建势力的威风。他在爷爷的命令下放弃继续
深造学习的理想，放弃爱恋多年的梅表妹和瑞珏结婚，高家家长以封建
迷信的手段逼迫他的妻子瑞珏到乡下生产的时候，他也没有做任何的抗
争，最后眼睁睁看着妻子因难产而死。由此可以看到高觉新这个受过新
式教育的人的懦弱、屈从和逆来顺受。不仅如此，在自己成为受害者后，
他还继续帮着高老太爷管着高家，听从长辈的话，陪他们喝酒打牌，甚
至陪姨太太上街买东西；帮高老太爷寻找逃婚的觉民，囚禁反抗的弟弟
觉慧；等等。但同时高觉新这样做的时候内心也充满了矛盾和痛苦，他
常常靠喝酒、吹箫来缓解自己的痛苦，但长房长孙的责任、封建家族的
权威和温情的伦理关系都使他不敢反抗，也不会反抗，更不能反抗，他
必然经历一幕一幕的惨剧。这样的人物形象的典型意义便在于他越是对
封建恶势力妥协顺从，封建恶势力便越是不会放过他，让他经历一幕幕

的悲剧。最后在家破人亡的时候，高觉醒有了最初的觉悟，他开始认同弟弟的反抗，独自一人抗住黑暗的闸门，放弟弟到广阔的社会中去，只是觉悟的代价太过惨痛。

高觉慧受民主主义和人道主义思想的影响，开始觉醒反抗，他积极参加学生运动，办刊物，演讲，和封建恶势力做斗争。在高家，他冲破封建等级制度喜欢上了自己的丫鬟，他帮助觉民逃婚，他为了大嫂不去郊外生产和家里长辈据理力争，最后毅然和高家决裂，走向社会寻求新的生活。所有这些都可以看出这是一个大胆的、勇敢的封建家族的反抗者。在高觉慧的身上可以看到一个年轻人思想发展演变的过程，从刚开始的不自觉到后来的反抗，再到最后彻底和家族决裂。在这个过程中，读者也会看到他单纯幼稚的一面，如他和鸣凤的爱情、和爷爷临死前的对话及一系列心理活动。他的犹疑、反顾和徘徊表现在小说的各个细节中，所以他是一个幼稚而大胆的"叛徒"，是一个鲜活而真实的典型形象。

《家》在艺术特色上主要表现为以下四点：一是浓烈的抒情性；二是对人物丰富、复杂的内心世界的刻画；三是严谨的结构；四是充满情感的语言。对于巴金，鲁迅这样评价：他"是一个有热情的有进步思想的作家"。巴金自己也说："我不是一个冷静的作者。我在生活里有过爱和恨，悲哀和渴望，我在写作的时候也有我的爱和恨，悲哀和渴望的。倘使没有这些我就不会写小说。"《家》中的场景是巴金亲眼见过或亲身经历过的，其中的人物是巴金爱过、恨过的。在创作《家》时，巴金倾注了全部的感情来写书中的人物、事件和场景，这使得作品具有了巨大的情感冲击力。这点从《家》对人物、场景的描写以及对事件的叙述可以感受到，如写梅芬一家为了逃避战乱暂时寄居高家，和高家人围坐一起打牌的情景，以及瑞珏、鸣凤、梅芬死时的场景，都将人物甚至是作者的情感浸染其中，将封建制度的罪恶、人物的凄惨与哀怨、对封建制度的控诉表现得淋漓尽致，形成浓郁的抒情风格。《家》的另一艺术特色是长于刻画人物丰富、复杂的内心世界。巴金常运用大量的内心独白、心理描写以及人物的神态动作等来凸显人物的心理。例如，对梅表妹、瑞珏、高觉新三个人复杂心理的描绘和表现，对丫鬟鸣凤临死前内心的展露，都非常得透彻和复杂。同时《家》的结构也非常严谨，以觉新、梅表妹和瑞珏之间的情感纠葛、觉慧和鸣凤之间的爱情纠葛作为主要的线索，其中穿插了觉慧、觉新的社会活动，高家内部的钩心斗角，高家子弟的腐朽糜烂等。这样即使人物很多，事件很纷繁，也安排得非常妥帖，层次很分明，矛盾冲突逐步展开，可以说是张弛有度、前后呼应，整个结构非常严谨。巴金小说的语言朴素、热情、流畅，富于感情色彩，他的文字没有任何修饰和雕琢，主要以情动人。

三、巴金后期小说创作

巴金后期小说也可分为两类：一类是顺着《家》的路子继续写旧家庭的没落，以《憩园》为代表；另一类是反映抗战时期"小人物"的人生世相，如《火》《第四病室》《寒夜》。

《憩园》的创作酝酿于 1941 年，当时巴金回到家乡，感念物是人非，因此这部小说带着浓郁的归家寻梦的哀伤和人事变迁的感慨。巴金在《憩园》中批判了福荫后代、长益子孙的封建思想，同时小说中的人物充满了人道主义的同情。憩园本是一所老宅子，它的原主人杨老三，是一个靠祖宗遗产、坐吃山空的纨绔子弟！在外面吃喝嫖赌，荡尽了家产，甚至把妻子的陪嫁偷偷地拿出去卖掉，在外面租小公馆包养妓女。后来妓女三番五次骗取他的钱财并抛弃了他，而他好逸恶劳，过惯了寄生生活，宁愿沿街乞讨偷盗、住破庙，也不想干活挣钱养活自己。他的儿子寒儿不忍心看自己的父亲流落街头，经常偷偷去照顾他。寒儿知道父亲非常喜欢茶花，便经常闯入老宅摘一束茶花带给父亲。杨老三最后不忍连累儿子，便偷偷离开，从此杳无音信。后来，杨老三在街上偷东西吃，被抓去劳改，由于他懒惰不愿意参加劳动，所以装病和监狱的病号住一起，结果真染上霍乱，不治而死，这是杨家的悲剧。憩园的新主人姚国栋曾经当过官，也做过教授，后来什么都不干了，回到了家乡，靠着祖上留给他的田产过日子。他买下了杨家的老宅，包括老宅的仆人。姚国栋有个儿子小虎，因母亲早逝，祖母和父亲对其溺爱骄纵，导致小虎小小年纪便沾染了很多不良习惯，经常逃学打牌，看戏摆阔。小虎的继母昭华很担心，曾多次规劝姚国栋。后来，小虎在一次贪玩中不幸溺水而亡，这是姚家的悲剧。《憩园》通过两家的悲剧，批判了封建统治阶级的寄生生活对人的腐蚀和毒害。这部小说在艺术构思上非常精巧，以第一人称"我"展开叙事，"我"是一个作家，多年后回到家乡，遇到故交姚国栋，便在姚国栋热情的邀请下住到了憩园，由此便展开了故事的叙述。此外，这部小说充满了复调的色彩，其中存在多重声调，在"我"讲述两家的悲剧故事的同时，穿插了寒儿、杨老三、姚国栋各自对自己故事的讲述，讲述者不同，立场和角度自然不同，这就使得同一个故事产生多个声音，形成相互辩驳、相互质疑、相互印证的复调特征。同时，小说中还充斥着一种古朴的气息，古朴的憩园、杨老三对茶花和古诗的痴迷等，都充满了诗意的味道。

《寒夜》描写的是凡人小事，引发了人们对人性及家庭伦理的思索。主人公汪文宣和曾树生是大学同学，曾有美好的愿望和远大的抱负，立志奉献教育事业，为国家做贡献。但在那样一个战乱的年代，生活给予他们的不幸和坎坷摧毁了他们的理想，甚至扭曲了他们的人格。汪文宣吃苦耐劳、忠厚老实且有才华、有理想，但在山河破碎、势富凌贫的社会中，他的锐气很快便被消尽，变成了一个胆小、善良、软弱的小公务员。他薪水微薄，又上有老母下有妻儿，生活的重压使他一步步陷入经济和精神的困境而无法自拔。

在单位，汪文宣唯唯诺诺，被领导和同事看不起，最后仅获得了一点微薄的薪水便被解雇了。在家里，他又陷入母亲和妻子无休止的争吵中而左右为难。在内外生活的夹击下，这个与世无争、忠厚善良的小人物病得越来越重，最终在抗日战争胜利的鞭炮声响起时，凄惨地离开了人世。曾树生和汪文宣一样也曾有理想、有抱负，毕业后在银行供职，由于工作需要不得不打扮得花枝招展地出去应酬。加之汪文宣失业了，家里的生活重担只能靠她一个人来支撑。回到家后，婆婆又对她百般挑剔，而丈夫又是那样一副病弱的样子，在很多时候都不能站在她的身边给她保护。她的儿子小宣也是小小年纪，看着病恹恹的，这个家让她觉得沉闷苦恼甚至想逃离。最终他的上司陈主任去兰州，她便舍弃家庭一起随行，曾树生也曾希望丈夫可以挽留她，但汪文宣的懦弱、自卑都使他没有劝阻妻子留在自己身边，反而跟妻子说"你走吧，我很好的！"听了丈夫的话，曾树生更加失望，于是便毅然决然地离开了家，离开后，她经常给家中写信寄钱。终于抗日战争胜利了，曾树生从兰州匆匆赶回家里，可惜这时汪文宣已病逝，汪母带着小宣离开了成都，不知去向。小说结尾写曾树生一个人站在寒冷的夜里，孤苦伶仃，家破人亡。这是汪文宣和曾树生的悲剧，社会的黑暗、个人性格、家庭伦理等原因最终导致一个原本美好的家庭破碎。《寒夜》通过对凡人小事的书写，控诉了罪恶的战乱，其中也不乏对人性、家庭伦理的思考。

必读文献

巴金：《家》《寒夜》《憩园》《我的幼年》

陈思和：《人格的发展·巴金传》

杨义：《中国现代小说史》

课后巩固与练习

（1）《家》中的高老太爷的人物形象分析。

（2）《家》中高觉新、高觉慧的人物形象分析。

（3）《寒夜》的思想主题分析。

（4）结合具体作品，比较分析巴金前后期小说创作风格的异同。

第四节 沈从文

一、沈从文生平与创作概况

沈从文 (1902—1988 年），原名沈岳焕，笔名休芸芸、甲辰、上官碧、璇若等，湖南凤凰县人，现代著名作家、京派小说代表人物。1902年，沈从文出生于湖南凤凰县一个军人家庭，祖父曾经是曾国藩手下的一名提督。沈从文 6 岁进私塾，因私塾呆板的教育方法和严厉的体罚制度，他经常逃学，流连于湘西的自然山水之中。凤凰县是土家族、苗族等少数民族聚居地，这里的人情世态、风俗习惯不仅为沈从文提供了感性生活资源，还决定了沈从文的思想感情与小说的叙述格调。沈从文总是自称"乡下人"，其根源就在于此。1918 年小学毕业后，沈从文随当地的一支土著军队辗转流徙于湖南、四川、贵州三省与长达千里的沅水流域，见惯了边地的征战与剿杀，也见惯了底层人民的艰辛与欢愉。1922 年，沈从文怀着"追求光明，追求知识"的理想，来到北京求学。但是，大学没有接纳他这个远道而来的"乡下"青年。于是，他在饥寒交迫的状态下了开始了自己的文学创作。1924 年起，他开始在《晨报副刊》《现代评论》《京报·民众文艺》上发表作品。1926 年，沈从文出版了第一部作品集《鸭子》。1931 年，在国立青岛大学教"小说习作课"，他的创作也开始走向成熟，其间写下了《月下小景》《八骏图》《从文自传》等著名作品，在文坛产生影响。1934 年，编辑《大公报·文艺副刊》，并创作著名中篇小说《边城》，由此成为京派小说家的代表。抗日战争全面爆发后，沈从文在西南联大任教；抗日战争胜利后，在北京大学任教。1949 年以后，沈从文停止文学创作，在中国历史博物馆和中国社会科学院历史研究所工作，研究文物和古代服饰。1988 年，沈从文逝世。

后来的沈从文俨然是一个标标准准的城里人了，但他还是常常以"乡下人"自居，还是会以一个乡下人的眼光来打量这个都市，于是他看到了都市的丑陋、污秽，更看到了都市人人性的扭曲。当对都市文明感到失望的时候，他就着意寻求一种理想的生存状态，此时他蓦然回首，发现他久违了的家乡湘西，才是供奉他理想人性的希腊小庙，在那才有他憧憬的那种健康的、优美的、自然的、不悖乎人性的理想人生形式。

沈从文的文学创作既不同于左翼文学，也不同于海派文学，他既不是从党派政治的角度来写农村的凋敝或都市的罪恶，也不是从现代商业文化的角度来表现物质的进步和道德的颓丧。他是站在左翼和海派之外，以一种地域的、民族的、文化的、历史的态度，在城乡的对照中批判现代文明丑陋的一面。所以沈从文的创作丰富了 20 世纪 30 年代文学的多元性。

沈从文一生创作的结集有 80 多部，是现代作家中成书最多的一位。从体裁上看，沈从文的创作可以分为小说、散文和文论。比较有代表性的小说有《边城》《萧萧》《龙朱》《阿黑小史》《月下小景》等，散文集有《湘行散记》《湘西》等，文论有《废邮存底》等。

沈从文的小说创作主要可以分为两类：一类描写湘西古老的习俗和生命的原始活力；另一类讽刺带上了文明枷锁的都市人性。从作品到理论、从对乡村生命形式的诗意表达到对都市的批判，沈从文以他的文学创作，完成了他对理想人生形式的建构，也即那种优美的、健康的、自然的、不悖乎人性的人生形式的建构，并借此宣布了自己"本于自然，回归自然"的哲学思想。

二、沈从文的两个文学世界

沈从文的创作疏政治而亲人性，以其独特的生命哲学和追求自然人性的审美选择，糅合写实、浪漫、象征、精神分析、意识流等多种艺术方法，构建起自己的小说世界。这个世界的主体部分由"湘西世界""都市生活"这两个对立的世界构成。

（一）沈从文笔下的"湘西世界"

沈从文的创作基本上以乡村为主，他创造了一个非常独特的乡村世界，叫"湘西世界"。这个独特的世界包括以下内容：首先是对湘西健康、优美人生形式的表现，代表作有《边城》《三三》等；其次是对湘西古老的习俗和生命的原始活力的描写，代表作有《月下小景》《萧萧》《柏子》《阿黑小史》《雨后》等；最后是在展示湘西美好人性的同时，写到了边地人的痛苦和忧虑，代表作有《丈夫》《贵生》《长河》等。

《边城》是沈从文的代表作品，也是现代文学史上的优秀之作。小说写了一个凄美的爱情故事，守渡口的女孩儿翠翠，是一个美丽、纯洁、天真的少女。当地有个船总叫顺顺，他的两个儿子天保、傩送都爱上了翠翠。天保通过媒人去说亲，但是没有得到明确的答复。弟弟傩送知道以后，没有按照当地习俗以决斗论胜负，而是采用公平的、唱山歌的方式向翠翠求爱。哥哥天保觉得自己不是弟弟的对手，就放弃了追求，离开家乡，在他驾船离家出走的时候，船毁人亡。傩送因为哥哥的死，对老船夫产生了误会，认为老船夫"为人弯弯曲曲，不利索"，以至于造成哥哥的死，因此，也放弃了对翠翠的追求，离开了家乡到外地干活。因为忧虑孙女的婚事，老船夫苍老了许多，在一个雷雨之夜死去。翠翠心中爱着傩送，小说结尾写她仍然一边看守着渡口，一边等着傩送："这个人也许永远不回来，也许明天就回来！"通过这样一个美好而哀伤的故事，沈从文表现了湘西那种宁静的生活以及淳朴的民风，同时寄托了自己的理想。茶洞这个地方不但自然风光美，而且风俗人情也是一样美好淳朴。在小说中，人与自然、人与人、人与社会都是和谐相处的，人性的淳朴与风景的优美构成了一幅非常完整的乡村画卷，这样一个世界象征着沈从文心中理想的国度和理想的人性，特别是翠翠的形象，更是一个单纯、美好的所在。

小说《三三》写一个女孩三三的纯真和对爱情的朦胧向往，体现了一个乡下女孩自然、随性的生活和品性。

沈从文的小说写到了很多奇风异俗。例如，《月下小景》写在边地的一个山寨中有一种古老的习俗，这种习俗要求女子可以同第一个男子恋爱，但是必须同第二个男子结婚。如果有女子违反这种规矩，就要被沉潭或者扔到地窟窿里。寨子里的一对青年男女，为了追求真挚的爱情，为了反抗这样一种野蛮的习俗，宁愿双双服毒，一起离开这样一个世界。所以虽然这种旧风俗像一种严酷的法律，但是在这个法律下牺牲的人却大有人在。小说写了一种野蛮的习俗，同时讴歌了一种真挚的爱情，写得非常美。《萧萧》描写了湘西当地的童养媳婚姻风俗。12岁的萧萧嫁给了还不满3岁的小丈夫，萧萧嫁过去后的主要任务就是哄她的小丈夫，搂他睡觉，带他出去玩，以及给婆家做点家务。后来萧萧被家里的长工花狗引诱，糊糊涂涂怀上了孩子，花狗胆小怕事，逃之夭夭，只留萧萧一个人面对。按照当地的规矩，出了这样的事情，萧萧要被发卖。于是萧萧就等待着婆家给她寻找适合的，左等右等，总是没找着合适的买家。眼看着萧萧身子越来越笨，将近临产，这个事情就搁置下来了。第二年春，萧萧生下了一个儿子，萧萧婆家喜欢得不得了，就把萧萧留下了。过了多年之后，萧萧跟她的小丈夫也生了一个儿子毛毛。12年之后，萧萧生的第一个儿子已经长大了，她又张罗着给自己12岁的大儿子娶了一个长他6岁的媳妇，萧萧抱着自己的二儿子站在屋前看新媳妇进门，就像当年抱着自己的小丈夫一模一样。

沈从文在写这种古老习俗的同时，对湘西人的原始生命活力做了大量描绘。《柏子》就写了一个年轻的水手柏子在一个月的辛勤出海之后来到吊脚楼找自己的情人相会的故事。在柏子看来，跟情人的一夜欢愉，抵得过一个月的劳苦，抵得过船只来去路上的风雨太阳，抵得过打钱的损失，抵得过所有所有的辛苦。《雨后》写的是在雨后的山野里，一对青年男女欲望的涌动和满足。

沈从文展示湘西美好人性、优美人生形式的同时，写到了边地人的痛苦和忧虑。《丈夫》就写老七的丈夫到码头上看望她的过程中发生的一些事情。丈夫和妻子在同一条船上，却无法互诉衷肠，说不上几句话，甚至丈夫目睹了一群醉酒士兵在船上的胡闹，此时丈夫觉得很是难过。小说结尾写到丈夫丢掉了妻子给他的卖身钱，双手蒙面大哭，最后毅然带着妻子回家去了。《长河》写沅水流域有一个乡镇盛产橘柚，这个镇上有个橘园的主人叫滕长顺，他富甲乡里，为人公正义气。他的三女儿夭夭长得美丽活泼，很招人喜欢。后来镇上来了队保安队，他们仗势欺人，横行乡里。保安队长强买强卖，硬要滕长顺一家以非常低的价格卖掉他们家的一船橘子，还对夭夭垂涎三尺，虎视眈眈。小说虽写了这个小镇的宁静和淳朴，但也写到了外来因素对小镇的侵扰，透露出一种悲剧的端倪，笼罩着一种风雨欲来的历史命运感。

（二）沈从文笔下的"都市生活"

沈从文的小说还对都市人性的虚伪和堕落进行了嘲讽和揶揄，如《八骏图》《绅士的太太》。《八骏图》写八位教授，因都是非常知名的学者，便被校长称为"千里马"。但八位教授到青岛做短期演讲时，有的儿女成行，却在自己宿舍的蚊帐里挂着半裸的美女照片；有的嘴上大谈精神恋爱，实际上却拜倒在交际花的石榴裙下；有的暗地里跟当地的青年女子幽会；有的甚至写信给妻子说自己病了，要晚几天回去，而实际上这位教授是想找机会和交际花幽会。小说对都市人的表面衣冠楚楚，实则虚伪堕落进行了深刻嘲讽。《绅士的太太》写都市中几个不同绅士的家庭，绅士们有钱有闲，打牌取乐，跟其他女子幽会；太太们也不闲着，在外面找年轻男子厮混。有的姨太太甚至和别人有了孩子,有的姨太太和绅士的大儿子有了私情。小说通过写这些表面上有地位、体面,骨子里却充满了腐朽和无耻的家庭,表达对都市人性的虚伪和堕落的无情嘲讽。

三、沈从文小说的艺术追求

沈从文小说的艺术追求独具个性,首先表现在他创造性地运用了一种特殊的小说体式。这种小说体式不重情节和人物,强调叙述主体的情感、情绪在创作中的重要作用。沈从文将这种小说归纳为"情绪的体操""情绪的散步",而诸多评论者将其称为"诗小说""抒情小说"。对这类型小说来说,意境和气氛的营造和人物描写同样重要,因此作者往往将环境看成是人物的外化,甚至是景即人、人即景。沈从文很多小说都具备这样的特点,如《边城》《柏子》《萧萧》。《柏子》起笔便写水手柏子如何把船停泊在码头,又如何爬上桅杆去打理船上的事物,随后描写河岸的风光,最后才进入主题,描述柏子如何离船上岸去找他的情人。沈从文总是先从场景、景物入手,并将情感浸透其中,构成现实和梦幻水乳交融的意境,达到一种情景交融、心物合一的效果。因此,沈从文的小说一般没有明晰的故事线索或者中心人物,但读者能在阅读的过程中感受到美和真,这样的小说创作范式对后来的小说创作产生了重要的影响。

其次表现在小说结构变化多端、灵活自如上。沈从文作品的文体不拘常例,故事不拘常格,他喜欢将自己作品称为习作,这也显示了他不断探索新的艺术表现形式、不断突破自己的追求,也因此有人称沈从文是小说的魔术家。沈从文的小说结构由内到外都非常自由、灵活,篇与篇之间的结构很少重复,而且花样翻新。例如,《大小阮》写叔侄两人不同的品性,构成一种双线结构;《菜园》采取顺序结构写了一对革命的年轻夫妇;《月下小景》则采用了故事套故事的连环结构。

再次表现在小说语言的古朴、明丽上。沈从文的小说语言往往格调古朴，句式紧俏，主干突出，少夸张，单纯又厚实，朴乐又传神。这源于沈从文创造性地汲取了湘西的民间口语、民间语言的表达方式及民歌的养分，形成独特的语言美。例如，《边城》中便使用了很多湘西民歌，新鲜感扑面而来；《萧萧》中将萧萧比喻成乡间的蓖麻，将婆婆比喻成剪刀等都是很好的例证。

最后表现在对人物的传神描绘上。沈从文对湘西人那种懵懂又混沌的状态有着传神的描绘。例如，《边城》中对翠翠有点清纯、害羞、孤独，又向往美好爱情的懵懂心理描写得非常传神；《丈夫》中对丈夫在码头的船上目睹了醉酒士兵的大吵大闹后，失落、难过，有种说不清道不明的感觉，刻画得非常生动。沈从文往往抓住人物特有的动作、神态来描述人物的心理，甚至有时将这种心理外化为一种可观的图景，让读者自己去领悟和感受，从而形成强大的阅读空间。

总之，沈从文通过潇洒、随心的笔致，诗化的小说体式，给读者展示了一个遥远奇特又带点神秘色彩的湘西世界，同时展示了一个淳朴强健、没有被都市文明污染的自然的人性。因此，沈从文以对自然人性的探索、对边地风俗的描绘，以及诗话抒情的笔墨，支撑起了京派小说的顶梁。

必读文献

沈从文：《边城》《萧萧》《丈夫》《长河》

金介甫：《他从凤凰来：沈从文传》

凌宇：《沈从文传》

课后巩固与练习

（1）试析沈从文《边城》的艺术特色。

（2）结合具体作品，比较分析沈从文作品中的"湘西世界"和"都市世界"的文化内涵。

（3）《边城》中那种与世无争的世外桃源景观在现代社会中是否有意义。

第五节　曹禺

一、生平与创作概况

　　曹禺（1910—1997年），原名万家宝，祖籍湖北潜江，出生在天津一个没落的封建官僚家庭。幼年家庭生活对曹禺后来的戏剧创作有两方面的重要影响。一是父亲与上流社会的交往，使曹禺见识了许多"乱七八糟的事情"和"高级恶棍、高级流氓"，为曹禺后来的戏剧创作做了生活上的准备。曹禺后来也说："我出生在一个官僚家庭里，看到过许多高级恶棍、高级流氓，《雷雨》《日出》《北京人》里出现的那些人物，我看得太多了，有一个时期甚至可以说是和他们朝夕相处。"上流社会的腐败堕落，使曹禺产生了强烈的正义感和人道主义同情心，这些亲身经历也自然成为他戏剧创作最直接和最熟悉的题材。二是经常跟随继母到戏园看戏听曲，使得曹禺从小对戏剧艺术产生了浓厚的兴趣，这也成为曹禺戏剧创作的艺术底蕴。曹禺的童年、中学时代是在辛亥革命、五四运动、大革命等重大社会变革中度过的。社会的黑暗，使他深感不平和痛苦，新思想的涌入、新文学的兴起，又使他接触到革命民主主义思想。他大量阅读进步报刊、西方名著，受到外国文学和中国新文学的滋润。1922年秋，他考入南开中学学习。南开中学是当时中国话剧运动的一个发源地，因此话剧运动在这个学校开展得非常普遍。在南开中学读书期间，曹禺还出演过一些剧中的人物，如《玩偶之家》中的女主角娜拉，舞台演出的实践，为他后来的戏剧创作打下了良好基础。1929 年，曹禺转入清华大学西洋文学系，专攻西洋文学，精心研读外国戏剧作品。在这里，他受到了更为系统的西方文学的熏陶，其中对他的影响最大的是西方戏剧。曹禺在清华大学期间读过几百种中外剧本，如古希腊的三大悲剧家、莎士比亚、契科夫等戏剧大家的作品。这样一种学习经历，极大地开阔了曹禺的艺术视野，提高了他的文学、戏剧修养，为他的戏剧创作打下了坚实的基础。再加上曹禺个人的天赋，他深沉、敏感的性情，使得他在戏剧创作中融汇中西，把传统文学、传统戏曲的某些因素和特征跟西方戏剧的某些特质相融合。

　　曹禺一生的戏剧创作，大体分为三个时期。第一个时期为 1933—1937 年。其间他创作了著名的剧作《雷雨》《日出》《原野》，堪称创作上的黄金时代。第二个时期是 1937—1949 年，这时期作品题材的现实性得到增强，出现了具有高尚思想品格的正面形象，剧本开始透出较多的亮色和乐观的调子，剧作有《黑字二十八》《蜕变》《北京人》《家》《桥》《艳阳天》等。中华人民共和国成立后，曹禺进入创作的第三个时期，此时期的剧作有《明朗的天》《胆剑篇》《王昭君》等。曹禺一生创作的话剧数量不算多，但很有分量，尤其是《雷雨》《日出》《原野》《北京人》这四大名剧，在中国乃至世界戏剧史上产生了深远影响。曹禺的剧作不但标志着中国现代话剧剧场艺术的确立，而且中国现代话剧也是经由曹禺走向成熟的。

二、曹禺的代表剧作

（一）《雷雨》

　　《雷雨》是曹禺的第一个戏剧生命，也是现代话剧成熟的标志。一切经典性作品都拥有无限的阐释空间，读者可以从不同维度对其进行开掘和阐释。

　　人物形象塑造。《雷雨》中人物形象众多，主要人物有周朴园、鲁侍萍、繁漪、周萍、周冲、鲁四凤、鲁贵、鲁大海等。周朴园是周公馆的封建家长，深受封建主义文化和资本主义文化的双重影响。通过对这个人物形象的塑造和批判，揭示了中国半封建半殖民地社会的畸形。周朴园专横、冷酷、自私、虚伪，他刻意要维持封建家庭的秩序，把妻子繁漪当成实现他某种意志的工具，没有温情也很少关爱；要求儿子们把他视为权威，无条件地服从他；30年后面对再次重逢的鲁侍萍，首先想到的也是自己的名誉和利益；作为资本家，他为了赚钱不惜牺牲工人性命、克扣工钱、镇压工人罢工和农民抗争。由此，读者可以看到一个专横、自私、冷酷的封建家长和资本家形象。然而，这样的人物身上也有温情的一面，他常年在小客厅的桌上摆放鲁侍萍的照片，甚至家里的家具他是按照侍萍在时的样子摆放的，包括关窗户的习惯。周朴园内心偶尔也会有怀念、愧疚和忏悔，由此可见，周朴园也是封建思想的受害者。繁漪是剧作中最雷雨式的人物，她忧郁而疯狂，性格具有丰富性和多面性。她不惜违反人伦道德，爱上了自己的继子周萍，甚至为了爱生出报复之心，利用自己的亲生儿子周冲做挡箭牌，最后无意中毁了三个年轻人的生命，是一个具有强烈悲剧性的人物形象。周萍懦弱自私，一方面对父亲的专制不满，对家庭不满；另一方面又懦弱而不能承担责任。

　　《雷雨》的艺术特色。首先，《雷雨》借鉴了西方戏剧中"三一律"的创作原则，在有限的时空中组织了复杂、强烈的戏剧冲突，扣人心弦，具有良好的舞台效果。时间上，《雷雨》的故事虽然长达30年，但作者集中在一天当中上演各种激烈的矛盾和冲突。从事情发生的地点来看，《雷雨》的场景主要是周公馆的客厅和鲁家的住处。这样就把矛盾和冲突浓缩起来了，把长达30年的悲剧故事、多种人物在同一个时间、同一个地点进行展演，造成激烈又复杂的戏剧冲突，产生良好的戏剧效果。全剧矛盾非常复杂，有三条主要矛盾线索：周朴园跟繁漪、周朴园跟侍萍、繁漪跟周萍，且穿插很多次要矛盾：周朴园跟鲁大海、周萍跟周冲、周萍跟侍萍、周冲跟四凤、鲁贵跟四凤等之间复杂的关系冲突。诸多矛盾融合在一起，在一天中爆发出来，那种摄人心魄的效果让人瞠目结舌。

其次，《雷雨》借鉴了西方命运悲剧、性格悲剧和社会悲剧的模式，从而创造出了一出经典的悲剧。曹禺非常喜欢读西方的戏剧名作，如古希腊著名戏剧家索福克勒斯的《俄狄浦斯王》，主人公俄狄浦斯越想挣脱命运的罗网，就越被命运这张网勒得更紧，最终还是应验了神的预言：挣脱不了命运的安排。《雷雨》中侍萍母女的命运便是一个很好的例证，侍萍试图挣脱命运的安排，但是她越想挣脱就越被命运捉弄，30 年后还是被不公平的命运带到周朴园的面前。她千方百计不希望自己的女儿重蹈覆辙，却不承想四凤也即将走上自己的老路，甚至她女儿比她的命运更为悲惨，由此可以看到命运悲剧对《雷雨》的影响。性格悲剧是指人物的性格在某种程度上会对悲剧的发生产生很大的影响，莎士比亚的《奥赛罗》便是性格悲剧的经典之作，"奥赛罗"后来也成了嫉妒的代名词。在《雷雨》中，曹禺着意强调了人物不同性格的作用，并在冲突中进一步强化人物的个性特征，如周朴园的专横、自私和冷酷，繁漪的忧郁、疯狂，侍萍的忍耐、宿命。繁漪由爱生恨，后来到了疯狂报复的地步，这跟繁漪的性格有很大的关系：表面上看，她很沉静，也很抑郁，但其实她内心潜藏着一种火一样的情绪。正是这种情绪，使她不顾一切地采取了报复的手段，最终导致了周、鲁两家的悲剧。《雷雨》的创作还受到社会悲剧的影响。早在中学时，曹禺就出演过《玩偶之家》娜拉的角色，当时的曹禺已熟读易卜生的作品，易卜生的社会问题剧对他有很大的触动。《雷雨》通过对周、鲁两家悲剧的描绘，对畸形的社会、周朴园的封建专制乃至整个封建道德男权社会进行了猛烈抨击和批判，从中可以看到社会悲剧的影响。在这出悲剧中，所有人物的欲望都很难实现。周朴园刻意要维持封建大家庭的秩序与权威，但最终分崩离析；繁漪一心一意要抓住周萍这根救命稻草，却越想抓得紧，周萍就越是竭力地想挣脱她，最终繁漪处于疯狂报复的漩涡，毁了周萍也毁了自己；周萍想借助四凤摆脱自己的罪孽感，但最终事与愿违，开枪自杀；周冲喜欢四凤，他有着天真烂漫的想法，但这种想法最终也破灭了；侍萍竭力想让自己的女儿摆脱自己当年的命运，同样没有成功；鲁大海作为矿上的工人代表，来找周朴园交涉，结果工人当中出了工贼，被周朴园收买，鲁大海也没有得到预期的效果；鲁贵奴性十足，只想在周家讨口饭吃，但最终也未能如愿。在《雷雨》中，所有的人都在挣扎着，都有自己的妄想，但没有一个人能够挣脱命运的牢笼。在结构上，《雷雨》采取一种回溯式的结构，这种结构使得读者跟曾经发生的悲剧拉开了一段距离，这段距离便于读者返过头来审视曾经的悲剧。也就是说，无论是怎样的悲剧、怎样的挣扎、怎样的残酷，都已经成为过往。当所有这些成为过往时，爱与恨或许都可以消灭了，因此这个剧作又透露出作者一种很深的悲天悯人的感觉。

再次，《雷雨》在创作上追求自然气氛与戏剧气氛的结合。当序幕拉开的时候，人们可以听到蝉声、蛙鸣，还有一阵阵的雷声，然后就是人物的出场，个个嘴里喊着"热"，这种热不仅是自然气候的炎热，还是人物心理情绪，乃至生命存在方式的表现，如繁漪希望破灭的郁热、四凤地恐惧和不安。尤其是当高潮到来时，一边是所有矛盾的爆发，另一边是外面的电闪雷鸣，就在大雨倾盆、电闪雷鸣中，三个年轻人从这个世界上消失了，剧作将自然气氛和戏剧气氛非常好地融合在一起。

最后，《雷雨》的语言非常个性化，含蓄又富有弹性，具有丰富的潜台词。例如，鲁贵奴性十足，为了保住在周家的位置，面对繁漪的逼迫说话软里带硬；侍萍跟周朴园相见时的对话、侍萍跟周萍相见时的对话，都简短却有力，把人物内心复杂的情绪表现得淋漓尽致。

《雷雨》的主题意蕴。对《雷雨》主题意蕴的解读一直是多方面的，其中最为普遍的解读是从社会的角度来阐释，剧作通过一系列矛盾与悲剧的发生，揭示了封建资产阶级家庭的罪恶与黑暗，具有很强的现实批判性。同时，《雷雨》中所蕴含的人性的扭曲与异化、人类欲望的诸多呈现、不可把控与无法逃离的人类宿命感等，都成为剧作富有意味的主题，因此《雷雨》的意蕴是丰富、复杂、多维的。

（二）《日出》

《日出》是《雷雨》之后，曹禺的又一个全新的艺术生命。《日出》无论是在艺术表现手法上，还是对人生的理解和阐释上，都有了新的改变。《日出》由传奇转向平凡，由表现变态转向常态，采用散点技法，通过人物片段演绎人生，阐明观点。其创新之处表现在以下几个方面。

首先，跟《雷雨》相比，《日出》在主旨的发掘上，有更明确的社会目的性。如果说《雷雨》重在表现家庭道德的沦丧，那么《日出》则重在暴露半殖民地下大都市的黑暗糜烂，明确地提出了对那种损不足而奉有余的社会制度的批判。为了表现这一主题，《日出》无论是在场景的设置上还是人物的安排上，都有了不同的思考。曹禺设置了两个场景，即上层社会与下层社会，通过两种社会的比较，凸显了两种不同的人生，揭示了上层的罪恶和下层的不幸。具体到剧作中，这两个场景分别是交际花陈白露栖身的高级旅馆和妓女翠喜寄生的三等妓院。陈白露栖身的高级旅馆，来往的是银行家潘月亭、黑社会头子金八爷、面首胡四、搔首弄姿的顾八奶奶，以及中国话还没有洋话说得流利的洋奴张乔治等有财有势、春风得意、觉得自己可以掌控自己命运也可掌控别人命运的这样一群有余者。翠喜寄生的妓院生活着小东西、黄省三等社会底层不幸可怜的不足者。但在作者眼中，这些有余者也无法逃脱命运的罗网，对于这类人，作者给予了鞭挞和讽刺。

其次，在艺术表现上，《日出》也运用了新的手法，如《日出》开始用片段的生活场景代替巧妙精细的戏剧冲突，追求艺术的生活化，减少了惊心动魄的场景，力图由很多零零碎碎的画面来反映生活的原态。此外，《日出》中没有贯穿始终的情节线索，而是采用横断面的结构，以人物的偶然相遇代替人物必然的血缘关系，加强了戏剧的社会性效果，显示了社会的普遍状态，增强了剧作的批判色彩。

再次，《日出》成功塑造了一个性格鲜明的人物形象——交际花陈白露。陈白露在剧作中是一个线索性的人物，同时是一个复杂的悲剧角色。陈白露先被新思想唤醒后又由于物欲的引诱走向毁灭，她的经历揭示了社会现实对人的理想的扼杀和对美好人性的腐蚀。陈白露曾经有过一段充满生机的青春年华，她曾经也渴望精神生活，同时为了追求个性自由，勇敢走出家庭和诗人方达生生活在一起，她和方达生有过一段幸福的时光，但现实是具体的，也是残酷的，面对物质的诱惑，陈白露屈服了。她和方达生生活在一起虽然幸福，但是诗不能当饭吃，爱情也不能当钱花，而且陈白露年轻、漂亮，她觉得自己有权利比别人生活得更好，于是她放弃了爱情，去追求物质的享受，最终走向了堕落，成为一名交际花。虽然陈白露经不起物质的诱惑，但是如果陈白露甘心堕落，心甘情愿和周遭的环境同流合污，那么她的悲剧就不复存在了。陈白露之所以会成为悲剧角色，就在于她的内心深处还有追求，还有良知和正义感在，这就使得她虽然有钱了，但对自己的生活并不满意，对周围的环境也不满意，这样她内心就会有一种痛苦，也就是说，她内心还没有完全甘于堕落，因此她一面过着非常奢华的生活，一面又在内心不断地谴责自己。或者换句话说，陈白露在精神上还没有死灭。从剧作中可以看到陈白露心里还是有是非观、善恶观的，如她搭救小东西，同情那些比她更弱小的人。这些都说明她还有良知存在，其实陈白露曾经也想过振作起来，跟方达生远走高飞，开始新的生活，但是她已经习惯了奢华的生活，内心的脆弱使她倦怠飞翔了，所以最终没有和方达生离开这个物欲横流的都市。后来随着她的经济靠山潘月亭倒台，她对社会人生乃至对自己都完全绝望了，最终选择了自杀。也就是说，陈白露最终成了有余社会的殉葬品。通过这样一个悲剧人物，读者可以得到这样的启示：一个人美好的追求应该有一块合适的土壤，单有个性的追求而没有适宜的环境，那么这种追求是不可能实现的。还有就是陈白露的悲剧还展现了人性自身的弱点，即容易沉溺于物质的享受而无法自拔。

（三）《原野》

《原野》是曹禺唯一一部以农村生活为题材的作品，被称为曹禺"生命三部曲"之最。《原野》通过仇虎复仇的故事，淋漓尽致地展示了生命的蛮力和复仇的命题，揭示出曹禺对人生的困惑以及对神秘宇宙的哲学思考。

《原野》主要写农民仇虎找害死自己父亲的焦阎王复仇的故事。几年前，焦阎王害得仇虎家破人亡，抢了他家的田地，活埋了他的父亲，妹妹也被卖到妓院，将仇虎的恋人金子强娶为儿媳，之后更是诬告仇虎为土匪，致使他被捕入狱，并被打成残疾。十年后，当仇虎怀着深仇大恨再次出现在焦家人面前时，焦阎王已死，焦母也成了盲人，只剩懦弱的儿子焦大星支撑门户，焦大星是仇虎儿时的好友。焦阎王的死使仇虎复仇的愿望几乎落空，他陷入了是否继续复仇的犹豫中，这使仇虎感到愤怒、茫然和失落。最终，仇虎把复仇的目标对准焦大星，认为父债子偿是自古就有的伦理规范。然而，面对焦大星的软弱、善良、无辜，仇虎却难以出手，他陷入了情与理的纠结中。后来仇虎在复仇的驱使下想尽各种办法激怒焦大星，寻找复仇的心理契机，他明目张胆地和金子在一起，因为焦大星现在的妻子是仇虎当初的恋人，依然深爱着仇虎。在此矛盾的推动下，仇虎最终杀死了焦大星，焦母也阴差阳错地误杀了焦大星前妻所生的孩子。至此焦家家破人亡，仇虎终于复仇了，但复仇并未给他带来喜悦和精神的解脱，反而使他陷入更大的精神压抑中，他愧疚、不安、恐惧，有深深的负罪感。杀人后，他和金子一路狂奔，逃向了黑林子，他在恐惧不安和罪恶感中不停地挣扎，精神出现了错乱，陷入一种幻想丛生的状态：焦大星临死前的嘟囔声，焦母为孙子招魂的声音，追杀他的人们的喊声，甚至死去的父亲、妹妹、焦阎王，狱中做工的弟兄们、狱警、阎王爷、小鬼等，都在他眼前不断出现，精神错乱的他始终未能走出黑暗的森林。剧作是一个农民复仇的故事，但曹禺更是借复仇的故事写人物内心的恐惧、不安、痛苦和挣扎，重在揭示人物心灵、人类生命原始的蛮性以及人类的生存困境，这种困境不仅来自外在世界，还来自人物的内心世界。仇虎坐牢戴上镣铐被关进监狱，是一种外在束缚。但他内心的欲望，无论是复仇还是情欲，同样让他不能得到解脱。虽然大仇得报，但他的内心仍然处在一种巨大的恐惧、不安、痛苦和挣扎之中，因此《原野》淋漓尽致地展示了生命的蛮力和复仇的命题。

《原野》在艺术上独具特色。为了揭示人物的精神悲剧，曹禺在创作时借鉴了尤金·奥尼尔（Eugene O'neil）的表现主义技巧，注重对人物主观精神世界的探索，把内在灵魂以及潜意识戏剧化、具体化，呈现出灵魂戏剧的特点。例如，奥尼尔的《琼斯皇》写了主人公琼斯为了逃避土人追捕，逃进黑森林而找不到出路，最后精神崩溃的故事，揭示了人类无意识的恐惧心理。仇虎杀死焦大星，和金子一路狂跑到黑林子，这时他内心的恐惧、愧疚与不安已经到了极致，以致他精神错乱崩溃，眼前出现种种混乱的幻觉。这和奥尼尔的戏剧《琼斯皇》如出一辙，突出表现了曹禺对西方表现主义技巧的借鉴。在此基础上，可以说《原野》不仅讲述了一个复仇的故事，还是一部深刻的心理剖析剧作。而且，《原野》在结构上不同于《雷雨》极端化的戏剧冲突，而是呈现为一种散文化的倾向。

（四）《北京人》

《北京人》跟曹禺之前的戏剧创作相比又有了一些变化，它实现了由戏剧化的生命向生活化的戏剧生命的转变。在艺术表现上，不同于《雷雨》《日出》《原野》，《北京人》更追求一种平静、自然的叙事态度，不再刻意追求大起大落的矛盾，以及过于精巧的戏剧化结构，而是在淡淡的叙事中对人类社会的发展做出文化的反思，体现出曹禺戏剧表现艺术的日趋成熟。

《北京人》的主要内容。《北京人》描写了一个曾经盛极一时的封建大家庭曾家的衰落及家中成员挣扎选择的故事。故事发生在 20 世纪 30 年代初的北平，古老封建的曾家住着三代人，曾皓是曾家的老太爷，是封建大家庭的权威，但年老的曾皓此时心有余而力不足，面对家族的不断衰退，他的愿望就是能够保住那口油漆了上百次的棺材，供自己死后使用，再有就是把自己的姨侄女愫方留在曾家服侍他，成为他永远的奴隶，但老太爷终未能如愿。儿子曾文清天资聪明、心地善良，但是长期受封建士大夫文化的影响，导致他精神上的瘫痪。他整天过着优雅、闲适的生活，沉溺于士大夫的情趣中：下棋、品茶、赋诗、作画，却无实际生活能力。他和妻子思懿感情不和，与表妹愫方互相爱慕却只能将情感深埋心底，为了改变家庭命运，外出谋生却终归失败，最后服毒自杀。女婿江泰和曾文清一样，学有所成，曾经也是雄心勃勃，梦想成就一番大事业。但经过一系列失败后，沦为曾家的寄生虫，满腹牢骚，给自己不断幻想着空中楼阁，但这些无法改变其悲苦的命运。儿媳思懿精明强干却虚伪残忍，在曾家这个即将沉没的大船上一心想着如何救自己，对周围人虽然笑脸相迎，但内心对他人极端的蔑视和仇恨，以折磨别人为乐趣。最后这个封建大家庭分崩离析，死的死，离开的离开。另外，作品中还设置了像袁任敢及女儿袁圆这样一些新型的北京人，他们充满着活力和创造力，充满了一种健康向上的力量，这些人物及作品中的其他北京人都反衬出封建社会的衰败和文化的腐朽、没落。

《北京人》的主题意蕴。首先，剧作对封建文化及封建家庭进行了批判。《北京人》描写的是曾氏家族的没落，曾氏家族何尝不是一个衰败的封建社会的缩影，它有过鼎盛时期，但是在戏剧大幕开启的时候，讨债的都上门来要债了，这样的现实对它曾经辉煌的历史是一种辛辣的讽刺。更具讽刺意味的是，这个诗礼之家的世家子弟精神上的颓败，最终导致封建大家庭的崩溃。其次，剧作写了人与人之间的不相通，也即孤独。主人公曾文清软弱无能、懒惰怠慢，看似过着一种优雅、闲适的生活，但实际上他就是一个生命的空壳，而表妹愫方是一个温和、慷慨，有包容心、韧劲与博大胸怀的人。两种完全不相同的人却相互倾慕，虽然两人都视对方为知己，但其实两人是互不相通的，他们自以为相知相通，但其实是相互隔绝的。

《北京人》的艺术特色。剧作没有集中的矛盾和曲折的故事情节，而是在寻常的家庭生活与琐事闲谈中表现人们的钩心斗角、唇枪舌剑，具有内在扣人心弦的艺术魅力。例如，剧作一开始就营造出一种平淡的氛围，写中秋节这天将近正午的光景，一切都是静悄悄的，屋内空无一人，古老的钟表迟缓低语，迈着嘀嗒嘀嗒的步子。白鸽在云霄里盘旋，时而随着秋风吹下一片冷冷的鸽哨响，异常嘹亮悦耳，有两三朵浮云飘在蔚蓝的天空中。但却在这样平淡、宁静的氛围中，在这个恬静的、明朗的天空下，曾家这个曾经的诗礼之家已经危机四伏，颓相重生了。此外，剧作始终充满着一种抒情的意味。

总体上看，曹禺的戏剧追求的是一种大融合的戏剧境界，着意将中国传统的戏剧艺术与西方戏剧艺术相融合，将中国的传统诗学和西方象征主义相融合。曹禺极富想象力与创造力的创作，为中国现代话剧的发展开拓了广阔的空间，展示了多元的、自由创造的发展前景。

必读文献

曹禺：《雷雨》《北京人》

钱理群：《大小舞台之间》

课后巩固与练习

（1）分析《雷雨》中周朴园和繁漪的人物形象。

（2）分析《雷雨》的艺术特色。

（3）阐释《原野》的主题意蕴。

第六章　20 世纪 40 年代作家作品

本章主要内容

本章介绍赵树理、艾青的生平与创作概况及代表作品，并在此基础上对他们的创作思想、艺术风格进行理解与分析。通过本章的学习，学生应掌握以下内容：

1. 赵树理生平与创作概况、赵树理文学的独特性、赵树理作品中的农民形象、评书体现代小说形式。

2. 艾青生平与创作概况、艾青诗歌中的意象：土地和太阳、忧郁的诗绪、艾青诗歌的艺术和形式。

本章知识结构图

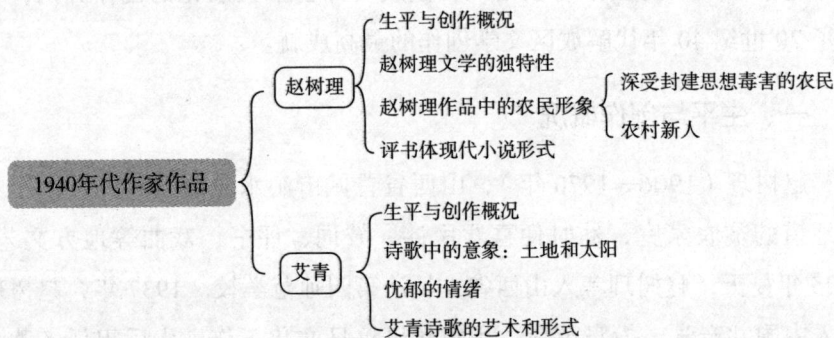

```
                            ┌─ 生平与创作概况
                            │
                            ├─ 赵树理文学的独特性
                    ┌─ 赵树理 ┤                        ┌─ 深受封建思想毒害的农民
                    │        ├─ 赵树理作品中的农民形象 ┤
                    │        │                        └─ 农村新人
1940年代作家作品 ─┤        └─ 评书体现代小说形式
                    │
                    │        ┌─ 生平与创作概况
                    │        │
                    └─ 艾青 ─┤  诗歌中的意象：土地和太阳
                             │
                             ├─ 忧郁的情绪
                             │
                             └─ 艾青诗歌的艺术和形式
```

图 6.1　第六章的知识结构图

本章涉及的实践教学环节

本章涉及的实践教学环节主要是搜集并阅读赵树理、艾青的作品及相关资料，学会结合作家生平、思想等因素深入分析作家作品的思想意义、艺术特色，并对其做出科学、合理的评价。

本章思政凝练

赵树理用农民喜闻乐见的方式将文学的笔触深入农村及偏远地区。他熟悉农民，理解农民，更热爱着农民及脚下的土地，始终用自己的文笔拥抱着中国最广大的土地及群众。

进入抗战时期，艾青的诗歌创作有了极大的转变，他始终探索用诗歌传达民族心声的道路。他的诗歌中始终萦绕着一种忧郁的诗绪。这种诗绪更多地源自他对苦难中国及农民命运的深沉思考与爱，以及对美好生活的执着追求。

第一节　赵树理

赵树理是山药蛋派的创始人，他成功开创了大众化的创作方向，代表了 20 世纪 40 年代解放区文学创作的最高成就。

一、生平与创作概况

赵树理（1906—1970 年），山西省晋城市沁水县尉迟村人，生于农村地道的贫农家庭，幼时便喜欢民谣、鼓词、评书、戏曲等地方文艺。1925 年夏天，赵树理考入山西省立长治第四师范学校。1937 年，赵树理加入中国共产党，投身革命，积极从事抗日文化工作，先后担任《黄河日报》(路东版) 副刊《山地》、《人民报》副刊《大家干》等报刊的主编，同时开始文学创作，创作了大量通俗化、大众化的作品。1943 年，赵树理完成著名短篇小说《小二黑结婚》，同年 11 月完成中篇小说《李有才板话》，1946 年出版长篇小说《李家庄的变迁》，成为解放区小说创作的模范与旗帜。中华人民共和国成立后，赵树理坚持农村题材小说创作，完成了《登记》《三里湾》《"锻炼锻炼"》等小说，产生广泛影响。

二、赵树理文学的独特性

赵树理在现代作家中是非常特殊的一位，他是抗日民主根据地和解放区土生土长的作家，他的身上有着地地道道的农民气质，能自然、本色地描写乡村生活，能创作出真正被农民欢迎的通俗乡村小说，他的创作实践了毛泽东提出的"文艺要为工农兵群众服务"的文艺政策，他开创的大众化方向的创作风尚，对整个解放区文学乃至中华人民共和国成立后的文学产生了重大影响。赵树理文学的独特性主要表现在以下几个方面。

首先，赵树理的创作忠实地反映农民的思想、情绪、意识、愿望及审美要求，能为普通农民所接受。随着政治与经济的翻身，解放区民众对文化艺术提出了相应的要求，他们更乐于接受贴近自己生活、通俗且能够体现新时代特色的文化艺术。赵树理的创作恰恰满足了解放区民众的这一要求。赵树理出生在农民家庭，从小就体验了农村生活的艰辛，和农民有着血肉联系，他了解农民大众的思想、心理和欣赏趣味，能在生活实践中对农民生活感同身受。同时，赵树理从小便接受民间艺术的熏陶，经常跟随父亲参加民间娱乐活动，精通鼓、锣等多种民间乐器，也对民间戏剧、秧歌、小调烂熟于心，因此他自觉选择了通俗化、大众化的创作路线，创作出了能够忠实反映农民思想、情绪意识、愿望乃至审美要求，且能够为农民喜闻乐见的文学作品。

其次，赵树理的创作是生活创造者和描写者相统一的社会实践。赵树理文学创作的特点表现在他既是生活的创造者，又是生活的描写者，这也是他不同于之前很多现代作家的重要特质。以赵树理为代表的农民作家，长期直接参与基层农村的变革和建设实践，在实践中发现问题，总结经验，然后用文学的方式将其表现出来。这种独特的文学创作方式能够深入实际生活，提出问题，解决问题，揭示和甄别农村社会变革中的偏差和弊端。一方面，赵树理自觉用创作配合党的政策和农村的变革工作，使得作品具有了宣传、鼓动和指导的作用；另一方面，作品中融入了对农民真挚的感情，加之对农村社会变革问题的理性思考，使得作品能够摆脱公式化、概念化的困境。因此赵树理的小说不同于五四时期的小说，他的小说更多地关注农民和地主间的冲突，尤其是农村变革中出现的各种问题。他的创作不仅能够及时发现、解决农村变革中的问题，而且能够配合当时的农村变革，具有宣传、鼓动、指导的作用。

再次，赵树理的文学创作大量汲取了民间文学的营养。赵树理的创作跟很多现代作家有较大区别。新文学更多地向西方学习，欧化特征明显，而赵树理是土生土长的农民，其生活环境和经历都与农村息息相关，他所受的文化熏陶及他的思想视野都呈现出乡土气息，这就使得他不可能和那些学贯中西的作家一样站在相对高的文化和思想制高点反映现实，审视人生。以赵树理为代表的农民作家更多地从民间文化和艺术中汲取文学创作的营养。

三、赵树理作品中的农民形象

赵树理的作品中塑造了诸多有血有肉的农民形象。如果说 20 世纪二三十年代的作家在描写农村与塑造农民形象时采用的是一种自上而下、同情怜悯的俯视态度的话，那么赵树理采用的则是一种平视态度，他能够在农村的变革中把握农民的思想、心理和命运，展示农民在翻身解放过程中表现出的根深蒂固的封建意识和焕发出的新的历史主动精神和道德风貌。因此，赵树理的小说不仅受农民读者的普遍喜爱，还受到当时知识分子读者的欢迎。赵树理是继鲁迅之后最了解农民的作家，他写出了农民精神上的麻木、愚昧与创伤，同时在解放区新的时空下，写出了农民政治、经济上的翻身，乃至思想精神上的翻身以及农民在翻身过程中的艰巨性和复杂性。总之，赵树理的作品主要塑造了以下几类农民形象。

第一类是深受封建思想毒害的农民形象。这类农民形象又可分为两类，即老一代农民形象和青年农民形象。老一代农民形象深受封建思想毒害，背着沉重的历史包袱，麻木而未觉醒。例如，《小二黑结婚》中的二诸葛为人忠厚、善良，但满脑子封建迷信，干任何事情都要论阴阳八卦，种地因要选黄道吉日而延误了春耕，因命相不合而阻止小二黑与小芹的婚事。由此可见，封建思想已深入他的骨髓，成为他认识、处理生活的准则，在此思想准则的指导下，二诸葛无法理解新生活、新政权，也无法处理现实生活中的诸多矛盾。同样《小二黑结婚》中的三仙姑不仅迷信、迂腐，甚至虚伪、奸诈，她装神弄鬼是为了骗人钱财，阻止小二黑与小芹的婚事是为了一己私欲。通过对老一代农民形象的塑造，赵树理揭示了旧中国农村的封建性、落后性和原始性。青年农民形象同样深受封建思想的束缚，如《李有才板话》中的小元，曾受地主恶霸欺压，但当他摇身一变成为村干部后，也变得作威作福，欺负之前帮助过他的邻里兄弟。《邪不压正》中的小昌是农民中的积极分子，但当了农会主任后，开始和地主勾结、欺压民众，从这些人物身上可以看到鲁迅笔下的阿 Q 的影子，国民的劣根性根深蒂固。赵树理通过对这类农民形象的塑造，揭示了农民要获得真正的解放，除政治与经济解放之外，更要在思想上不断克服自身弱点，不断洗涤自己灵魂，不断自觉地摆脱封建传统思想的束缚和毒害，这样才能真正获得解放。

第二类是农村新人形象。《小二黑结婚》中的小二黑和小芹对爱情和婚姻的追求便有别于之前基于个性解放的自由恋爱，赵树理笔下这两位农村新人显得更坚决、彻底。这一方面缘于他们反对封建传统的坚决与彻底，他们对自由爱情的追求基于新社会民主平等与法律观念的思想；

另一方面缘于在新的历史时空中，在解放区新的政府和政策的支持，表现出时代的巨变。《李有才板话》中的李有才，更是一个典型的农村新人形象，他以快板为武器，大胆揭露、抨击村主任恶霸阎恒元、儿子严家祥、农工会主席张得贵以及阎喜富、刘广聚的恶行。作为农村典型的新人形象，他不仅清醒而且冷静，有着幽默风趣的天性，蔑视并敢于与封建势力抗争，具有积极乐观的精神。《传家宝》中的金桂作为农村青年妇女新人形象的代表，不仅成为村里的劳动英雄，还当上了妇联会主任，敢于同婆婆据理力争并妥善解决矛盾。这类农村青年妇女新人形象不仅表现了农村婆媳关系和生活方式的改变，还表现了作为新人追求新生活与新观念的特征。

赵树理在塑造这些农民形象时，以晋东南为背景，在社会变迁中描写人物，具有浓郁的民俗色彩。小说中经常出现的田间地头、农业劳作、饮食穿着、婚丧嫁娶、婆媳长短、敬神信巫、吹打弹唱等描写，都显得生动有趣。《小二黑结婚》中的二诸葛干什么都要论阴阳卜卦，三仙姑一天到晚头顶红布装神弄鬼；《李有才板话》中李有才出口成章的板话。这些都表现了浓重的乡俗色彩。赵树理在描绘这些风俗时总是把它作为故事发生和人物成长的背景和土壤，通过风俗表现农村社会的变革和人物，也即赵树理很少静态地去描绘风俗，而是从动态变化的视角来表现风俗，这就使得赵树理小说中的风俗描写具有了动态的、灵活的特征。赵树理对晋东南农村风俗的描绘，为人们认识和了解北方黄土地文化保留了最真实的素材。赵树理的创作影响了后来诸如马烽、西戎、孙谦、胡正等一批作家，他们的创作和赵树理一样具有新鲜朴素的民族形式，生动活泼的民间语言和清新浓郁的乡土气息，人们称之为山药蛋派作家群。

四、评书体现代小说形式

赵树理的小说体现了典型的"农民化"的审美观，他对新文学以来的欧化倾向十分反感，在文学创作时坚持回归民族的、民间的文学传统，满足农民的审美要求。这种"农民化"的审美观适应了解放区文艺大众化的创作方向，其作品备受推崇，其评书体现代小说形式的特点主要表现在以下几个方面。

首先，赵树理的小说没有采用传统小说章回体的框架，但讲究情节的连贯性和完整性。

赵树理的小说往往开头就交代故事、人物的起因，在讲述故事的过程中，很注重故事的完整性，小说结尾会交代清楚人物和故事的结局和下落，这样显得整个故事线索清晰，有头有尾。例如，《小二黑结婚》一开始就交代了刘家峧有两个神仙，并分别介绍了二诸葛和三仙姑的故事，紧接着逐一介绍了小说主要人物。小说结尾写到了每个人的结局，让人物形象都有了落脚点。此外，赵树理小说还常常采用扣扣子的写法，在不破坏故事情节完整性的前提下，在大故事里套小故事，用类似的悬念或转折来吸引读者。例如，《小二黑结婚》中对二诸葛"不宜栽种"和三仙姑忌讳"米烂了"两个小故事的描绘。

其次，赵树理的小说通常将情景描写融入故事叙述中，在情节发展、矛盾冲突中，通过人物自身行动和言语展现其性格，注重小说的故事性和讲述性。这是赵树理小说中惯用的手法，如小芹和三仙姑吵架、小二黑和二诸葛闹矛盾的场景描写，在矛盾与冲突中依靠人物自身的行动和语言，突出人物的性格特征。

再次，赵树理小说的语言明白如话、朗朗上口，或新词旧用，或俗语妙用，既具艺术性，又有通俗性。可以说，赵树理的小说获得成功，很大程度上得益于他对语言的探索与琢磨，他善于用最普通寻常的话语表达最丰富的内容。例如，《李有才板话》中李有才编的快板，虽通俗易懂，但形象生动。总之，赵树理小说的语言将通俗性和艺术性很好地结合起来，呈现出一种非常个人化的独特风格，深受农民大众喜爱。

必读文献

赵树理:《小二黑结婚》《李有才板话》

黄修己:《赵树理研究资料》

课后巩固与练习

（1）简析赵树理文学的独特性。

（2）简述赵树理评书体现代小说形式的特征。

（3）分析赵树理小说中的农民形象。

第二节　艾青

艾青是现代文学 1937—1949 年中最具代表性的诗人，他的诗歌充满了对民族苦难的倾诉，对祖国的歌颂，深切地表现了时代精神，同时具有深沉、忧郁的个人抒情风格。

一、艾青生平及创作概况

艾青（1910—1996 年），原名蒋海澄，浙江金华人。1928 年，艾青在中学毕业后考入杭州国立艺术院，在林风眠校长的鼓励下到法国勤工俭学，专攻绘画。其间艾青广泛接触西方文学，与西方印象派诗歌产生强烈的共鸣。1932 年，艾青回国，不久加入中国左翼美术家联盟，因积极参加进步艺术活动被捕入狱，经受三年多的囚禁生活。艾青在狱中创作了著名长诗《大堰河——我的保姆》，引起社会和文学界的广泛关注。1935 年出狱，1936 年汇集他早期创作的诗集《大堰河》出版，产生巨大反响。抗日战争全面爆发后，艾青辗转武汉、山西、湖南、广西等地，积极投入抗日救亡运动，并在此时迎来了创作的高潮期，先后出版了《北方》《向太阳》《旷野》《火把》《黎明的通知》《雪里钻》等九部诗集。同时，艾青还总结诗歌创作经验，写作了《诗论》等理论文章，对同时代及后代诗人产生了广泛而深远的影响。艾青的诗歌创作深刻地影响了当时乃至 20 世纪 40 年代后期的诗界，抗战时期国统区的"七月诗派"便自觉地以艾青作为旗帜，中国新诗派诗人穆旦也受到艾青的影响。艾青在中国新诗发展史上完成了历史综合的任务，一方面坚持并发展了中国诗歌会诗人战斗的现实主义传统；另一方面批判并吸收了现代派诗人在新诗艺术探索中取得的成果，进一步发展和丰富了新诗艺术。

二、艾青诗歌中的意象：土地和太阳

意象是诗人内在情感与外在物象的融合，凝结着诗人对生活的独特感受，反映着诗人独特的思想情感。每位具有独创性的诗人的诗歌中都有属于自己的独特意象，艾青诗歌中最重要的意象便是土地和太阳。

土地频繁出现在艾青的诗歌中，它凝聚着诗人对祖国和人民最深沉的爱。在艾青笔下，土地不但积淀着中国乡村的历史记忆，而且反映着农民与民族的苦难命运，因此土地意象在艾青笔下成为家国意识和民族忧患意识的载体。《大堰河——我的保姆》是艾青在狱中创作的自述性抒情诗，大堰河是他现实生活中的乳母，她善良而勤劳、卑微而渺小，受尽了世间苦难；大堰河也是大地母亲的象征，大堰河没有自己的名字，"她的名字就是生她的村庄的名字"；大堰河还是默默无闻的中国广大农民的化身。在大堰河的命运中，艾青看到了中国农民无法摆脱的悲苦命运，使他感到无比愤怒。诗作充分表达了艾青对中国农民命运的同情和以民族忧患为己任的思想情感。在《复活的土地》中，诗作中的土地意象是那个受尽凌辱后正在觉醒奋起的伟大民族的象征，诗歌开篇三节描写春天的美景，聆听百鸟高亢的歌唱，这预示着土地的复活和民族的觉醒；诗歌最后两节洋溢着诗人高昂的情绪，预示着诗人和民族、祖国共命运、同呼吸，随时准备迎接更严峻战斗的决心和信心。《雪落在中国的

土地上》是艾青写于 1937 年的一首诗。抗日战争全面爆发后，艾青和很多知识分子一样，过着漂泊不定的生活，在辗转、流离的生活中，他看到了残疾的伤兵、哀嚎的乞丐、流离失所的妇人及惶恐不安的难民，他深刻感受到国破家亡的悲痛，因此诗作开篇便说"雪落在中国的土地上，寒冷在封锁着中国呀"，这不仅仅是一幅自然景象，更象征着战争阴影下苦难的中国大地和人民。诗歌中一幅幅悲惨而绝望的画面，无不渗透着诗人悲壮的情绪。

在《北方》中，艾青一方面悲叹北方贫瘠的土地以及战争给北方民众带来的苦难；另一方面讴歌这片土地孕育的北方民众不屈的生存意志和保家卫国的决心，具有浓郁的爱国情怀。在《我爱这土地》中，艾青将自己比作一只鸟，抒发了自己对土地、祖国深深的眷恋之情，同时表达了自己奉献土地、祖国的决心和信心。

如果土地意象表达了艾青对民族苦难的关注，凝聚着他对国家、民族深沉的爱的话，那么太阳意象则表现了他对光明理想和美好生活热烈不息的追求，太阳和火、光明、春天、黎明等一起构成了太阳意象群。《向太阳》这首诗以最高热度赞美了光明、民主，与抗战初期热烈的情绪相一致，充满了热情、欢乐和希望。《火把》是《向太阳》的姊妹篇，讲述了一对女青年在某城市参加火炬游行的故事，她们在人民大众的集体行动中受到教育，坚定了革命信念，最终冲破个人主义和多愁善感的精神藩篱，举起火把投身集体的怀抱中，跟着光明的队伍前进。火把不仅照亮了小知识分子的前途，更照亮了民族的前途。这种歌颂太阳的情绪在艾青到达延安后显得更加昂扬和充分，不仅表达了他对光明的渴望与追求，还表达了他沐浴在阳光之下的幸福感。

三、忧郁的诗绪

艾青的诗歌具有一种强烈的个人风格，即深沉、忧郁的诗绪。这种深沉、忧郁的诗绪首先源于艾青个人成长经历与性格。艾青出生在一个地主家庭，但他出生时母亲难产，算命先生说他和父母命相不合，因此从小便被送到贫苦农民家寄养，五岁时才回到父母身边，回家后仍然受到父母的忽视，因此，艾青的童年充满了被遗弃的压抑感受。童年生活影响了艾青一生，甚至包括他的创作。其次源于艾青在法国的留学。留学期间，艾青受到西方现代艺术的熏陶，而远在异国他乡的流浪生活又让他感到非常的孤独和绝望。这些情绪在他后来的诗歌中都有所反映，同时，西方的现代文化及艺术对艾青产生了深刻的影响，西方艺术家与文学家对生命存在的悲剧性体验也对艾青产生了深刻的影响。再次源于艾青对战争背景下民族的忧患感。抗战期间，艾青辗转于北方，目睹了人民的苦难、贫穷、饥饿和死亡。面对民族苦难，作为中国知识分子的忧患意识被激发出来，并浸染在他的诗歌中。总之，艾青深沉、忧郁的诗绪中，渗透着他对祖国和人民深沉的爱，表现了他对现实生活的思索，同时体现了他身上革命者与诗人身份的相互冲突，包含着他个人生命的体验。

　　艾青在20世纪30年代就从事左翼文艺进步活动，是典型的革命文艺青年，他始终强调诗歌创作的社会职能，认为"最伟大的诗人永远是他所生活的时代的最真实的代言人；最高的艺术品，永远是产生它的时代的情感、风尚、趣味等最为真实的记录"。在民族危亡时刻，艾青担负起历史的职责，但同时艾青特别强调诗歌的审美本质，认为诗歌的声音是自由的声音。由此可以看出艾青诗歌中的矛盾与冲突，也正是这种矛盾与冲突构成的张力凸显了艾青诗歌创作的独特魅力。

　　在《他死在第二次》中，艾青表现出对战争中一个普通农村士兵命运的关注，通过对士兵内心矛盾的刻画，体现了艾青独特的生命思考。诗歌首先叙述了一个普通的、受了伤的士兵在后方医院渴望再次回到战场、献身祖国的大无畏精神。紧接着诗作通过医院外残疾士兵的场景描写，表达了对战争残酷性以及个体生命渺小而脆弱的感慨，士兵宁愿战死在战场上，也不愿拖着残缺的身体回来祈求别人的同情。这两种情绪焦灼在这个普通士兵的心里。在诗歌结尾，艾青再一次表达了悲观的情绪，这个士兵牺牲了，夹着青草的泥土覆盖着他的尸体，他遗留给世界的是荒原上无数土堆中的一个，战争的残酷和个体的渺小再一次被凸显，悲凉感油然而生。《时代》创作于延安，诗作开篇描述"我"怀着巨大的热情投入太阳的怀抱，显示了"我"奉献时代和民族的热诚与激情，但同时"我"感受到前所未有的卑微、孤独与痛苦，甚至是失落感和恐惧感。综上所述，艾青诗歌中深沉、忧郁的情绪来自时代，来自民族危亡，他的忧郁不是知识分子在狭小天地中反复咀嚼梦想的感伤，而是和时代、民族、人民紧紧相连的一种悲壮情绪，它会让人感到振聋发聩，而不是陷入悲观消沉的境地。

四、艾青诗歌的艺术和形式

首先，艾青的诗歌从感觉出发，强调捕捉瞬间的感觉和主观情感对感觉的渗入，重视印象在艺术创造中的作用，因此构成了独特的"光""色"。艾青早期的美术活动对其诗歌创作产生了直接的影响，他的诗歌创作非常讲究色调、光彩和形象，以及诗歌呈现的构图效果。例如，土地意象是民族苦难的象征，与之相适应的便是紫色、灰色等较为暗淡的色调；太阳意象表现艾青对光明理想和美好生活热烈不息的追求，与之相适应的便是红色、金色、蓝色等明亮而鲜艳的色调。例如，诗歌《雪落在中国的土地上》非常注重情、景、光、色的组合调配，形象地表达了社会、历史、心理、哲学的内涵，体现了艾青对时代民族命运的总体把握。诗歌《手推车》也是将情、景、光、色乃至声音统一在一起，独轮手推车、干枯的河底、阴暗的天穹、灰黄的土层、天穹痉挛的尖音等因素相融，形成一幅幅具有冲击力的画面，传达出艾青对民族命运深沉的忧虑和对农民的同情。

其次，在诗歌形式上，艾青自觉提倡具有散文美的自由诗体，包括形式的自由性和语言的口语美。艾青提倡诗歌的散文美，认为诗歌这种文学样式的决定性因素不在于韵脚，而主要在于它是否有丰富的形象。这种主张在艾青的诗歌创作中得到充分体现。例如，《大堰河——我的保姆》，全诗共 13 节，最少 4 行一节，最多的 16 行一节，且每行诗的字数变化也很自由，有的只有 2 个字，有的有 20 个字，形式较为自由。同时为了与诗歌主题基调相适应，艾青采用首尾句重复的方式烘托自己对土地深沉的爱及对农民悲苦命运的愤懑。因此，这首诗在变化中有节制，在奔放中有协调，呈现出极富表现力的艺术空间。在诗歌中运用口语在艾青的创作中也有充分体现，特别是在长篇叙事诗中非常明显。例如，在《火把》《他死在第二次》《吹号者》等诗篇中，艾青运用口语，增加了叙事长诗的戏剧成分，使诗歌以一种更平易近人的方式贴近整个时代的情绪。

综上所述，艾青诗歌的价值首先在于他的诗歌的情感超出一己之悲欢，始终和伟大的时代、民族、人民和土地紧密联系在一起。其次在于他的诗歌具有和时代主题相适应的艺术架构，成熟的审美规范在他的诗中得到充分、全面的体现。再次在于他的诗歌有着丰富甚至复杂的文化内涵。艾青对个体生命体验的重视，使得诗歌具有一种内在的张力，这种张力有效地丰富了艾青诗歌创作的内涵，使他的诗歌给读者留下较为宽广的解读空间。

必读文献

艾青:《大堰河——我的保姆》《雪落在中国的土地上》《我爱这土地》《手推车》《北方》《旷野》《黎明的通知》

龙泉明:《中国新诗流变论》

课后巩固与练习

（1）结合作品分析艾青诗歌中的土地和太阳意象。

（2）结合作品分析艾青诗歌深沉、忧郁的诗绪。

（3）简述艾青诗歌创作的艺术形式特征。

模块三：

各文学体裁的发展与创作

第七章　小说的发展与创作

本章主要内容

本章介绍 1917—1949 年小说的创作概况。通过本章的学习，学生应掌握以下内容：

1. 掌握小说创作流派的不同划分及流派特征。
2. 能够对各派小说具有代表性作家作品进行评析。
3. 掌握不同作家的艺术个性。

本章知识结构图

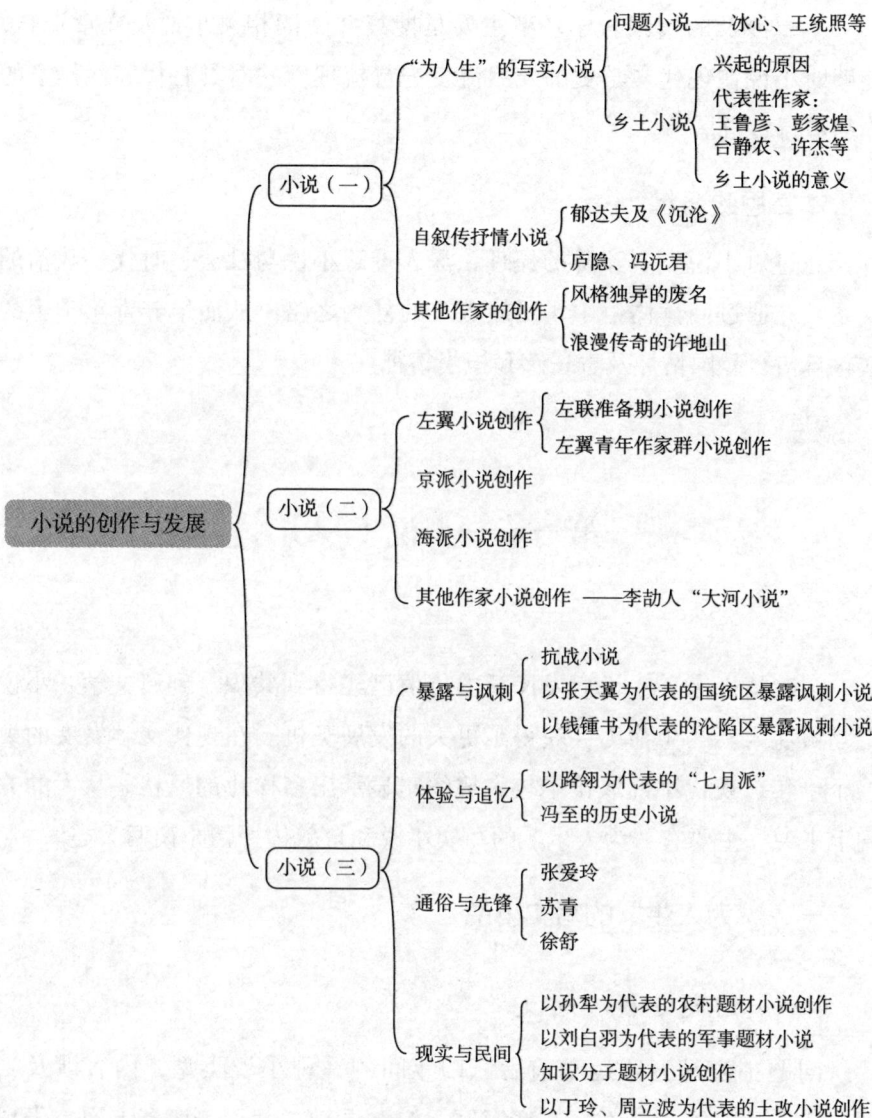

```
                                                   ┌ 问题小说——冰心、王统照等
                              ┌ "为人生"的写实小说 ┤         ┌ 兴起的原因
                              │                    │         │ 代表性作家：
                              │                    └ 乡土小说 ┤ 王鲁彦、彭家煌、
                              │                              │ 台静农、许杰等
                  ┌ 小说（一）┤                              └ 乡土小说的意义
                  │          │                    ┌ 郁达夫及《沉沦》
                  │          │ 自叙传抒情小说 ─────┤
                  │          │                    └ 庐隐、冯沅君
                  │          │                    ┌ 风格独异的废名
                  │          └ 其他作家的创作 ─────┤
                  │                                └ 浪漫传奇的许地山
                  │
                  │                    ┌ 左翼小说创作 ┌ 左联准备期小说创作
                  │                    │             └ 左翼青年作家群小说创作
  小说的创作与发展 ┤ 小说（二）────────┤ 京派小说创作
                  │                    │ 海派小说创作
                  │                    └ 其他作家小说创作 ——李劼人"大河小说"
                  │
                  │                    ┌ 暴露与讽刺 ┌ 抗战小说
                  │                    │           │ 以张天翼为代表的国统区暴露讽刺小说
                  │                    │           └ 以钱锺书为代表的沦陷区暴露讽刺小说
                  │                    │ 体验与追忆 ┌ 以路翎为代表的"七月派"
                  │                    │           └ 冯至的历史小说
                  └ 小说（三）────────┤           ┌ 张爱玲
                                       │ 通俗与先锋 ┤ 苏青
                                       │           └ 徐舒
                                       │           ┌ 以孙犁为代表的农村题材小说创作
                                       │ 现实与民间 │ 以刘白羽为代表的军事题材小说
                                       └           │ 知识分子题材小说创作
                                                   └ 以丁玲、周立波为代表的土改小说创作
```

图 7.1 第七章的知识结构图

本章涉及的实践教学环节

本章涉及的实践教学环节主要是搜集并阅读相关小说及文章资料，能够对小说在现代文学史的发展流变进行梳理，并对具有代表性作家的作品进行鉴赏。

本章思政凝练

通过对小说发展流脉的梳理，深入理解小说与社会、时代、政治的关系，并通过阅读体悟中华民族艰难的复兴之路，从而培养青年学生的文化自信、爱国情怀及责任感和担当精神。

第一节　小说（一）

自晚清以来，小说启发民智的价值已经得到共识。到新文学，小说更是被注入新的生命力，获得了更大的发展契机。在现代文学发展的第一个十年，现代小说取得了较大成绩，显示出多样化的风格。从大的方向上来说，主要有"为人生"的写实小说和自叙传抒情小说两大类。

一、"为人生"的写实小说

（一）问题小说

问题小说是五四运动前后三四年间的一种小说类型，内容涉及当时青年关怀的家族礼教、婚恋家庭、妇女贞操、劳工等诸多方面，表现了文学与现实的密切联系。实际上，早在文学革命的倡导期，《新青年》《新潮》杂志作家群的创作已经出现问题小说的端倪。1919 年，冰心发表《斯人独憔悴》，正式开创了问题小说的风气；1921 年文学研究会成立，将问题小说的创作引向高潮。问题小说的形成原因表现在多个方面。首先，五四运动造就了"思考的一代"。受个性主义、启蒙主义思潮的影响，五四青年热心于探究人生真谛，思考社会问题；其次，受欧洲以表现社会人生为主的作品的影响；再次，沈茅盾等的倡导。问题小说的主要代表作家有冰心、王统照、庐隐、许地山等。

1919年，冰心初登文坛，发表了问题小说《两个家庭》。该小说描述了隔邻而住的两个不同氛围的家庭：一个家庭妻子治家有方，家庭温馨和谐，孩子天真活泼，有良好的教养；另一个家庭妻子出生官宦，不会料理家事，家里杂乱无章，儿啼女哭，生活矛盾尖锐。两个家庭形成鲜明对比，涉及当时社会普遍存在的文化、家庭、教育等方面的问题。《斯人独憔悴》也是冰心具有代表性的问题小说。该小说写了一场富有时代意义的父子冲突。五四运动期间，颖铭和颖石两兄弟想去参加反帝爱国运动，他们的父亲是一个旧官僚，思想落后反动，停了两兄弟的学业，将两人软禁在家里。小说一方面反映了当时青年人受封建家庭束缚的苦闷；另一方面暴露了封建官僚反动的行径。此外，《最后的安息》《一个军官的笔记》等作品也触及了当时社会比较关注的问题。1921年，冰心发表小说《超人》。该小说描写一个冷心肠的青年学生何彬，信奉尼采的超人哲学，对生活失去信心，无意间救助了受伤的贫苦儿童，因此得到了一封感情真挚的感谢信，这封信触动了何彬，改变了他的人生观，让他相信人与人之间有真情。小说鲜明地体现了冰心将"爱的哲学"作为一种救世的力量，化解了青年的精神危机。"爱的哲学"传达出高洁的情愫，也表现出人们对博爱及美好情感的渴求，但作为解决社会问题的药方，显得有些理想化。到20世纪30年代，冰心对长期以来信奉的"爱的哲学"产生了明显的怀疑，作品更多呈现出现实主义的风格。

王统照同样以探讨人生问题开始小说创作，他同样将"爱和美"作为解决人生问题的力量。他的代表作《微笑》描写因为盗窃罪而被关押在监狱的犯人阿根，失去了生活的信念，但在监狱中无意看到一个命运凄惨、经历曲折的女犯人的回眸微笑，而大受震撼，由此获得了新生的力量，出狱之后重新做人。王统照的初期作品同样具有理想化的色彩，但其后期的作品增强了社会现实感，如《湖畔儿语》便描写底层人民的苦难生活。

叶圣陶的初期创作也体现出鲜明的问题意识。1919 年，叶圣陶发表于《新潮》杂志的小说《这也是一个人？》描写底层妇女被父母卖到婆家后的凄惨遭遇，触及当时社会上非常尖锐的妇女问题。此外，像《隔膜》《苦菜》《一个朋友》等作品，也触及当时社会普遍关注的问题。问题小说潮流过后，叶圣陶逐渐将创作焦点放在他所熟悉的教育界以及小市民精神世界的开掘上，代表作有《饭》《潘先生在难中》。《潘先生在难中》以 1924 年的江浙战争为背景，写在逃难途中知识分子潘先生可笑又可鄙的行径，塑造了一个没有锐气、理想，安于现状，苟且偷生的灰色知识分子形象，批判了小资产阶级知识分子屈服于丑恶现实的人生态度以及精神上的弱点，从侧面暴露了军阀混战给社会和人民带来的苦难。

问题小说最大的特点就在于它对社会问题的关注，表现出文学与社会之间密切的关联，富有强烈的时代色彩。但由于作家生活视野普遍比较狭窄，大部分作品缺少新鲜、活泼的生活气息，没有把社会问题和真实的社会生活结合起来，往往存在文笔空疏、概念化、简单化等弊端。

（二）乡土小说

继问题小说创作热潮后，乡土小说应运而生，体现出更明显的"为人生"的文学主张。20 世纪 20 年代的乡土小说是指 1923 年前后以文学研究会、语丝社、未名社的青年作家为主，在鲁迅的影响下形成的小说流派，作品充溢着清新淳朴的乡土气息，代表作家有王鲁彦、彭家煌、台静农、许钦文、蹇先艾、许杰等。乡土小说之所以兴起，首先是文学自身发展的需求，是现实主义文学创作不断深入、不断向前发展的结果。其次得益于茅盾等作家的提倡。茅盾等文学研究会的理论家，都是乡土文学的拥护者和倡导者。在他们的推动下，《小说月报》《文学周报》成了倡导乡土文学的阵地。再次得益于鲁迅作品的示范作用，鲁迅是乡土文学最早的开辟者和实践者。在鲁迅的作品中，读者可以看到江浙农村浓郁的地方特色，以及很多生动的底层农民形象。

王鲁彦（1901—1944 年）是 20 世纪 20 年代乡土小说成就较高的作家，代表作有《柚子》《菊英的出嫁》《黄金》等。《柚子》是其早期代表作品，描写长沙某地处决犯人时，人们争相观看的"盛况"，小说继承了鲁迅国民性批判的主题，讽刺了民众的看客与嗜血心理，同时抨击了军阀政府草菅人命的残酷统治。《菊英的出嫁》描写浙东宗法制农村的"冥婚"习俗，情节奇特，地方色彩浓郁。小说既揭露了宗法制农村的愚昧与落后，也批判了一般农家生者尚且婚娶艰难，而富人却以金银绫罗、陪嫁良田为死人办婚事的荒唐。《黄金》描写了陈四桥镇人们对史伯伯前后不同态度的变化，反映出人们的势力心理以及人情的冷酷与淡泊，同时讽刺了史伯伯愚昧、麻木的精神状态。

彭家煌（1898—1933 年）的小说用诙谐幽默甚至调侃的手法真实地反映了湖南洞庭湖边闭塞、破败的乡村生活。小说《活鬼》描写了当地地主为延续香火，替孙子娶了一个大媳妇，而引发家里闹鬼的人间丑剧，强烈地批判了乡村婚俗的丑恶。小说《怂恿》描写了封建乡绅牛七和冯财主闹矛盾，却使政屏夫妇遭殃的一场闹剧，从中可以看到乡村封建势力的野蛮凶残，以及底层民众生活的艰难处境。

台静农（1903—1990 年）的乡土小说主要收入在小说集《地之子》中。台静农"能将乡间的死生、泥土的气息，移在纸上"。台静农的小说，从思想到艺术都可以看到向鲁迅学习的痕迹，其小说以阴晦的色调集中描写了人生百态与辛酸血泪。例如，小说《蚯蚓们》中的李小等乡村底层农民为生活所迫，不得已典当自己的妻子；《烛焰》中的乡间少女被落后的冲喜风俗延误了一生；《红灯》中的贫穷的老母亲鬼节祭奠儿子亡魂。这些作品色调普遍较为阴晦、低沉。此外，台静农非常善于用细节塑造人物形象，如《拜堂》中对乡间男女婚礼细节的细致描写，突出了底层民众生活的艰辛及他们对待生命积极乐观的态度。

许钦文（1897—1984年）是受鲁迅影响较早的语丝社作家，1926年出版了小说集《故乡》，代表作有《父亲的花园》《鼻涕阿二》《疯妇》等。许钦文的乡土小说大体可分为两类：一类是带着怀旧心理追忆童年生活的，如《父亲的花园》通过回忆童年时期父亲的小花园，今昔对比，充满了心酸、悲凉、沧桑的情绪。另一类体现出许钦文文化批判的力度，如《疯妇》通过描写江南农村底层妇女双喜媳妇的悲惨遭遇，揭示了封建宗法制度下，农村妇女悲剧的命运；《鼻涕阿二》描写了女孩菊花凄惨的命运，一方面着力展示并批判松村落后的封建思想文化，另一方面批判了底层妇女自身精神的麻木和不觉悟，显示了国民性批判的主题。小说借剖析风俗的阴暗面加强了文化批判的意蕴。

蹇先艾（1906—1994年），贵州遵义人，他以特别的文化视角展现了故乡贵州的风貌，带有非常浓郁的地方特色。其早期作品主要是对家乡生活的忆写和对乡村陋俗的真实展现。其代表作《水葬》，为人们展示了贵州乡间习俗的冷酷。小说写青年骆毛由于犯了偷窃罪被处以水葬极刑的故事，作者着重描绘了一群看客，由此展现了村人精神的愚昧和麻木。蹇先艾在20世纪30年代，继续在小说中展现边地的生活和风貌，创作了《盐巴客》《在贵州道上》等一系列作品，这些作品地域特色浓郁，社会批判力度也较大。

许杰（1901—1993年），浙江天台人，代表作有《惨雾》《赌徒吉顺》《出嫁的前夜》等。许杰的乡土小说着力关注乡村社会下层人们的生活和命运，揭示其挣扎的灰色人生。例如，小说《惨雾》描写了两个村子的村民为了争夺一块土地而爆发的大规模乡间原始的械斗，血腥而残酷，批判了乡村传统的宗族观念以及野蛮的民风。该小说的艺术手法值得称道：其一，作者从两个角度展开小说，一方面从童年记忆的角度写了故乡的景美与人美，另一方面又将械斗的残酷和血腥展现得淋漓尽致，两种视角之间构成了一种张力；其二，小说主人公的选取非常巧妙，小说主人公是一个新媳妇，发生械斗的两个村子，一个是她的娘家，一个是她的婆家，她目睹了这场残酷的械斗，自己的丈夫和弟弟也都死在了械斗中，通过主人公的悲惨遭遇，有力地批判了乡村封建宗法制度。除此之外，《赌徒吉顺》描写了典妻的陋俗，《出嫁的前夜》描写了冲喜，《大白纸》写了农村逼婚、卖婚、抢婚的恶俗。通过对这些落后习俗的描写，揭示了乡民精神状态的愚昧与落后。

20世纪20年代乡土小说在现代文学史上的贡献和文学史意义究竟何在？

首先，将农民和农村社会作为创作的主体对象，在近代以来的小说史上第一次提供了中国农村宗法形态和半殖民地形态宽广而真实的图画。20世纪20年代的乡土小说，真实地展现了辛亥革命前后到北伐战争之前这段时期中国农村真实的生活。这种展现主要表现在以下两个方面：一方面是物质层面，在土豪压迫、军阀混战、资本主义经济入侵的情况下，农民的生活异常困窘；另一方面是精神层面，20世纪20年代乡土小说作家秉承五四以来的文化批判、国民性批判的创作主旨，在小说中揭示农民精神的愚昧、麻木。

其次，浓郁的地方色彩和独具特色的风俗描写。20世纪20年代乡土小说作家对乡村风俗的描写同样有两个角度：第一个角度通过对农村社会残存的野蛮民风和陈规陋习，如械斗、典妻、冲喜、冥婚、水葬的描绘，对国人的劣根性进行了文化批判；第二个角度是作家在进行文化批判的同时注意到了风俗在文学创作中的审美价值，对风俗的描写为作品增添了活泼与生趣，显示出浓郁的地方色彩与民族风格，而且在推进情节发展、塑造人物性格方面起到重要作用。风俗是乡土生活中非常重要的一部分，它反映了乡村人的生存状态和心理习惯，是民间生活传统习惯和生存方式的延续，维系着乡土世界的恒常感和自主感。当将风俗融入小说创作中时，小说便为人们展现了活泼的、有生机的、带有原始风貌的乡土生活。也因此作家对待乡间风俗的态度便由此显得驳杂一些，故乡和作者之间形成一种根深蒂固、血肉般的联系，使得作者对故乡有一种深深的眷恋，即游子对故乡的思念。因此，感性和理性这两种看起来背道而驰的情感有机地交织在一起，成为20世纪20年代乡土小说派作家在创作小说时的一种普遍、内在的情感机制。

再次，拓宽了新文学的创作题材，促进了现实主义文学的发展和成熟。20世纪20年代乡土小说流派的创作突破了新文学诞生以来主要写知识青年的狭小天地，使得新文学和现实社会土壤结合得更加紧密。

二、自叙传抒情小说

自叙传抒情小说作为一种创作潮流，是从郁达夫出版《沉沦》小说集开始的。这类小说以抒情为主，情节为次，侧重作家心境的大胆披露，包括披露个人私生活中的灵肉冲突以及变态心理，往往取材于个人真实生活，带有自传性，代表作家包括郁达夫及庐隐、冯沅君等女性作家。

郁达夫（1896—1945年），浙江富阳人。1913年，郁达夫到日本留学，1922年毕业回国后，投身于新文学运动，主持创造社工作。他创作的《银灰色的死》《沉沦》《南迁》三部作品结集为《沉沦》出版。这三部小说都以留日学生的生活为题材，在剖析人物性的苦闷和病的灵魂的同时，表达了对不合理制度和现实的强烈不满。特别是《沉沦》塑造了一个孤独、内向的留日学生，他一方面承受着弱国子民的屈辱与煎熬，另一方面在性欲的苦闷当中无法自拔，最终选择投海自杀。由此，灵肉冲突与民族主义便成为这部小说的两大主题。1922年，郁达夫的创作主题从早期重在表现"性的苦闷"逐渐过渡到"生的苦闷"，视野从个人狭小的天地逐渐扩大到底层民众的疾苦。例如，《春风沉醉的晚上》刻画了一个正直、善良、真诚、乐于助人的底层女工形象；《薄奠》则描述了底层人力车夫的悲惨遭遇。1927年发表的小说《过去》，则进一步扩展现实生活的容量，早期创作当中病态的心理和滥情的格调得到明显节制。

作为郁达夫后期创作的代表作品,《迟桂花》塑造了一个美好的年轻女性形象,美丽、善良,性格率真,尽管遭受了生活的挫折,但依然保持着沉静与乐观。小说构思精巧,文字富有诗意。

郁达夫自叙传抒情小说的特点主要表现在以下几个方面。首先,郁达夫主张文学作品都是作家的自叙传。在他笔下,读者经常会看到一个穷困潦倒、与现实黑暗社会势不两立的抒情主人公形象,他们拥有才华,但性格软弱、敏感,无力反抗不合理的社会现实,便采取一种颓荡的方式宣泄自己的痛苦。这些人物形象通常被称为"零余者",是郁达夫的自我关照,也是五四时期彷徨苦闷、找不到出路的年轻知识分子的真实写照,展现了五四一部分知识分子的精神困境。其次,郁达夫的自叙传抒情小说以抒情为中轴,强调小说的主观表现功能,重在抒写自我情绪的流动和心理的变化,并通过直抒胸臆、人物独白、心理分析等方式,深入剖析人物的精神世界,塑造出真实感人的抒情主人公形象,具有较强的艺术感染力。再次,郁达夫的自叙传抒情小说有颓废的气息与感伤的情调。郁达夫偏爱颓废、唯美、感伤的西方文学,因此他的作品坦诚、率真地暴露和宣泄人物的感伤、悲观甚至厌世颓废的心境。郁达夫小说中有大量的病态性欲的描写,这也使他的作品浸染着颓废的气息与世纪末的情调。值得注意的是,这种灰色的、感伤的、悲观的情调和五四运动之后整个社会的心理氛围是暗合的,是时代病的折射。

庐隐(1898—1934年),原名黄淑仪,现代文学史上一位非常有代表性的女性作家,其作品大多数以女性生活为题材,具有很强的自传性和抒情性。庐隐一生命运多舛,童年不曾享受过父母的爱,成年后丈夫去世,而自己也不幸身染重病,不久于人世。残酷的命运使得庐隐的作品始终浸染着一种悲苦的底色,透出哀怨的情绪,代表作有《海滨故人》《或人的悲哀》《丽石的日记》等。《海滨故人》是庐隐具有代表性的自传作品,描写了五个同窗好友,受新思潮的感召,憧憬个性自由与未来的幸福生活。但在现实的压迫和打击下,毕业后的她们一个个风流云散,生活不尽如人意。小说通过写五个女孩的现实遭遇，抒发了人生的苦闷，折射出青年知识女性复杂的心理世界。《或人的悲哀》用九封书信描写了多愁善感的年轻知识女性亚侠浮沉于爱情的人生大海中，苦苦找不到答案，最后心力交瘁，坠湖自杀的故事。《丽石的日记》则由青年女学生丽石患重病后写的16篇日记组成，日记中展现了丽石的人生苦闷，她对学校生活的单调和教员的虚伪感到不满，由于对封建婚姻制度极为厌恶和恐惧而不愿意和异性交往，反而和她的女友之间产生了朦胧的恋情，最终因好友背弃了她们的爱情而抑郁而死。总体来说，庐隐的创作几乎都以女性知识分子的生活为主要题材，重在展现她们茫然、痛苦的情绪和内心世界；形式上善于采用书信体和日记体来写作，自叙传特色非常强，作品笔致细腻，充满忧郁、感伤的气息。

冯沅君（1900—1974年）是继庐隐之后又一个引人瞩目的女性作家。1924年，冯沅君以淦女士的笔名，在《创造季刊》《创造周报》上发表了《旅行》《隔绝》等小说，引起广大青年学生的情感共鸣，获得了文坛的认可。冯沅君的小说大多以五四青年对封建礼教和封建家长制的反抗为题材，如《隔绝》《隔绝之后》《旅行》《慈母》等小说。小说一方面写女主人公刻骨铭心的自由恋爱——大胆而热烈；另一方面写年轻人对封建婚姻制度的抗争。冯沅君的小说在艺术技巧上不以故事情节安排为中心，而注重人物心理和情绪的发展；小说也广泛使用日记体与书信体的形式，使得作者的笔触能够直接深入主人公的情感世界深处。冯沅君的古典文学修养非常深厚，因此其小说浸染了古典诗词的艺术情调。

三、其他作家的创作

废名（1901—1967年），原名冯文炳，湖北黄梅县人。废名早期的创作多以故乡黄梅县为题材，但和20世纪20年代乡土小说作家的创作风格截然不同，20世纪20年代乡土小说作家笔下那个愚昧、麻木、闭塞、落后的乡土社会，在废名的笔下似乎消失不见了，取而代之的是远离尘嚣的田园牧歌以及纯洁古朴的男男女女。20世纪20年代他的主要小说集有《竹林的故事》《桃园》。

废名早期乡土小说的创作特点主要表现在以下几个方面。首先，废名早期的乡土小说着重表现宗法制农村的淳朴、静寂与优美。一方面，废名乡土小说描绘了一个风景优美，到处是青山翠竹、小桥流水、林阴垂柳，带有古典诗意的乡村社会；另一方面，废名笔下的人物形象淳朴、善良，如《竹林的故事》中的三姑娘，一个安静、善良、懂事又有着淡淡哀愁的乡村女孩，长在翠绿的竹林里，穿着同月色一般的竹布和单衣，和母亲相依为命。其次，废名早期的乡土小说常常带有一定的苦味和涩味。这种苦味和涩味一方面来源于作者对乡村现实黑暗生活的侧面折射；另一方面来源于作品对生命无常的表现。例如，《河上柳》中的陈老爹，靠耍木偶生活，但政府一纸公文禁止木偶戏演出，断了陈老爹生计。《浣衣母》中的李妈，命运多舛，她的丈夫、儿子、女儿相继去世，剩下她一个人孤苦伶仃，又遭到村里人的议论和奚落。《火神庙的和尚》中从小孤苦伶仃、善良的和尚，突然有一天从楼梯上摔下来死了。《桃园》中懂事的小女孩阿毛最后病重而死。再次，废名早期的乡土小说的创作不同于传统小说的写作手法，不注重曲折的故事情节的构造，更偏重抒情写意与意境的营造，这就使得他的小说呈现出诗化和散文化的特点，因此在中国现代抒情小说的发展史上，废名是非常重要的一位。

废名早期乡土小说创作之所以会呈现出这样的特点，一是受其老师文学观的影响，形成了自己独特的文学观，废名认为文学不是直接表现现实生活的，而是要反映经过心灵映射的人生图景。在小说创作中，反映人的主观真实、抒发作者的情感和意绪才是核心。二是受中国古典文学的影响。废名喜欢陶渊明、李商隐、温庭筠的诗词以及六朝的文章，他的小说创作重想象、直觉、灵感，这些艺术表现方式均来源于中国古典文学。三是深受佛教的影响。废名的出生地黄梅县是禅宗文化的重要发源地，废名从小耳濡目染，甚至有一段时间潜心佛学，参禅打坐，并写过有关佛学的专著。正因有此背景，废名小说中弥漫着浓郁的禅宗意识。

许地山（1893—1941年）生于台湾，长于福建。1921年，他和茅盾、叶圣陶等在北平成立文学研究会，创办《小说月报》，是新文学的代表人物之一。许地山精通梵文，在宗教研究方面有很深的造诣。1922年，他前往美国哥伦比亚大学研究宗教史和比较宗教学，后来又到英国牛津大学研究宗教史、印度哲学和梵文，著有《中国道教史》等学术专著。他在宗教研究方面的造诣，使他的作品具有很强的宗教色彩，呈现出浪漫主义的色彩，代表作品有《命命鸟》《缀网劳蛛》《商人妇》等。

在文学研究会的诸多作家中，许地山是风格非常独特的一位。首先，他的作品充满了异域情调。许地山在考入燕京大学之前，曾受聘到缅甸仰光华侨创办的中华学校任职，所以他后来的很多创作都取材于他这段异域生活。他小说的故事往往以缅甸、印度、新加坡、马来西亚等地为背景，这就使得其作品有着强烈的异域色彩。例如，他的处女作《命命鸟》就是以缅甸为背景，讲述了一对青年男女因自由恋情受到家长的阻挠而殉情的故事。《商人妇》写一位女性漂洋过海，寻找自己丈夫的经历。小说中不管是环境描写、人物服饰，还是文化色彩，都带有强烈的异域特色。其次，许地山的小说情节曲折离奇，带有传奇性。例如，《命命鸟》中的主人公自由恋爱，双方父母甚至用巫术来离间两个人的感情，但小说没有着重写个人的反抗，而是写主人公精神世界的变化，写男主人公做了一个可怕的梦，从梦中醒来便大彻大悟，最终选择和自己爱的人携手自杀。《商人妇》写底层女性惜官去南洋寻找多年未归的丈夫，却遭到丈夫的背叛，把她卖给一个印度商人做小妾，遭遇了很多磨难，好不容易逃离苦海，惜官继续踏上了寻夫之路。再次，许地山的小说具有浓厚的宗教色彩。许地山小说中的主人公，大多是在宗教中获得苦难命运的解释和解脱的。他和文学研究会其他"为人生"的作家不同，同样是反映社会现实，反映人生苦难，许地山最终用宗教来化解人生的苦难，平衡心灵，净化情感，获得自我解脱。例如，《缀网劳蛛》中随遇而安、顺其自然、只管织网不论网破的"蜘蛛哲学"。《商人妇》中惜官身心和谐、恬淡怡然、知天顺命的人生观。主人公的人生哲学实际上是许地山受到佛教影响的人生哲学的一种充分体现。

20世纪20年代末期，许地山的创作发生了转型，早期浪漫传奇的写作风格逐渐弱化，写实性慢慢增强。《春桃》便是这一转变的代表作品，小说塑造了一位在苦难命运前奋力抗争，同时勤劳、善良的北方农村女性。其人生观不同于许地山之前作品中女性知天顺命的人生观，显示了许地山对底层现实生活的关注。

第二节　小说（二）

1927年"四一二"反革命政变后，中国革命发生了历史性的转折：一方面，国民党政权在忙于军事围剿的同时，加紧了对文化的"围剿"；另一方面，由无产阶级单独领导的土地革命正经历着农村革命的深入和文化革命的深入。社会矛盾的加剧，使文学反映社会生活的功能大大增强，直接刺激了以叙事为己任的小说。此时小说的繁盛状况，远远超过20世纪20年代，小说大家主要有茅盾、老舍、巴金、沈从文等（已在前面章节做过介绍）。除此之外，20世纪30年代还涌现了一批新的小说家，主要包括左翼青年作家群、京派作家群和海派作家群。

一、左翼小说创作

左翼小说是在大革命失败后至抗日战争全面爆发前夕、适应无产阶级领导的历史需要发展起来的一种新兴小说，它以马克思主义的文学理论为指针，站在反映无产阶级利益和情感的立场上，既继承了新文学反帝反封建的传统，又以极大的热情关注着世界范围的"红色的 30 年代"，肩负起再塑民族灵魂的使命，把"人的解放"的历史要求提升到"阶级解放"的高度，使文学与政治、革命、时代的关系被空前强化，以其鲜明、强烈的政治倾向性和慷慨悲凉的时代精神参与着历史的进程，并从幼嫩走向成熟。左翼小说不仅拥有茅盾、丁玲、蒋光慈、柔石等较早开始创作的重要作家，而且鲁迅、茅盾等文学巨匠热情培养了张天翼、沙汀、艾芜、叶紫、吴组缃、魏金枝、蒋牧良、周文、罗淑、萧红、萧军等一批生机勃勃的左翼文学新人。

（一）左联准备期的小说创作

此时期小说创作的作家主要有蒋光慈、洪灵菲、阳翰笙等，主要代表作品有蒋光慈的《少年飘泊者》《短裤党》《野祭》《冲出云围的月亮》《咆哮了的土地》，洪灵菲的《流亡》，阳翰笙的《地泉》等。此时期小说创作的特点主要表现在以下几个方面。其一，革命文学倡导者强调文学服务于无产阶级政治的工具性作用，且他们在创作中切切实实地践行着这一理论，因此早期革命文学便作为革命呐喊的工具出现在文坛上，小说往往思想大于艺术，公式化、概念化的倾向比较明显。其二，"革命 + 恋爱"的小说创作模式成为典型。此模式的开创者是蒋光慈，他在这方面的代表作品有《野祭》《冲出云围的月亮》等。《野祭》写革命文人陈季侠在看到他喜欢的女孩对革命消极的态度后，情感的天平发生了倾斜，倾向了原本不喜欢的、没有女人味的革命女英雄章淑君。《冲出云围的月亮》则写女学生王曼英舍弃叛变革命的恋人，爱上原本不喜欢的、坚定的革命者李尚志的故事。这就是蒋光慈开创的"革命 + 恋爱"的小说创作模式，决定主人公恋爱的不是爱情，而是革命。之后，很多左翼作家开始运用这一模式，如丁玲的《韦护》写革命者韦护为了革命事业放弃爱情，离开了爱人丽嘉，而丽嘉经过一番思想斗争后，最终选择了革命的故事。关于"革命＋恋爱"的模式，茅盾将其总结为三种形态：一是为了革命牺牲恋爱，如丁玲的《韦护》；二是革命决定了恋爱，如《野祭》《冲出云围的月亮》；三是革命成就了恋爱。

以蒋光慈、洪灵菲、柔石为代表的早期革命文学的创作一开始大多写知识分子的"革命＋恋爱"，但后来他们渐渐摆脱这种模式，开始直接描写革命风云，如蒋光慈的《咆哮了的土地》便写了农民的斗争和暴动。而柔石的小说从刚开始便显示了他的独特之处，他的小说《二月》写的是中学教员萧涧秋和陶兰及文嫂母子的故事。萧涧秋受好友陶侃邀请到芙蓉镇教书，结识了陶侃的妹妹陶岚并双双坠入爱河。但萧涧秋对文嫂母子的照顾引来了小镇人的非议，一时间流言四起。后来文嫂母子相继去世，而萧涧秋此时也心力交瘁，觉得这个清爽宜人的小镇风光不再，只剩凄凉。他留下一封短信便只身奔赴上海，深爱他的陶岚伤心之余决定去上海找寻自己的爱人。《为奴隶的母亲》讲述了一个悲惨的故事，为了生活，春宝爹把春宝娘典让给秀才充当生儿育女的工具。春宝娘丢下自己五岁的儿子来到秀才家，为秀才生了个儿子秋宝。后来春宝娘再次被迫离开尚在襁褓中的小儿子回到自己的家，而此时春宝已经长大不认识自己的亲娘了。小说将春宝娘作为母亲的痛苦和辛酸表现得淋漓尽致，表现了深刻的现实主义精神。

（二）左翼青年作家群小说创作

左翼青年作家群主要有丁玲、张天翼、艾芜、沙汀、吴组缃、叶紫等。左翼青年作家群的小说创作较之前左联准备期的小说创作来说，更能够将政治倾向性跟艺术真实性较好地结合起来，更注意塑造典型环境中的典型人物，且具有独特的素材和艺术个性，小说风格也呈现出多样化的特征，因此左翼青年作家群的出现标志着左翼文学渐渐走向成熟。

沙汀（1904—1992年）的创作对当时中国社会的黑暗面，给予了无情的讽刺和披露。小说《兽道》写魏老婆子一家的悲惨遭遇，魏老婆子早年守寡，靠给人当女佣辛苦养活自己和儿子，后来好不容易给儿子娶亲生子，生活算是圆满了。但偏赶上军阀混战，悲剧也由此发生，儿子在外务工，儿媳坐月子被一群大兵侮辱，含恨上吊自杀。魏老婆子痛苦无奈，一纸诉状将这些大兵告到官府，而官府只是草草了事，给了一副棺材葬了儿媳。而同村的人也火上浇油，对魏老婆子指指点点，甚至当街嘲笑和辱骂，魏老婆子身心俱疲，最终彻底发疯，赤身裸体走在大街上，嘴里呼喊着一些非常让人心痛的话。《在祠堂里》写发生在一个军官家庭里的悲剧，连长听说自己的太太跟别人有私，把太太毒打了一顿，并在旁人的怂恿下把太太活活钉死在棺材里，而左邻右舍的人没有一点同情，大家都铆足了劲来看这场残酷的"盛宴"。沙汀通过对世态人情的揭示，反映了当时社会的黑暗。

吴组缃（1908—1994年）的《樊家铺》《菉竹山房》独具艺术魅力。《樊家铺》写了线子夫妇一家的悲惨故事。在地主残酷的剥削下，线子的丈夫铤而走险，结伙抢劫，最终被捕入狱。线子为了凑钱搭救丈夫，便向常年给赵老爷家做女佣的母亲借钱，而母亲却想把辛苦钱留着养老。晚上母女俩同床而眠时，线子想趁着母亲睡着偷偷拿钱去搭救自己的丈夫，没想到老太太将钱藏到了自己的缠头布里，被惊醒的母亲便和女儿展开了一场争夺，无意中线子拔出烛台上的铁钎，刺死了自己的母亲。《菉竹山房》以"我"和新婚妻子的视角来展开，写美丽聪慧、善绣蝴蝶的二姑姑年轻时恋爱遭人非议，后来少年乘船遭遇意外，二姑姑殉情未成便抱着少年的牌位成了亲，从此这个绣蝴蝶的姑娘就住进了菉竹山房，独守空房。二姑姑一个人守着偌大的房子，时间久了，整个人都扭曲了。后来"我"和新婚妻子去菉竹山房看望二姑姑，菉竹山房到处都是灰尘和蜘蛛。夜深人静的时候，"我"和妻子突然听到房门外有窸窸窣窣的声音，"我"大着胆子走到门边，发现门外竟然是二姑姑在窥视和偷听。由此可以看出作者对封建制度的鞭挞。

艾芜（1904—1992年）的小说具有边地异域色彩和浪漫抒情的风格。

小说《山峡中》通过"我"的视角写了一群流浪汉，他们野蛮残忍、杀人越货，但又充满了人性，特别是对野猫子这样一个混迹于流浪汉中的年轻女孩子的描述，她泼辣、机灵、狡猾，写得活灵活现。

张天翼（1906—1985年）的小说文字非常生动活泼，而且趣味横生，因此被鲁迅誉为新文学运动以来"最好的作家""最优秀的左翼作家"。他对左翼文学的独特贡献在于其文学创作率先恢复了对国民性问题的探索，他承续了鲁迅对国民性批判的主题，以他自己的小说创作，表明阿Q的时代并没有过去。小说《包氏父子》写父亲老包虽然是刘公馆的仆人，却有个最大的梦想，就是儿子能够出人头地、升官发财，自己也能当老太爷，享清福。这个梦想似乎给老包注入了一支兴奋剂，让他对所有的苦难都不放在心上。他穷，但他千方百计地给儿子筹上洋学堂的学费，甚至不顾自己的尊严，老着脸皮去哀求银行、学校，能给他的孩子免掉制服费，甚至去偷主人家的东西，以供儿子享用。儿子小包却在学校不务正业，跟着一帮纨绔子弟胡混攀比，看低级趣味的言情小说，为了显示自己勇敢，在大街上欺负女孩子，跟纨绔子弟打群架，最后自己受伤，还被学校开除。小说通过对这对父子观念、行为的反差对比，翻腾出一种悲喜剧的味道。关于《包氏父子》的创作，张天翼也有自己的看法，他说自己是在重写《阿Q正传》。《包氏父子》揭示了两个被扭曲的灵魂，他们身上有封建思想的影响，同时沾染了小市民的习气，这种病态和扭曲来自那个病态的社会和时代。

《华威先生》是张天翼1938年发表的一部短篇小说。华威先生是国民党的一个官僚，表面积极响应全面抗战，实际是一个权力欲非常强的人。他非常"谦逊"，常常装出一副低姿态，每逢开会总是要等到人到齐了他才来，来了还坐在角落里，而且从来没有完整开过一次会，总是在会议开始不久便总结几句匆匆离开会场，赶赴下一个会议。他不能容忍任何一个群众团体的失控，任何会议如果没有邀请他参加，他便会暴跳如雷，说这样的会议是秘密活动，要追查到底。华威的所作所为都不是从全民抗战的角度出发，纯粹为了膨胀自己的私欲，满足自己的权力欲。《华威先生》这篇小说是对当时像华威一样的官僚的一个速写，敏锐深刻，切中时弊。小说发表于全民抗战热情高涨的时候，意义在于提醒人们反思抗战营垒内部的阴暗面。华威先生这个人物，是具有高度典型性的人物，小说透过表层的政治层次，深入文化心理层面，概括出一个不顾民族大局只膨胀一己私欲，不断追慕名分、权利而忽略实践的人物形象。

丁玲（1904—1986年）是左翼青年作家群中杰出的女性作家，是左翼文学的女性开拓者，其创作可以分为三个时期。第一个时期为创作早期（1927—1929年末）。这个时期丁玲的创作主要有《梦珂》《莎菲女士的日记》，主要写现代女性性爱的苦闷。《莎菲女士的日记》中莎菲受新文学思潮的影响，追求个性解放，但她身染重病，客居他乡，举目无亲，而且穷困潦倒。苇弟非常喜欢莎菲，无微不至地照顾着她，但莎菲却被风流倜傥的凌吉士吸引。在进一步的交往中，莎菲发现凌吉士只是徒有其表，实际上庸俗、市侩，他所关心的只是升官发财、吃喝玩乐。莎菲因此陷入一种矛盾的境地：一方面她倾心于凌吉士青年男子的魅力；另一方面对他的庸俗、市侩厌恶至极。在灵与肉、情感与理智的矛盾中莎菲痛苦不堪，最终痛下决心离开凌吉士，到一个没有人认识她的地方，悄悄地活下去，悄悄地死去。对于莎菲这个形象，茅盾曾这样评论：莎菲女士是心灵上负着时代苦闷的创伤的青年女性的叛逆的绝叫者。《莎菲女士的日记》这篇小说的确把沙菲这一类时代新女性内心的痛苦写得淋漓尽致。可以说对这类女性的描绘，是丁玲早期创作的一个突出特点，也是对中国现代文学的一个独特贡献。

第二个时期是左联时期。这个时期丁玲的创作主要有《韦护》《母亲》《一九三零年春上海》《水》《夜会》等。《一九三零年春上海》描写知识分子由苦闷彷徨、矛盾动摇到成长的转变历程。从这部小说开始丁玲的创作发生了一些变化，尽管这时期创作的《韦护》还有"革命＋恋爱"

的痕迹，但丁玲这个时期的作品已经在很大程度上克服了像早期《莎菲女士的日记》中的那种感伤情绪，转而去写革命者的献身精神以及群众运动，这种变化在《水》这部小说中体现得尤为明显。《水》是以1931年发生的水灾为背景写的，洪灾面前，农民家破人亡，他们一开始觉得这是自己命中注定要遭此劫难，但后来他们慢慢觉悟了，他们开始反思官府的不作为，他们团结起来向官府去讨要救济粮。但当他们跑到官府的时候，他们得到的不是粮食，而是官府镇压群众的弹药。于是这群饥饿的灾民愤怒了，他们化作比洪水还凶猛的队伍，勇猛地向镇上的官府扑去。《水》这篇小说很难说在艺术上达到了多高的水准，却是丁玲将创作的眼光投向更广阔的社会的开始，因此一些左翼评论家认为，丁玲的《水》的发表标志着左翼文学已经清算了早期的"革命 + 恋爱"的那样一种创作模式而渐趋成熟了。这个时期的左翼文学有了更为丰富的题材选择，作家对社会生活的表现也更加深刻了。

第三个时期是抗日战争和解放战争时期。这个时期丁玲的创作主要有《我在霞村的时候》《太阳照在桑干河上》。《我在霞村的时候》写乡村姑娘贞贞不幸落入日本人手里当了慰安妇，虽然她在日本军营受尽蹂躏，但她选择咬着牙挺过来，利用自己特殊的身份，给抗日军队传递情报。正是因为贞贞的情报，抗日队伍打了很多胜仗。后来贞贞被救了出来，拖着病体回到了村里，这时，村里人都瞧不起她，甚至当面辱骂她，说她还不如破鞋，是缺德婆娘。后来，组织上安排贞贞到延安治病，贞贞这时才重新昂起头，离开了村庄，走上了再生之路。这篇小说不禁让人们想起鲁迅笔下麻木不仁的民众、看客。《太阳照在桑干河上》是丁玲在这一时期创作的一部史诗性的作品，它具体地、真实地表现了土改运动时期我国农村社会生活的复杂面貌。首先，这部小说真实地反映了封建宗法制农村复杂的社会关系，表现了土改斗争的复杂性。这种复杂性突出表现在家族亲属关系的复杂上，如小说中的恶霸地主钱文贵，他哥哥钱文富是贫农，儿子是八路军战士，女婿张正典是村干部，侄女黑妮是另一村干部的恋人。所以钱文贵便获得了抗属（抗日军人的家属）、村干部亲戚、恶霸地主等多重身份，这种复杂性也导致了土改斗争的困难。此外，当时复杂的社会环境也阻碍了土改进程。其次，这部小说非常直率地写出了农民自身的弱点，表现了传统观念对农民思想觉悟的束缚。丁玲严格遵照现实主义的创作原则，从生活的实际出发，写出了生活的本来面目。她笔下的农民有翻身要觉悟的一面，同时有很多私心杂念夹杂其中。再次，小说塑造了各种不同类型的地主形象。例如，钱文贵、李子俊。这些地主形象不是概念化、公式化的千人一面，而是各有各的个性和特点，如钱文贵的狡猾奸诈、恃强凌弱，李子俊的胆小怕事，李子俊老婆的哭哭啼啼，小说对地主形象的刻画非常成功。最后，小说结构严谨、层次清楚，脉络明晰。小说既有对宏观世界的艺术把握，也有对微观世界的艺术把握，立体地展示了土改斗争的全貌。

东北作家群也是左翼青年作家群中重要的一部分。东北作家群主要指"九一八"事变之后，从东北流亡到关内的青年作者群，他们的作品表达了对侵略者的仇恨、对父老乡亲的怀念，以及对收回国土的强烈愿望。主要代表作家有萧红、萧军、端木蕻良、舒群等。萧红是东北作家群中个性最鲜明、影响最大的作家，其创作深受鲁迅的影响。萧红承续了鲁迅现实主义的创作风格，敢于正视淋漓的鲜血，敢于直面惨淡的人生。她从来不回避现实的苦难和不幸，她写贫困、饥饿、疾病，写帝国主义、封建主义带给人民的种种灾难，她的小说中展示了一幅幅惊心动魄的人生图景。萧红还把她的笔伸向了社会生活的深处，伸向了民族灵魂的深处，从这个意义上讲，她又继承了鲁迅对国民性批判的主题。同时，萧红又有作为女性特有的细致和敏感，她用自己细致的观察和越轨的笔致，勾画出了民族沉默的灵魂。《王阿嫂的死》是萧红的处女作，小说描写了劳动妇女王阿嫂的悲惨命运，初步实现了萧红在创作中对妇女命运的深切关注，从死亡视角对东北人民生存状态的思考，以及挥洒自如的散文笔法。《生死场》是萧红的成名作，小说以粗犷拙朴的笔触描写了东北沦陷前后人民的生活状态。小说前十章是对沦陷前东北广大农村的描绘，人们像"蚊子似的生活着，糊糊涂涂生殖，乱七八糟死亡"。人们遭受着剥削、饥饿、疾疫的折磨，一些没有灵魂、被封建文化禁锢的人，尤其是妇女，人生更为残酷。小说后七章描写了日本帝国主义侵占东北后广大人民的苦难和斗争，当做奴隶而不得的时候，东北人民的民族意识开始觉醒，用最原始的方式歃血盟誓，聚众杀敌。《呼兰河传》是萧红后期创作的代表作，小说以儿童的视角构筑了两幅既相互对立又相互参照的艺术画面：一幅是以祖父和后花园构成的安谧、温馨的生活图景，在这里，爱、人与自然和谐共处；另一幅是以呼兰河民众的生活构成的充满冷酷、丑陋的病态世相，呼兰河人的麻木、愚昧、保守和残酷被她表现得淋漓尽致。

二、京派小说创作

京派是 20 世纪 30 年代前后，新文学中心南移上海后继续留在北京活动的一个自由主义作家群。京派是一个较为松散的文学流派，既没有结社，也没有统一的文学宣言，主要刊物有《文学杂志》《文学季刊》等。京派重视文学艺术的超功利性和独立意识，崇尚文学的永久价值，作品呈现出鲜明的现代意识和古典韵味。

京派小说的代表作家有废名、萧乾、汪曾祺等。废名的小说以写乡间儿女翁媪的日常生活为主，语言简洁，风味平淡朴乐。例如，长篇小说《桥》上下两篇共 43 章。上篇 18 章，写主人公程小林少时与史琴子相遇和缔婚；下篇共 25 章，写十年后程小林回乡遇到史琴子的妹妹细竹的经历及乡村生活的所感所悟。整部小说写乡间的风土人情和淳朴的儿女情感，没有连贯统一的故事情节，每一章都是一个带有标题、自成一境的独立场景，散发着一种内在的诗意，加之其散文化的结构更使其具有了"诗化小说"的特征。同时废名的一些小说也充满了晦涩，甚至古奥难懂。例如，小说《莫须有先生传》中就穿插着一些禅趣在里边。

在所有京派作家中，萧乾的创作是自传性较强的，他的大多数作品中淤积着自己童年失父的心灵隐痛。例如，小说《篱下》写了环哥母子的遭际，环哥的母亲被丈夫离弃之后，带着环哥投靠城里的妹妹和妹夫。但由于环哥在乡下自由自在惯了，无法适应城里的生活，最后在惹了一堆祸事之后被姨母下了逐客令。整部小说只写了环哥母子在姨父家两天的日常琐事，却非常生动地展现了这一对母子的遭际。短篇小说《放逐》写的仍然是一个失去父亲的孩子，主人公坠儿失去了父亲，和他的母亲相依为命。坠儿过生日的时候干爹来了，坠儿不喜欢这个人，他一来，小伙伴们都嘲笑坠儿。后来母亲给了坠儿几个铜子让他去逛庙会，但是坠儿还是不开心，拿母亲给的钱买了一把尖刀，想着如果谁再笑话他就拿这把刀戳穿他的肠子。坠儿回到家发现屋门已经上了锁，妈妈和干爹也不知去向。长篇小说《梦之谷》可以看作萧乾艺术上的一个高峰，小说以萧乾自己的经历为原型，写了一对青年男女的爱情悲剧。

汪曾祺是京派的最后一个作家。汪曾祺的小说不讲究谋篇布局，主张信马由缰，他注重写生活中的情绪，他的小说就像一首首带有情感的风土诗。他笔下的人物大多是重义轻利、诚朴守洁的平民。

三、海派小说创作

海派，又称新感觉派，指的是20世纪30年代前后出现在上海文坛的现代主义流派。这个流派注重表现现代都市人紊乱变态的心理和情绪，同时描写人性和现代文明与传统文明的冲突，具有一定的意识流色彩；主要作家有穆时英、刘呐鸥、施蛰存等；主要刊物有《无轨列车》《新文艺》《现代》等。新感觉派是中国第一个现代主义的小说流派，它的形成经过不同的发展阶段。首先，刘呐鸥创办了《无轨列车》刊物，成为新感觉派作家发表文字的阵地。后来《新文艺》创刊，尤其是《现代》的创刊，标志着新感觉派作家集结在一起，正式形成一个流派。代表作家作品有刘呐鸥的《都市风景线》《赤道下》等，施蛰存的《上元灯》《将军底头》《梅雨之夕》《善女人行品》《小珍集》等，穆时英的《公墓》《白金的女体塑像》《夜总会里的五个人》《上海的狐步舞》等。

新感觉派的创作特点主要表现在三个方面。新感觉派创作的第一个特点是用快速的节奏和跳跃的结构表现现代大都市的生活，尤其是殖民地和半殖民地都市的畸形和病态，如《都市风景线》《上海的狐步舞》《薄暮的舞女》。新感觉派作家以大都市中形形色色的日常现象和世态人情为素材，他们笔下的人物往往是舞女、水手、姨太太、资本家、投机商、公司职员、劳动者、流氓、无产者等各类市民；场景也往往是夜总会、赛马场、电影院、大旅馆、小轿车、富豪别墅、海滨浴场等，这些与左翼小说、乡土小说完全不同。不仅如此，新感觉派的描写手法也有了更大的变化，他们常常采用快速的节奏和跳跃的结构，在他们的小说中，场景的变换、人物的变换像走马灯一样，小说的推进是靠镜头的组接来实现的。例如，刘呐鸥的《都市风景线》通过写电影、摩天楼、色情狂、汽车等，揭示了都市糜烂的、罪恶的资产阶级生活。穆时英的《夜总会里的五个人》写了五个不同人物的不同遭遇：资本家胡钧益破产了；学者季洁研究《哈姆雷特》陷入僵局；交际花黄黛茜人老珠黄，当日风光不再；大学生郑萍失恋了；政府职员缪宗旦失业下岗。他们每个人心里都怀着巨大的苦闷，于是在星期六的晚上不约而同去了皇后夜总会。作者在结构小说时没有一贯的故事情书线索，而是采取了镜头组接的方式，快速、简洁地为读者进行了交代，如小说开篇镜头是大学校园里花池边失恋的郑萍，随后镜头便转到大街上，黄黛茜一个人寂寥地闲逛着，镜头再一转便到了缪宗旦身上……，就这样五个主要人物轮流出场。接下来镜头就转换到星期六夜总会旋转的玻璃门前面，玻璃门一转，缪宗旦进去了，再一转胡钧益进去了，就这样五个人随着玻璃门的旋转进入了夜总会。接下来的镜头便是人们在夜总会拼命地狂欢，他们通宵达旦地跳舞喝酒，想通过这种方式发泄内心的苦闷。再接下来的镜头便是第二天黎明，他们离开夜总会时，胡均益开枪自杀了。小说情节推进非常快，镜头画面的剪辑和组合便构成小说的情节和结局。通过这种手法，小说揭示了殖民地和半殖民地都市表面繁华、骨子里畸形的本质，也揭示了都市男女纸醉金迷、疯狂没落以及异化的生活，展示了他们的悲哀痛苦以及精神创伤。穆时英在他的小说集《公墓》的自序中便说道："在我们社会里，有被生活压扁了的人，也有被生活挤出来的人，他们可以在悲哀的脸上戴了快乐的面具，但是在内心深处，他们是非常悲哀的，是有一种很深的寂寞感的，这种寂寞，甚至深深地钻到了骨髓里去的！"无独有偶，施蛰存的《薄暮的舞女》同样写出了作为都市底层女性的悲哀，主人公是一个舞女，本打算和自己心爱的人远走高飞，过幸福的生活，所以她便不再跟舞场老板续约，并拒绝了所有客人的邀请。但后来事与愿违，她的情人生意破产，杳无音信。万般绝望中，舞女调整情绪，迅速联系老板续约，同时一一联系之前推掉的客户，赔笑解释。作者将舞女前后的心理变化、对美好生活的向往以及坚强的生活方式一一呈现在读者眼前。小说通篇无线索，通过舞女和老板、舞客等的对话来结构小说，节奏同样非常快。

　　新感觉派创作的第二个特点是刻意捕捉新奇的感觉，艺术表现形式和手法花样繁多，刻意求新。例如，穆时英《夜总会里的五个人》中的描写："《大晚夜报》！卖报的孩子张着蓝嘴，嘴里有蓝的牙齿和蓝的舌尖儿……，忽然他又有了红嘴，从嘴里伸出舌尖来……。"作者将主观感觉融入对客观对象的描绘中，呈现出一幅新奇的上海繁华夜景图。又如，施蛰存《魔道》中一个常年被都市快节奏生活压抑的人，坐火车来到乡下看到夕阳西下的美景时却感觉那像是一群殉葬的男女，披着锦绣的衣裳，以及由此联想到的陵墓、恐怖与失望。这段描述非常奇特，却形象、贴切地将都市人因长期被压抑而扭曲的心理表现出来了。正因为新感觉派刻意捕捉、表现新奇的感觉和印象，所以他们在创作中经常打通五官的感受，将其融合在一起，创造一种新奇的效果。例如，《上海的狐步舞》将鸦片烟的香味说成是古铜色的；《第二恋》中的主人公"我"初次见到恋人玛莉时闻到了乳香，当他多年后"我"再次遇到已为人母的玛莉时非常痛苦，感觉心在叹息，于是带着衰老、破碎的灵魂回到了蜜色的旧梦里。此外，新感觉派还经常用到诸如蒙太奇、意识流等技巧和手法来追逐新奇，创造新奇的效果，甚至文本中的标点符号也成了他们大做文章的素材，如用多个由小到大的感叹号来表达情感越来越强烈。

新感觉派创作的第三个特点是长于挖掘与表现潜意识以及日常生活中的微妙心理和变态心理。施蛰存的《梅雨之夕》将一个已婚男青年雨天邂逅美丽女子并为其撑伞时倾慕、不舍、胆怯、害怕的心理表现得淋漓尽致。《春阳》则把寡居的婵阿姨对异性、对完整美好生活既热望又走不出去的复杂心理描摹绘声绘色。这也显示了新感觉派小说善于写人物隐意识、潜意识、微妙心理的特色。

总之，新感觉派是中国现代文学史上较为完整的小说流派，其第一次以现代人的眼光，用新奇的现代形式表现、审视大都市人的畸形和病态，为现代文学提供了另一种类型的都市文学世界。

四、其他作家小说创作

20世纪30年代，还有一些独立作家，他们既不属于京派，也不属于海派，坚持自己独立的文学创作观念，其中最具代表性的便是李劼人，其代表作有《死水微澜》《暴风雨前》《大波》等。李劼人的小说因其具有广阔的社会背景、史诗性的架构和深度、连续的线索，被人们称为"大河小说"。李劼人小说的主要成就体现在史诗性的架构、人物形象的塑造、巴蜀风土人情的描绘上。李劼人的好多小说描绘了甲午战争到辛亥革命期间的社会历史和广阔的社会图景，史诗性特征非常明显。李劼人笔下的人物形象艺术魅力强，充满原始野性的生命激情。例如，《死水微澜》中的蔡大嫂一心想过上城里人的生活，嫁给了兴顺号的老板蔡兴顺，但婚后的她得不到爱情的满足，便和蔡兴顺的表哥罗歪嘴厮混在一起，后来丈夫被捕入狱，罗歪嘴也不知去向，蔡大嫂为了活下去又嫁给了顾天成。从蔡大嫂身上可以看到一种充满原始野性的生命激情，她真诚、坦荡、敢于追求自己想要的生活，是一个泼辣勇敢、充满野性的女性。李劼人的小说对巴蜀的风土民情也有浓墨重彩的描绘，以及各种四川当地的特色小吃，就连人物的穿衣打扮乃至婚礼习俗都有巴蜀的文化特色。

第三节　小说（三）

20 世纪 40 年代的小说从内容、题材到风格，甚至是作家的创作心理，都受到战争的影响和制约。抗战初期，文学绝对服务于救亡、抗战，强调文学的功利性和宣传性，文坛弥漫着昂扬的英雄主义。此时的小说创作表现出呼应时代主题的统一性、文学的多样性，但同时存在个性化被忽视、艺术水准有所下降等问题。随着抗战进入相持阶段，人们开始正视战争的艰巨性、长期性和残酷性。此时，作家大都避居后方，得以静下心来进行民族、历史、社会、文化的反思，因此此时的小说创作逐步进入一个更深入发展的阶段。此外，受战争的影响，不同区域出现了不同主题的小说，如国统区的小说主要以暴露与讽刺、体验与追忆为主题，沦陷区的小说以通俗与先锋为主题，解放区的小说以现实与民间为主题。这些不同主题的小说相互影响、渗透，共同丰富了 20 世纪 40 年代小说创作的繁荣局面。

一、暴露与讽刺

抗战进入相持阶段后，作家开始进行民族、历史、社会、文化的反思，由此小说创作得以深入发展，短篇小说趋于深沉厚实，中长篇小说竞相涌现，包含相当丰富的现实社会和历史文化内涵。

抗战小说，是指直接反映抗战现实内容的小说。例如，姚雪垠的《差半车麦秸》《牛全德与红萝卜》《长夜》等，邱东平的《第七连》《一个连长的战斗遭遇》，还有东北作家李辉英的《北运河上》、骆宾基的《东战场别动队》。此时期，姚雪垠的小说表现出了抗战大潮中农民的觉醒与成长，如《差半车麦秸》描写了一个憨厚朴实的农民离开熟悉的土地，参加抗日游击队，并在抗日斗争中逐渐克服自身缺陷，成长为一位真正的抗日战士的故事，反映了抗日战争全民性的历史内涵以及战争时期新的民族性格的成长。该小说带有强烈的乡土气息，语言口语化，是抗战文艺大众化的典型之作。邱东平被称为战地文学的开拓者，代表作《一个连长的战斗遭遇》通过一次战斗的突围，表现了战争的残酷性和荒谬性，同时对战争中暴露出的国人劣根性进行了反思，增加了抗战小说的深度。

张天翼、沙汀的暴露讽刺类小说。张天翼《华威先生》的发表，开创了国统区讽刺小说的先河。该小说塑造了一个"包而不办"，名义上为抗战奔波，实际上到处参会抢权的文化官僚形象，暴露了在全民抗战的背景下，部分国民党官员对权力的狂热及其狭隘、虚伪与自私的劣根性。在艺术手法上，该小说没有连贯的情节，全篇是漫画式的片段描写，作者巧妙地运用语言和动作的描写，通过夸张和对比的手法，将文化官僚的腐败写得入木三分。张天翼的讽刺小说擅长漫画式的、粗线条的勾勒，批判尖锐，内涵深远，节奏明快而冷峭。沙汀也是抗战时期非常杰出的讽刺小说家之一。抗日战争全面爆发后，沙汀从上海回到四川老家，其创作也进入黄金时期。这时期，沙汀的小说创作呈现出两个方向：一是表现对理想和光明生活的向往与敬仰；二是继续以偏僻黑暗落后的四川农村乡镇生活为主要题材。例如，《在其香居茶馆里》围绕兵役问题，描写了川北回龙镇当权派和地方实力派之间的矛盾斗争，生动地反映了地主阶级统治集团内部相互倾轧的丑恶行径，表现出他们营私舞弊的无耻罪行，同时暴露了国民党兵役制度的虚伪本质。小说成功地运用了客观、冷静的讽刺喜剧艺术，以小见大，无情地揭露了国民党统治的腐败以及兵役制度的虚伪。同时，小说采用了明暗线交织的情节线索，结构紧凑，独具匠心的结尾又增强了讽刺效果；小说在矛盾与冲突中凸显人物性格，人物语言独具个性，小说整体具有浓郁的四川地域特色。《淘金记》围绕川北北斗镇开采烧箕背金矿的事件，描写了土豪劣绅间因发国难财而掀起的内讧，暴露了抗战时期国民党统治阶层的腐朽与黑暗。沙汀的讽刺小说既继承了中国古典讽刺小说的传统，又借鉴了外国文学经验，在现代讽刺小说民族化方面做出了重要贡献。

钱钟书的暴露讽刺类小说。钱钟书是著名的学者和作家，博学多能，学贯中西，在文学创作和学术研究方面卓有建树。1941 年，钱钟书赴上海，由于战阵困宥于此直到抗战胜利。这段时间是他文学创作的巅峰期，出版了散文集《写在人生边上》及小说《围城》《人·兽·鬼》等。《围城》以主人公方鸿渐的人生经历为线索，描绘了抗日战争初期的社会面貌及知识分子群像。方鸿渐是一个充满了矛盾性与复杂性的人物形象，这主要体现在他对待恋爱和婚姻及事业的态度与选择上。在恋爱和婚姻上，方鸿渐是一个理想主义者，他追求纯真、朴实的爱情和婚姻，讨厌世俗的掺杂，如他不喜欢家世好、学历高、人又漂亮的苏文纨，而钟情于青春、可爱的大学生唐晓芙。但他在现实生活中又玩世不恭、懦弱屈从、优柔寡断，如他在回国的船上艳遇鲍小姐，一夜风流；面对苏文纨的强势追求也逶迤周旋；对唐晓芙的离去也未曾努力去挽留；等等。在事业上，方鸿渐同样体现出了矛盾性与复杂性：一方面，他清高、自尊，宁肯失业也不愿向岳父低头，他厌恶三闾大学一干人的丑恶，不愿与其同流合污，他有气节与爱国心，不愿受控于敌伪和资本家；另一方面，他在面临现实困境和矛盾时，又常常抱有不切实际的幻想，实行精神上的安慰。此外小说中的女性形象也给读者留下了深刻印象，如苏文纨、孙柔嘉、李梅亭、唐晓芙和赵辛楣。《围城》是一部写实主义与象征主义相结合，具有"现代派"意味的寓意小说。从叙事内容来看，《围城》通过主人公方鸿渐的人生历程，对 20 世纪三四十年代的国政时弊和众生相进行了抨击，包括对上海洋化商埠的腐败堕落，对农村的落后闭塞，对教育界、知识界的腐败现象的讥讽。从文化意蕴来看，《围城》主要对上层知识分子在战争期间展露出的丑恶灵魂和畸形性格进行了批判，他们学识浅薄，急功近利；思想空虚，灵魂污浊；明争暗斗，相互倾轧。从象征意蕴来看，《围城》是对人生及现代人命运的哲理思考。钱锺书借方鸿渐的遭遇表达人生的本质就像围城一样，无休止地循环往复，爱情、婚姻、事业就是一座座的围城，它们构成了现代人的生命困境，透视出生命的孤独感和失望感。如果说张天翼、沙汀等作家的讽刺小说着眼于社会、文化批判的话，那么钱锺书的《围城》则将笔墨锁定在人生、人性的悲剧方面。此外，钱锺书广博的学识、新奇犀利的比喻、独到的人生智慧和充满幽默的揶揄，构成了这部小说非常个性化的讽刺风格。

二、体验与追忆

除了暴露与讽刺主题，20 世纪 40 年代的文坛还存在着另一种关注现实的小说，这类小说更多地融入作家个人的生命体验，形成了以体验和追忆为主题的小说创作类型。

"七月派"的体验追忆类小说是 20 世纪 40 年代最具代表性的。1937年 9 月由胡风自编自印的文艺刊物《七月》在上海创刊，以《七月》《希望》为阵地，形成了一个颇有影响力的文学团体，即"七月派"。

路翎是"七月派"的核心作家，也是胡风主观现实主义文艺理论最成功的实践者和最集中的代表者，他的主要作品有《饥饿的郭素娥》《蜗牛在荆棘上》《青春的祝福》《求爱》《财主底儿女们》等。路翎的小说中有两大核心形象：一类是底层工人与农民。路翎着重表现他们身上蕴含的原始的强力与精神奴役的创伤，如《饥饿的郭素娥》便塑造了一个外表美丽，内心对生命、爱与自由有着强烈渴望的女性形象，显示出一种生命的强力，而青年工人张振山身上同样具有一种原始的生命的抗争精神和爆发力。此外，路翎也着重揭示了笔下人物具有的精神奴役的创伤，刘寿春胆小怯懦，充满封建的夫权意识；魏海清怯懦而狭隘。路翎在歌颂强力的同时，对他们身上的民族劣根性进行了批判。另一类是知识分子，代表作是《财主底儿女们》。小说以苏州大地主蒋捷三家族的分崩离析、儿女在家庭溃败后各自的心路历程为主线，反映了"一·二八"事变后十年间中国社会的巨变以及青年知识分子在动荡时代中的人生之路。蒋家大儿子蒋蔚祖是典型的封建大家庭的少爷形象，爱好诗文，性格懦弱无能，最后跳江自杀；蒋家二儿子蒋少祖受新思潮影响，叛逆封建家庭，追求现代文明，投身民主运动，但最后沦落为新的落伍者；蒋家小儿子蒋纯祖叛逆旧家庭，孤高倔强，漂泊流徙，探索自我人生道路而不得，病死在流浪途中。路翎通过对蒋家三个儿子的描绘，刻画了不同知识分子的人生道路选择以及他们的心灵轨迹。总体来说，路翎的小说具有强烈的主观色彩，注重对人物灵魂复杂性的开掘，尤其是对人精神世界，包括无意识世界的开掘，践行了胡风主观现实主义的文艺观。路翎还善于将人物置于极端的、躁动的、狂热的情境下，激发人物的原始生命力，这就使得他的小说带有一种粗犷的、雄强的、悲壮的审美特色。路翎小说的语言带有主观体验色彩，句式复杂且冗长，大量使用副词和形容词，给予读者强烈的情绪冲击和生命感受，同时给读者带来阅读的滞涩感。以路翎为代表的"七月派"的现实主义小说，突破了传统现实主义的朴素单纯，丰富了现代小说的艺术表现力，为中国现代小说的发展提供了经验。

冯至的历史题材小说体现出抒情与诗化的特征，有别于"七月派"体验追忆类小说的创作。1939—1946年是冯至创作与研究的旺盛时期，其间他创作了诗歌集《十四行集》、散文集《山水》、中篇历史小说《伍子胥》。

《伍子胥》选取几个典型的地名为标题，截取了伍子胥逃亡路途中的几个片段，通过他的内心独白及与其他相遇者的对话，细致地反映出了伍子胥逃亡途中的心理变化，充分展示出了一个理想主义者在仇恨和颠沛流离中向现实主义转变的历程，体现了抗战年代中国年轻知识分子在漂泊西南期间的心路历程与体验，同时小说在艺术特色上体现出强烈的诗画色彩。

在 20 世纪 40 年代，有一类体验回忆类小说将目光投向了乡土社会，将乡土记忆和生命艺术进行审美整合，代表作家作品是师陀的《果园城记》。1936 年，师陀由北平入上海，因战争便羁留上海，《果园城记》便是在这样的背景下创作的。小说以主人公返乡为线索，通过 18 个短篇小说反映了 20 世纪初期到抗日战争前期日益凋敝的中国封建乡村小城的生活场景，基调滞重哀痛、沉郁复杂，带有浓重的乡土情结。作者继承了国民性批判的主题，小说具有强烈的文化批判色彩。同时，小说在某种程度上也具有对人类生存的形而上的思考，包括在离乡与返乡过程中对人生悖论的感悟，充斥着无可着落的悲凉与寂寞；也包括在绵绵不绝的时间流中，对青春、爱情、理想等一切美好东西一去不复返的感悟；还包括在人物的颠沛流离中，感受人世的沧桑和命运的无常。由此可以感受到《果园城记》中充满了作者对人生命运的哲理性思考，因此小说带有非常强烈的生命意识。此外，师陀的《无望村的馆主》《结婚》等也别具特色。此时期，东北作家群以童年故乡记忆为主的回忆性小说成就颇丰，如萧红的《呼兰河传》、端木蕻良的《科尔沁旗草原》、骆宾基的《幼年》，这类小说在记述童年记忆的同时，融合了作者在战争期间的生命体验与感受。

三、通俗与先锋

沦陷区严苛的政治环境，为通俗小说的创作提供了社会背景，加之都市文化的推波助澜，就使得以上海为代表的沦陷区文学创作呈现出通俗与先锋的两面。

　　张爱玲（1920—1995年），原名张煐。1943年，张爱玲发表小说《沉香屑·第一炉香》，引起文坛的注意，此后又发表了《倾城之恋》《金锁记》等作品，一举成为沦陷时期上海最为走红的女性作家。张爱玲20世纪40年代的小说多取材于沪港两地，她善于在殖民地与半殖民地的现代都市背景下，深入人性的深处，展示人精神的堕落与不安，受到金钱与性欲主宰的世俗男女的爱情与婚姻，更是她创作的独特内容。小说《沉香屑·第一炉香》讲述了从上海来到香港读书的少女葛薇龙如何一步步堕落的故事，从金钱的视角窥视爱情、人性的荒诞与堕落，不仅凸显了港英时期香港上流社会的纸醉金迷，刻画了主人公葛薇龙在爱情中自处卑下的形象，呈现出女性命运与社会生存现状的苍凉与悲壮。《倾城之恋》以香港和上海为背景，讲述了华侨商人范柳原与没落贵族白流苏的情感纠葛，小说同样将亲情、爱情和婚姻置于金钱与利益的主宰中，将一切美好打入世俗的利益考量中，最终主人公因战争走向婚姻，但这样圆满的结局也多少道出了人生的荒诞与诡谲，苍凉的底色由此升腾。《金锁记》主要描写上海底层麻油店老板的女儿曹七巧的心灵变迁历程。女儿时的曹七巧由兄嫂做主嫁给贵族大户姜家的残疾大少爷，欲爱而不能，几乎像疯了一样在姜家过了30年。在金钱与情欲的双重压迫下，她的性格、心理发生了扭曲，行为变得乖戾：在不流行缠脚的情况下，她逼迫女儿缠脚，阻碍女儿婚姻致其终身未嫁；对儿媳百般挑剔，霸占儿子，引诱其吸食鸦片。张爱玲借助金钱与性欲对人性进行了深度挖掘与还原，透出人生悲凉的底色。

　　总体来说，张爱玲的作品往往以表现市井生活与小人物的庸常人生为主，特别善于描写男女情爱，表现出世俗性的特色。同时，张爱玲的作品往往又透出现代主义、存在主义的荒凉意识，这构成了其小说的先锋性。在小说创作艺术上，张爱玲汲取了古典文学，诸如《红楼梦》《金瓶梅》等作品以及鸳鸯蝴蝶派小说的同时，又能将外来小说的写作手法，如暗示、象征、联想、心理刻画等与之融合，体现出既传统又现代的特征，游刃有余地游走于新旧雅俗之间。

20世纪40年代，与张爱玲齐名的另外一位女性作家是苏青，其代表作为长篇小说《结婚十年》。首先，这部小说具很强的自传色彩。小说主人公苏怀青的经历与作家苏青的人生经历相契合，都有着在遭遇婚姻的琐碎与背叛后，毅然走出家庭，成为独立作家的经历。其次，这部小说世俗性非常强，小说中有大量的日常琐碎俗物的直接描写，给人亲切的感觉。再次，这部小说具有强烈的女性意识。作者始终站在女性的角度，用女性的生活哲学去观照人生，颠覆了传统的男性话语。

徐訏（1908—1980年）在中国现代文学史上有"文坛鬼才"之称。1927—1931年，徐訏就读于北京大学哲学系；1934年，任《人间世》编辑；1936年，赴法国巴黎大学修读哲学。徐訏20世纪30年代便开始文学创作，但直到1937年才凭借《鬼恋》享誉文坛。1943年，徐訏发表长篇小说《风萧萧》，风靡一时，该年也被出版界誉为"徐訏年"，之后相继出版了小说《江湖行》《时与光》等。

徐訏小说的特色首先在于善于编织浪漫的爱情传奇，其哲学背景，使小说往往能将爱情、婚姻和哲学思考结合起来，带有强烈的文化和哲学色彩。其次在于善于借鉴西方现代小说技巧，从而使小说具有了现代主义的先锋性质，《鬼恋》故事曲折离奇，充满浪漫色彩。小说在中国古代小说人鬼相恋的旧模式中融入了现代的因子，描写主人公"我"夜半时分偶遇自称是"鬼"的美丽女子，并对其产生好奇与情感，在"我"的苦苦追寻下，才得知这个自称是"鬼"的女子实际是一个在20世纪30年代残酷的政治斗争中看尽人间虚伪、名利与背叛，并且失去最爱的心上人的可怜女孩。真相大白后，两人也未能迎来圆满的结局，最终这个女子还是飘然而去，留给"我"无限的思念和惆怅。小说在曲折离奇的故事情节中，融入了作者对人生存在的思考。在艺术特色上，小说巧妙地模糊了真实与虚构的界限，营造出亦真亦幻、恍惚迷离的审美氛围，增强了小说的浪漫传奇色彩。小说对人物心理的描写细腻而生动，同时渗入了哲学的思辨，体现出作者对现代人生存的焦虑与思考。再次，小说语言优美舒畅又不失灵动，善于营造意境，能调动全部的生命感觉，呈现出别致的审美意味。小说《风萧萧》讲述了一个研究哲学的青年学者与三位美妙绝伦的女性复杂的情爱纠葛和政治牵连，小说不仅有曲折复杂的爱情故事，而且将情爱与谍战融为一体，悬疑四伏，引人入胜。小说表现了抗战大背景下知识分子在理想与现实矛盾中的心灵世界，表现出作者对人类生存困境和人生悖论等诸多现代哲学命题的探讨。

无名氏（1917—2002 年），本名卜宁。他在抗战时期的代表作有《北极风情画》《塔里的女人》。这两部小说以曲折的爱情故事为主体，借此开掘人与人之间灵魂、情感的深度和爱的境界。本质上，无名氏也是一位用文学来探索生命意义的作家。

四、现实与民间

此时期，解放区的文学创作主要体现为现实与民间的主题。

以孙犁（1913—2002 年）为代表的农村题材小说创作。孙犁是解放区短篇小说家中除赵树理之外，最重要的一位作家。他的小说善于用浪漫主义的笔触表现农民的灵魂美和人情美，在艺术上追求抒情化的、诗画的写作风格。孙犁在 20 世纪 40 年代的代表作有《荷花淀》《芦花荡》等。孙犁的小说以抗日战争时期冀中平原和冀西山区农村为背景，通过对富有乡土气息的日常生活场景的描写，真实地再现了当地人民群众的生活和战斗的情景。首先，在孙犁的小说中看不到战争的硝烟，也没有曲折离奇、激烈残酷的战争场面，往往以农民的日常生活、夫妻之间的私语与思念、乡亲邻里之间的和谐、军民之间的亲情等为主要表现内容，于日常生活中展现人物的真善美。其次，孙犁的小说侧重于挖掘农民内在的灵魂美和精神美，以此来赞颂时代，歌颂革命，尤其善于从纯真、健美的青年妇女身上挖掘时代的精神美。从外表看，这些农村女性大多体格健康、面容清秀，眉眼都带着生机，同时她们更具备心灵手巧、勤劳能干、通情达理、勇敢无畏等美好品性。在她们的身上，儿女情与爱国情、传统女性的美德与新时代解放妇女的新特征完美地融为一体。例如，《荷花淀》中的水生嫂、《丈夫》中的媳妇、《"藏"》中的浅花心灵手巧，不怕艰难，通情达理；《光荣》中的秀梅、《麦收》中的二梅、《浇园》中的香菊、《吴召儿》中的吴召儿则勤劳能干，泼辣勇敢，大公无私。孙犁小说的艺术特色表现在四方面：一是通过细节和对话来塑造人物形象，凸显人物的主要性格，并融入作家的感受；二是通过景物描写，寓情于景，在诗画的意境中衬托人物的真善美；三是采用散文式的追随人物情感流动的抒情结构，小说没有完整和连贯的情节，而是采用虚实相间的艺术手法，截取几个片段加以细致的描写和渲染，使整部小说的叙事具有流动感和节奏感，从而凸显主人公的美好品质；四是清新明净的语言风格。孙犁的语言具有浓厚的泥土气息，他将语言的通俗和优美、简练和细腻、真实和含蓄、清淡和浓烈和谐地统一在一起，具有诗化的特色。

以刘白羽（1916—2005 年）为代表的军事题材小说创作。刘白羽于1938 年到达延安，并加入文艺工作团，在华北各抗日根据地辗转，在战火中受到锻炼，这样的生活给他的创作提供了素材。他的小说塑造了许多解放军英雄战士。代表作《政治委员》《无敌三勇士》《战火纷飞》等从不同角度刻画了革命军人勇猛善战的高尚品质，展现了其内心丰富的情感世界。

知识分子题材的小说创作。此时期，知识分子题材的小说创作相对薄弱一些，主要有两类：一类着重描写知识分子和工农结合过程中思想情感的变化，表现知识分子思想改造主题的小说。例如，思基的《我的师傅》、韦君宜的《三个朋友》；另一类是以丁玲《在医院中》为代表的描写知识分子与农民小生产习气、官僚主义的作品。《在医院中》讲述了主人公陆萍从上海产科学校毕业，被分配到延安新建的医院工作的经历。在此过程中，陆萍看到了医院管理的混乱、医务人员的不专业、对病人敷衍了事的态度等不合理现象。这些引起了陆萍的不满，然而她的呼吁却被扣上了自由主义和小资产阶级意识的帽子。

以丁玲、周立波为代表的土改小说创作。土地改革是当时解放区伟大的革命运动，自然成为许多小说的主要题材，其中成就比较高的有丁玲的《太阳照在桑干河上》、周立波的《暴风骤雨》。《太阳照在桑干河上》是丁玲在深入华北农村土地改革体验生活的基础上创作的，小说通过对暖水屯土改运动从发动到取得初步胜利的描写，真实、生动地反映了农村尖锐复杂的阶级矛盾，揭示出各个不同阶级不同的精神面貌状态，展现了中国农民在中国共产党领导下已经踏上光明大道的事实。周立波的《暴风骤雨》描写了以萧祥为队长的土改工作队进入松花江畔的元茂屯，发动并组织广大贫苦农民开展对恶霸地主韩老六的斗争，处决了韩老六后，韩老六的弟弟带领土匪武装进屯搞反攻倒算，企图扼杀新生政权。在共产党员赵玉林和青年农民郭全海的先后领导下，斗垮了阴险狡猾的地主杜善人。此后，郭全海报名参军，踏上了解放全中国的新征程。两部小说比较起来，在内容上，首先，周立波的《暴风骤雨》大规模地再现了解放区土地改革的进程，丁玲的《太阳照在桑干河上》主要描写土地改革初期的情况，在反映土改运动的完整性和充分性上有所缺乏。其次，丁玲的《太阳照在桑干河上》在表现农村阶级关系的广度、深度以及准确度上超越了其他作品，相比之下，周立波的《暴风骤雨》在一定程度上简单化、规范化了农村复杂的阶级关系。再次，丁玲的《太阳照在桑干河上》侧重从历史变革和阶级斗争的角度刻画人物思想、性格、心理的复杂性，而周立波的《暴风骤雨》则以单纯明快的笔调对人物的主体性格进行反复展示，不大从心理描写的层面刻画和勾勒人物形象。最后，就语言方面来说，周立波的《暴风骤雨》富有浓厚的生活气息和地方特色，语言生动、明快、简净，特别是大量方言和口语的运用，增添了语言的活泼与丰富。丁玲的《太阳照在桑干河上》基本运用规范的普通话进行创作，语言细腻清新、优美抒情，富有更浓的知识分子气息。

必读文献

冰心：《超人》

叶圣陶：《潘先生在难中》

王鲁彦：《菊英的出嫁》

台静农：《拜堂》

郁达夫：《沉沦》《春风沉醉的晚上》

庐隐：《海滨故人》

冯文炳：《竹林的故事》

许地山：《缀网劳蛛》

丁玲：《莎菲女士的日记》《太阳照在桑干河上》

柔石：《为奴隶的母亲》

沙汀：《代理县长》《在其香居茶馆里》

艾芜：《山峡中》

吴组缃：《一千八百担》

李劼人：《死水微澜》

萧乾：《雨夕》

林徽因：《九十九度中》

施蛰存：《春阳》

张天翼：《华威先生》

钱钟书：《围城》

路翎：《饥饿的郭素娥》

张爱玲：《金锁记》《封锁》

孙犁：《荷花淀》

夏志清：《中国现代小说史》

课后巩固与练习

（1）简析问题小说形成的原因。

（2）结合作品评析乡土小说的贡献与意义。

（3）简析郁达夫自叙传抒情小说的特点。

（4）简析李劼人《死水微澜》中蔡大嫂的人物形象。

（5）简述萧红小说《生死场》的艺术特色。

（6）谈谈你对《围城》主题的理解。

（7）对张爱玲小说创作中通俗与先锋并置的艺术风格进行分析。

第八章　诗歌的发展与创作

本章主要内容

本章介绍 1917—1949 年诗歌的发展及创作概况。通过本章的学习，学生应掌握以下内容：

1. 掌握不同诗歌创作流派及其特征。
2. 能够对各诗歌创作流派的代表作家作品进行评析。
3. 掌握不同作家的艺术个性。

本章知识结构图

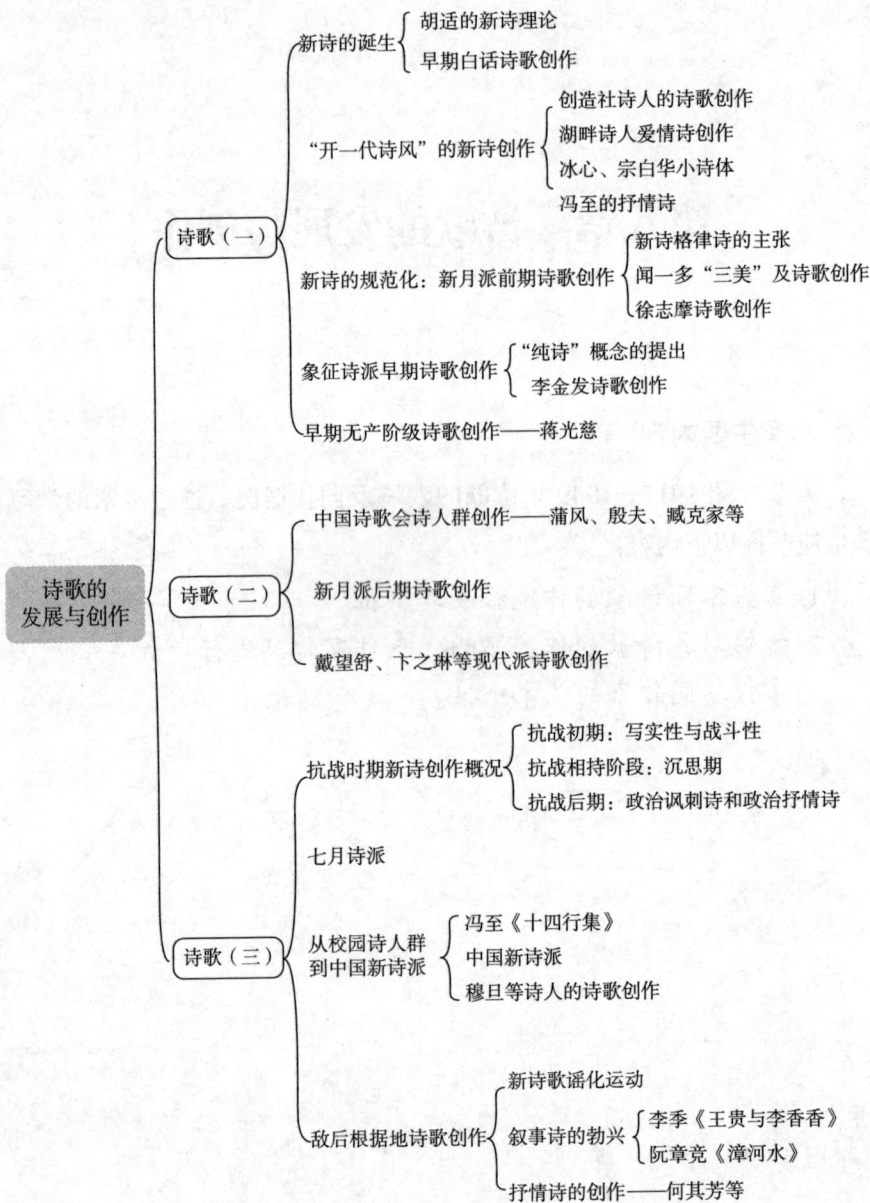

```
                                            ┌ 胡适的新诗理论
                              新诗的诞生 ┤
                                            └ 早期白话诗歌创作

                                                              ┌ 创造社诗人的诗歌创作
                                                              │ 湖畔诗人爱情诗创作
                              "开一代诗风"的新诗创作 ┤
                                                              │ 冰心、宗白华小诗体
                                                              └ 冯至的抒情诗

                  诗歌（一）                                     ┌ 新诗格律诗的主张
                              新诗的规范化：新月派前期诗歌创作 ┤ 闻一多"三美"及诗歌创作
                                                                  └ 徐志摩诗歌创作

                                                          ┌ "纯诗"概念的提出
                              象征诗派早期诗歌创作 ┤
                                                          └ 李金发诗歌创作

                              早期无产阶级诗歌创作——蒋光慈


                              中国诗歌会诗人群创作——蒲风、殷夫、臧克家等

  诗歌的
  发展与创作      诗歌（二）      新月派后期诗歌创作

                              戴望舒、卞之琳等现代派诗歌创作


                                                      ┌ 抗战初期：写实性与战斗性
                              抗战时期新诗创作概况 ┤ 抗战相持阶段：沉思期
                                                      └ 抗战后期：政治讽刺诗和政治抒情诗

                              七月诗派

                  诗歌（三）                        ┌ 冯至《十四行集》
                              从校园诗人群 ┤ 中国新诗派
                              到中国新诗派    └ 穆旦等诗人的诗歌创作

                                                          ┌ 新诗歌谣化运动
                                                          │                    ┌ 李季《王贵与李香香》
                              敌后根据地诗歌创作 ┤ 叙事诗的勃兴 ┤
                                                          │                    └ 阮章竞《漳河水》
                                                          └ 抒情诗的创作——何其芳等
```

图 8.1   第八章的知识结构图

本章涉及的实践教学环节

本章涉及的实践教学环节主要是搜集并阅读相关诗歌作品及文章资料，能够对诗歌在现代文学史的发展流变做出梳理，并能对具有代表性的作家作品做出鉴赏。

本章思政凝练

通过对现代文学史诗歌发展流脉的梳理，能够深入理解该体裁与社会、时代、政治的关系，并通过文本阅读体悟中华民族艰难的复兴之路，培养青年学生的文化自信、爱国情怀及责任感和担当精神。

第一节　诗歌（一）

诗歌历来是中国古典文学的正统，有着光辉、灿烂的成就。晚清时的诗歌始终局限在内部的调整上，没有突破发展瓶颈，真正的新诗改革则要追溯到五四运动时期。

一、新诗的诞生

（一）胡适的新诗理论

胡适的新诗理论体现在他的《谈新诗》一文中，在这篇文章中，他提出了诗歌创作的核心观点，即"作诗如作文"。第一要求打破诗的格律换以自然的音节。诗歌要顺着诗意的自然曲折、轻重创作，不必受格律的束缚。第二要求以白话写诗。诗歌创作不仅要用白话文代替文言文，还要学会运用白话文的思维进行创作。胡适"作诗如作文"的主张，在当时受到猛烈的抨击，甚至有人认为他数典忘祖。但在四面八方的反对声中，新诗仍然在尝试和创造中逐步站稳了脚跟。从《新青年》发表第一批白话新诗到胡适《尝试集》的出版，已经涌现出一批较有代表性的白话诗人，他们贡献了最初的新诗创作的成绩。

（二）早期白话诗歌创作

新文化运动时期的《新青年》《新潮》《少年中国》《星期评论》《觉悟》等，纷纷成为早期白话诗歌发表的阵地，由此产生了第一批白话诗人，如胡适、沈尹默、刘半农、俞平伯。

胡适（1891—1962年）是最早在《新青年》上发表白话诗的人，因此胡适被称为我国"第一位白话诗人"，《尝试集》也被视为沟通新旧两个时代的艺术桥梁。胡适的新诗代表作有《人力车夫》《老鸦》等。《人力车夫》全篇以车夫与客人的对话构成，充分体现了口语入诗的特点。《老鸦》借用乌鸦这一核心意象，表现了不向旧事物屈服的精神和独立不羁的人格；语言上使用了诸如"呢呢喃喃""翁翁央央"双声叠韵词，突出了那些被人豢养、寄人篱下的鸟类的委曲求全和面貌可憎，烘托了整首诗歌的主旨。总的来说，胡适此时期的白话诗歌创作在结构上打破了传统诗歌五言、七言的固有模式，换之以灵活的、长短不齐的句式；在词语上，充分体现了白话入诗、不避口语的特点；在诗歌的音节韵律上，强调自然的音节。

沈尹默（1883—1971年）也是新诗的倡导者与实践者，代表作主要有《月夜》《三弦》等。《月夜》通过霜风、月光等衬托了树的挺拔和刚毅，"我和一株顶高的树并排立着，却没有靠着"，凸显了五四时期争取个性解放与人格独立的精神，是五四时期青年人的真实写照。《三弦》截取了夏日午后长街的一个场景，营造了一座破败庭院里三弦"鼓荡"的声浪与墙外"穿破衣裳"的老人的情感共鸣，诗歌看似平淡无奇，却充满韵味；诗歌在语言上使用了"绿茸茸""闪闪的"等双声叠韵词，突出了三弦高高低低的声音，增强了诗歌与读者的情感共鸣。

刘半农（1891—1934 年）是著名的文学家和语言学家。他早期白话诗创作的特点表现在两个方面：一方面是真实地描绘现实与人生，表现对社会现实的批判以及对劳动人民的同情和赞扬。例如，《相隔一层纸》选取屋内、屋外两幅画面进行鲜明对比，表现了诗人对黑暗社会现实的愤懑，以及对贫苦劳动人民的同情。另一方面是新诗歌谣化。新文化运动期间，刘半农在民间歌谣的采集、整理、改造上用力颇多，诗歌集《瓦釜集》中的诗大多体现了他在这方面的实践。诗歌《教我如何不想她》从内容到形式受到民歌的影响，意境优美，富有旋律。

俞平伯（1900—1990 年），是新潮社和文学研究会的成员。俞平伯的诗集《冬夜》是当时非常有影响力的新诗集。其代表作《夜月》选取星空、树林和灯作为意象，营造了冰一样冷、冰一样清的意境。整首诗弥漫着淡淡的忧伤和孤独感，这种忧伤和孤独感被视为人在某一种特殊情境下的情绪，也影射了五四时期青年人的忧郁情怀。

康白情（1896—1959 年）也是白话新诗的开拓者之一，他的诗集《草儿》是拓荒期新诗坛上影响力比较大的一部诗集。

总之，早期白话诗歌在手法上，主要使用白描和托物寄兴两种；在诗歌形式上，主要体现出散文化的倾向；在思想上，个性主义与博爱主义充溢在早期的白话诗歌中，反映了时代特色，为后来诗歌的创作奠定了基础。但它的局限性也非常明显，如早期白话诗歌大部分过于平实，情感浓度不够，想象力不足，缺少回味。同时，该时期的诗歌过分追求音节的自然，导致诗的语言失去了其应有的韵律美和节奏美。

二、"开一代诗风"的新诗创作

在早期白话诗歌的基础上，新诗逐渐站稳了脚跟，并涌现出了一大批有代表性的诗人与作品，体现了新诗创作的发展及成绩。

首先是创造社诗人对新诗情感想象、抒情本质的重视。创造社的作家强调主情主义的文学观，郭沫若说："诗的本质专在诗情。"成仿吾说：

"文学始终是以情感为生命的，情感便是它的始终。"在这种主情主义诗歌观的引导下，创造社诗人的大多诗歌中存在一个狂放不羁的、带有强烈浪漫主义色彩的抒情主人公形象。

其次是湖畔诗人爱情诗的创作。湖畔诗人，指的是应修人、汪静之、潘漠华和冯雪峰四位诗人，他们在杭州成立湖畔诗社，并出版了诗歌合集《湖畔》，因此被称"湖畔诗人"。湖畔诗人的诗歌尤以爱情诗最具特色，这些诗歌洋溢着青春的气息，风格自然而率真。这些爱情诗从侧面反映了自由与个性解放的时代心声。代表作有汪静之的《蕙的风》、应修人的《妹妹你是水》等。

再次是小诗的创作。小诗是在日本俳句、印度泰戈尔诗歌的影响下产生的一种诗歌新样式，它形式短小、灵活多变，在意象、意境的营造和构思上力求简洁、含蓄，主题往往表现作者刹那间的感性与人生的思考或美的感受，充溢着浪漫主义的精神，代表作家有冰心、宗白华等。冰心的小诗主要收入在《繁星》《春水》两个集子中，这两个集子的诗歌主要歌颂自然之爱、母爱、儿童之爱以及对宇宙人生的感慨与哲思，具有清新、隽永、秀逸、淡远的风格，深受读者的喜爱。宗白华是现代著名的哲学家和美学家，是中国现代美学研究的先驱之一。他的小诗收录在《流云小诗》这部集子中，其小诗最突出的特点是带有浓厚的哲学意味与思辨色彩。

最后是冯至抒情诗的创作。冯至的第一部诗集《昨日之歌》，主要收录的20世纪20年代初期的诗作，青春、爱情、生命是这部诗集的主旋律。冯志的第二部诗集《北游及其他》，诗歌内容扩展到对中国社会黑暗、腐败现象的揭露。冯至被鲁迅誉为"中国最杰出的抒情诗人"，他的抒情诗别具一格，处处表现出艺术的节制。这种节制表现在冯至诗歌中的艺术形象不再像《女神》似的繁复，而纯化为明净的形象；诗歌情感的抒发不采取倾泻的方式，而是外化为客观的形象或蕴含在情节的娓娓叙述中；追求诗情的哲理化，使得诗歌具有一种沉思的调子；形式上采取半格律体，诗行大体整齐，大致押韵，追求整饬、有节度的美。代表作《蛇》将寂寞化作一条蛇，营造了含蓄、朦胧的意境，表达了作者孤寂的情绪及热烈的相思。除抒情诗的创作外，冯至对新诗的另一个贡献便是他的叙事诗创作，代表作有《帷幔》《蚕马》《吹箫人的故事》等。在这些诗歌中，冯至将抒情与叙事融为一体，从而将现代叙事诗的创作提到了新的高度。

三、新诗的规范化：新月派前期的诗歌创作

早期白话诗歌的创作以及"开一代诗风"的诗歌尝试虽取得不菲的成绩，但均未给新诗创作与发展提供有效的范式。在这种情况下，前期新月派举起新格律诗创作的大旗，促进了新诗的规范化。

新月派分为前后两期。新月派前期的主要代表人物有闻一多、徐志摩、朱湘、姚孟侃等。他们在诗歌创作上提出"理性节制情感"的美学原则，倡导客观抒情诗的创造，强调诗歌中叙事成分的融入。与"理性节制情感"的美学原则相适应，闻一多明确提出"新诗格律化"的主张，强调诗歌创作的音乐美、建筑美和绘画美。闻一多强调诗歌的音乐美是首要的，在《诗的格律》一文中，闻一多说："诗所以能激发情感，完全在它的节奏；节奏便是格律。困难见巧，愈险愈奇……这样看来，恐怕越有魄力的作家，越是要戴着脚镣跳舞才跳得痛快，跳得好。只有不会跳舞的才怪脚镣碍事，只有不会作诗的才感觉得到格律的束缚。对于不会作诗的，格律是表现的障碍物；对于一个作家，格律便成了表现的利器。"他宣扬诗歌的创作一定要有音尺、平仄、韵脚。在诗歌的形式上，闻一多主张节与节之间要匀称，行与行之间要均齐，也即诗歌的建筑美。诗歌的辞藻要美艳而富有色彩，诗歌应该具有画面感和动态感，也即诗歌创作的绘画美。闻一多的"三美"主张纠正了早期新诗创作中过于散文化的倾向，使新诗进入自觉创造的时期，同时在新诗和旧诗之间架起了一座不可或缺的桥梁，表现出向传统诗歌的回归。

闻一多（1899—1946 年），著名的诗人、学者和爱国民主战士。闻一多主要有《红烛》《死水》两部诗歌集，内容主要集中在爱国、对现实黑暗的愤激及对爱情和人生的感怀三个方面，代表作有《七子之歌》《忆菊》《死水》等。爱国主题的诗歌《七子之歌》是闻一多在美国留学期间创作的一组诗歌。在这组诗歌中，闻一多用拟人的手法把当时祖国的七处失地比作远离祖国母亲怀抱的七个孩子，用小孩的口吻表达他们被迫离开母亲怀抱、受尽异族欺凌、渴望重归母亲怀抱的强烈情感。《忆菊》也是闻一多留学期间所写，重阳节时，闻一多看到菊花，由此回顾了中国灿烂、悠久的传统文明，表达了对祖国母亲强烈的爱。在《死水》中，闻一多将黑暗、腐败的旧中国比作一沟绝望的死水，表现了他强烈的愤怒、批判之情，他将火一样的热情和愤怒隐含在巧妙的讽刺和揶揄中。《死水》是闻一多"三美"原则最满意的实验，诗歌总共分为五节，每节四行，每行字数一样，整齐而匀称，体现了诗歌创作的建筑美；从音乐美的角度看，诗歌音尺参差错落、抑扬顿挫，且每节二、四行押韵，每节韵脚都不同，平仄交错，完美地体现了音乐美。诗歌辞藻明艳，画面感强，充分体现了诗歌创作的绘画美。

徐志摩（1897—1931 年），现代诗人、散文家，他是贯穿新月派前后期的非常有代表性的诗人。徐志摩短暂的一生为人们留下了大量优秀的诗作，主要诗集有《志摩的诗》《翡冷翠的一夜》《猛虎集》等。徐志摩的诗歌创作，分为前后两期，前期的诗作大多收入《志摩的诗》《翡冷翠的一夜》两部诗集中。在这些诗歌中，他提倡个性解放，争取民主自由，赞扬人道主义，在一定程度上反映了时代精神，具有积极明朗的思想意义。《我有一个恋爱》中，"我"将自己恋爱的对象化为天上的明星、人生的理想，虽然历经挫折，但仍自信乐观、积极进取。《为要寻一个明星》同样抒发了"我"对理想的追求，尽管"我"骑了一匹拐腿的瞎马，尽管前面是黑绵绵的昏夜，但"我"仍勇于追求，在黑夜里加鞭，直到最后倒下。《这是一个懦怯的世界》则是一首大胆的爱情宣言，体现了

"我"叛逆、勇敢追求爱情的态度和精神。《雪花的快乐》则体现出"我"在表达对爱情追求的同时把"我"的人生理想熔铸其中。《再别康桥》将剑桥大学优美的景色融入甜蜜的回忆，感情热烈奔放，意境优美动人。这首诗也集中体现了新月派诗歌创作的"三美"原则，诗歌意境鲜明，具有流动的画面美；每节二、四行押韵，首尾呼应，形成富有韵律节奏、回环往复的诗歌形式，与诗歌情感相得益彰；诗歌总共七节，每节两句，单双行错开一个排列，整齐划一，具有建筑美。从《翡冷翠的一夜》开始，徐志摩的诗歌创作逐渐发生了变化，他的视野逐渐从时代社会收缩到个人的情爱中，到《猛虎集》，则基本上沉醉于独自低吟了，由此也进入徐志摩诗歌创作的后期。此时期，由于社会现实与诗人浪漫主义理想之间的鸿沟越来越大，诗人陷入了苦闷中，诗歌也染上了失望、悲哀、颓废的情绪色彩。例如，《我不知道风是在哪一个方向吹》全诗笼罩着忧郁、感伤及幻灭的情感。《阔的海》中可以感受到"我"生活的压抑与内心的挣扎，即使是"一分钟""一点光""一条缝"的理性也成为人生的奢望。总之，徐志摩的诗歌带有强烈的浪漫主义色彩，真诚地表现了他对爱情、自然和理想的追求。在艺术上，徐志摩的诗歌构思精巧，意象新颖，辞藻华美，形成了飞动飘逸、潇洒空灵的个人风格。同时，他的诗歌韵律和谐，富于音乐美，章法整饬灵活多样。

朱湘（1904—1933 年）是一位才华横溢的诗人，主要诗集有《夏天》《草莽集》《石门集》。朱湘对新诗创作的贡献主要体现在两个方面：一方面，他汲取了旧诗词与民间歌谣的精华，创作的诗歌音节协调、旋律优美，代表作有《采莲曲》《摇篮歌》《催妆曲》等；另一方面，他运用格律体写长篇叙事诗，代表作有《猫诰》《王娇》《还乡》等。

四、早期象征诗派诗歌创作

在新月派诗人努力探索诗歌新的艺术表现形式、创作新格律诗的同时，诗坛又崛起了另外一个非常有意义的诗歌创作流派，即象征派。

1925 年，李金发发表诗集《微雨》，标志着象征派的诞生。王独清、穆木天和冯乃超等都是象征诗派的代表人物。象征派的诗歌受法国象征派的影响，自觉向西方现代主义诗歌靠拢，在艺术方法和语言形式两方面对新诗创作进行了卓有成效的拓展。

与胡适"作诗如作文"的诗歌创作观念不同，象征派代表诗人穆木天强调诗与散文创作之间纯粹的分界线。首先，他指出诗和散文有着完全不同的表现领域，人间生活属于散文表现的领域，而纯粹的表现的世界则属于诗歌，也即诗歌是用来表达人们潜意识与情绪的，诗歌是内生命与内生活的反射。其次，他认为诗和散文有截然不同的思维方式与表现方式，说明是散文世界里的东西，但诗歌最忌讳说明，诗歌是朦胧与晦涩的。由此，穆木天强调了一种新的诗歌观念，即诗歌的功能在于自我表现而不是表达沟通。因此从根本上来说，诗歌甚至是排斥读者的，诗歌和读者之间的关系是紧张的，也正是在这样的诗歌观念下，象征派诗人强调诗歌的朦胧新奇，追求一种陌生化、贵族化的效果。因此象征派诗人的诗歌是少数人精神的探索和艺术实验的领地，这便是他们所谓的"纯诗"。

象征派早期最具代表性的诗人是李金发，他在法国留学期间深受象征派诗歌的影响，先后出版了《微雨》《为幸福而歌》《食客与凶年》三本诗集。李金发诗歌的特点表现在三方面：首先，其诗歌具有感伤与颓废的色调，他的诗歌绝大多数表达了一种冷漠、孤寂、颓废、陌生、恐惧等情绪；其次，他善于用隐喻、暗示等修辞手法营造诗意的朦胧性与抽象性；再次，他的诗歌中充满了毫无逻辑联系的、跳荡的意象，充斥着大量奇特的比喻与诡谲的想象，他也善于使用通感、梦幻等非理性的思维方式，造成其诗歌审美效果的奇特性。其代表作《弃妇》开篇以弃妇自喻，全篇充斥着诸如"鲜血之急流""枯骨之沉睡""黑夜与蚊虫联步徐来""悬崖""红叶""海啸之石""舟子之歌"等毫无逻辑联系、任意跳跃的意向与情境，一种颓丧、感伤、忧郁的情绪呼之欲出。由于早期象征派诗人过于追求艺术手法的独特性，在某种程度上造成诗的残缺，形成阅读的障碍，给人以杂乱、晦涩之感。

五、早期无产阶级诗歌创作

早期的无产阶级诗人强调直接从外部世界、从大时代的人民斗争中汲取诗情，他们也会自觉地把自我消融于无产阶级战斗的群体中，形成对无产阶级战斗、集体主义的歌颂。同时，早期无产阶级诗歌加重了议论成分，感情的抒发更加直露，想象也趋于平实。代表诗人有蒋光慈，他积极投身爱国运动，后来加入中国共产党。1925 年，蒋光慈出版第一部诗集《新梦》，这部诗集中的大部分诗歌创作于他苏联留学期间，因此从中可以读到他对十月革命的赞颂，对社会主义新生活的赞颂，对理想社会的追求和向往，充满了澎湃的革命激情。1927 年，蒋光慈出版了第二部诗集《哀中国》，此部诗集创作于他回国之后，内容主要揭露了帝国主义对中国的侵略，痛斥反动军阀的暴行，表达了对祖国真诚的热爱。

第二节　诗歌（二）

20 世纪 30 年代的诗坛看似纷杂，但如果按照文学观念的差异划分，可以将其分为两大阵营：革命诗派和现代诗派。革命诗派强调要抓住现实，现代诗派则回避现实。这两大诗派从不同的角度、以不同的方式共同丰富了 20 世纪 30 年代的诗坛。革命诗派一般认为是以殷夫为前驱、以蒲风为代表的中国诗歌会诗人群。现代诗派主要由以陈梦家为首的新月派，还有以戴望舒、卞之琳为代表的现代诗派几部分力量构成。

一、中国诗歌会诗人群的创作

中国诗歌会成立于 1932 年 9 月，发起人有穆木天、蒲风、任钧等，机关刊物为《新诗歌》。中国诗歌会的主要代表作品有蒲风的《茫茫夜》《六月流火》、穆木天的《守堤者》、杨骚的《乡曲》、田间的《中国农村的故事》等。蒲风的《茫茫夜》以母子对话的形式，揭示了造成农村苦难的根源。诗歌塑造了一个为人民解放而斗争的战士形象。《六月流火》写的是农民为反对建筑公路而展开的斗争。这些诗歌大体上表现了人民的斗争，以及工农丰富而壮阔的生活内容。诗歌中叙事成分多，抒情因素较淡，即便是抒情，也是直抒胸臆的呐喊式抒情。殷夫的诗歌创作可分为前后两期：前期诗歌大多歌咏爱和自然，弥散着一种孤寂的情绪；后期诗歌创作继承了早期无产阶级诗歌的传统，开始讴歌群体的觉醒和斗争，代表作有《血字》《别了，哥哥》《一九二九年的五月一日》《我们》等。《血字》写帝国主义镇压工农群众的五卅惨案，同时写了工农群众的觉醒和抗争，真实地表达了无产阶级战士的坚定信念和斗争决心。《别了，哥哥》则感人至深，诗中既有兄弟间的深情，也映衬出革命战士坚定的信念和拧死不屈的崇高精神。《一九二九年的五月一日》写"我"找到了自己的归宿，将小我融入群体的大我中，跟工农群众一起去奋斗抗争。无论是诗人个人的成长或是其诗歌的创作，都展示了中国现代知识分子典型的成长道路，即从个性解放到为集体献身，从而摆脱之前的孤寂空虚和彷徨。

总之，革命诗派的创作特点首先是能够迅速及时地反映重大事件，表现工农群众的斗争，强调诗歌的鼓动作用。其次是强调诗的工农意识形态，加强诗歌的理性色彩和主观性。再次是革命诗派的诗歌往往直接描写现实，抒情的成分减弱而叙事的成分加强，即便有抒情，也是呐喊式的抒情。革命诗派在诗歌创作方面最大的贡献是他们在中国新诗史上第一次提出了新诗的现实性、革命性和大众化的理论，表明了历史的进步、诗歌的进步。这是一种时代情绪的体现，对后来抗战诗歌和解放区诗歌的创作产生了重要影响。但是它忽视、否定个人情感及诗歌创作中的个性价值，用大我代替小我，导致革命诗派的诗歌普遍缺乏鲜明的艺术个性。此外，革命诗派关于诗歌大众化的讨论和实践也未能充分深入，没有产生有效的诗歌创作模式。

二、后期新月派的诗歌创作

后期新月派的代表作家不仅包括徐志摩、饶孟侃、林徽因，还包括陈梦家、方伟德等青年诗人。和前期相比，新月派在后期除坚持超功利的自我表现以及贵族化的纯诗立场外，更多了一些新的变化和发展。首先，新月派在后期开始向自由诗发展，试图突破闻一多"三美"原则对诗歌创作的束缚和局限。诗人陈梦家就提出："我们绝不坚持非格律不可的论调，因为情绪的空气不容许格律来应用时，还是得听诗的意义不受拘束的自由发展。"其次，诗感和诗绪的变化由前期新月派单纯的信仰流入后期怀疑的颓废。新月派在前期坚持新格律诗的创作，坚持贵族化纯诗的追求，到后期则流入怀疑的颓废，字里行间流露出幻灭的空虚、迷茫的感伤，徐志摩的诗歌便是一个很好的例证。再次，新月派在前期特别强调抒情诗的创造。新月派在前期强调理性，反对情感的滥觞，到了后期则大力提倡抒情诗的创造，且其抒情重心指向大都市的病态、都市人灵魂的战栗以及现代人精神的异化。这些是现代主义所表达的典型主题，因此说，在题材和诗感上，新月派到后期已经越来越接近于现代派了，如陈梦家的《都市的颂歌》、孙大雨的《自己的写照》。在孙大雨的《自己的写照》中，读者读到的是都市的喧嚣及其背后森严的秩序规范。在这大都市里，人们一脸怪异的深蓝色，深锁着眉头，忙着自掘坟墓。读到此，不禁要问这个都市怎么了？生活在里边的人们怎么了？在这样的疑问中生命的意义和价值被不断质疑，这首诗歌表达的是一种典型的现代情绪。最后，新月派到后期在诗歌艺术表现和抒情方式上跟现代派越来越趋近，诗歌常采取暗示、象征等手法来创造一种隐晦的艺术境界，并热衷于诗歌的形式实验，十四行诗的创作便是很好的例证。

三、戴望舒、卞之琳等现代派诗歌创作

20 世纪 30 年的现代诗派是由新月派与 20 世纪 20 年代末的象征诗派演变而成的，1932 年 5 月创刊的《现代》杂志是其刊载诗歌的主要阵地，之后《现代诗风》《新诗》先后出版，进一步扩大了现代诗派的影响，现代诗派诗人的创作受西方象征主义诗歌的影响，既注重表现人内心世界的苦闷，也注重将外来诗歌观念及形式与中国传统古典诗歌相结合，主要代表诗人有戴望舒、施蛰存、何其芳、卞之琳、李广田、废名等。

戴望舒的诗歌创作可以分为前后两期：前期诗歌的主题主要为爱情、青春，格调哀婉低沉，意境朦胧晦涩，主要代表作品有《我的记忆》《烦忧》《雨巷》等。《我的记忆》突破了格律的束缚，以一种散文化的手法描绘了记忆的无处不在，平淡的意向下涌动着凄苦的情绪。《烦忧》采用了同语反复的手法将烦忧的情绪表达得淋漓尽致。《雨巷》营造了一种优美、孤寂、幽怨的诗歌氛围，在这种氛围中，读者既可以体会到孤独、彷徨与幽怨的情绪，也可以感受到诗人对爱情理想的期待，向往不可得之后的失落、怅惘和迷茫，更可以读到诗人在经过牢狱之灾、情感失意后的个人生命体验与感受，这些都充分体现了诗歌主题的多意性和不确定性。戴望舒后期的诗歌创作风格发生了很大的变化，以《元日祝福》为标志。后期的诗歌少了前期的晦涩，多了明亮和通俗，思想的深度也得到深化，因此有评论者说革命阵营里多了一位战士，少了一位雨巷诗人。戴望舒诗歌的文学史意义在于它突破了早期象征诗派的艰涩诗风，结束了现代诗歌对外来诗歌的简单模仿。他追求象征派的形式和古典派内容的结合统一，真切地传达了处于传统和现实夹击中，那个时代中国知识分子的真实心态和情绪。受戴望舒的影响，20 世纪 30 年代诗坛上形成了一个新的诗派，而且直接影响了 20 世纪 40 年代九叶诗派的

形成。此时期，卞之琳的诗歌创作也表现出主题的多义性与朦胧的美，诗歌《断章》便是典型，而《距离的组织》《鱼化石》等则更显诗歌的朦胧与陌生化。

现代诗派诗歌创作的特点首先表现在用暗示、象征等手法来表现个人内心世界深层的情绪，从而形成诗歌主题的多义性和审美风格的朦胧美。这样一种风格的形成，受到了法国象征主义诗歌理论及其创作实践的深刻影响。其次表现在现代诗派将西方象征派诗歌与中国古典诗词相结合，实现了新诗的现代化和民族化。再次表现在现代派诗歌创作追求音乐美，强调和谐的韵脚、回环往复的句式，形成了回荡往返、流畅圆润的艺术魅力。

第三节　诗歌（三）

一、抗战时期新诗创作概况

由于战争的影响，20世纪40年代的诗歌和其他文学体裁一样有着时代背景的烙印。抗战初期，诗歌创作普遍具有强烈的写实性和战斗性。郭沫若的《战声集》、冯乃超的《诗歌的宣言》、臧克家的《从军行》、徐迟的《最强音》、戴望舒的《元日祝福》、何其芳的《成都，让我把你摇醒》等忠实地记录了抗战时期民族的普遍情绪。在这些诗歌中，读者看不到消极、颓废与悲观，能感受到的是全民族大奋起的昂扬和乐观。同时，此时期诗歌的语言和形式开始向通俗化和散文化方向发展。为了更好地服务于时代与战斗，诗人以极大的热情投入诗歌形式的通俗化改造和实验上，并向传统民间艺术与形式学习。在这场民族化和群众化的呼声中，出现了诗歌朗诵运动和街头诗运动。诗歌朗诵运动是为了适应抗战宣传的迫切需要而产生的，街头诗运动主要出现在抗日根据地，以田间等诗人为代表。这些诗歌是抗战的、民族的、大众的诗歌，语言通俗易懂、节奏感强，在群众中广为流传，起到了很好的鼓动宣传作用。此时期，自由体诗再次崛起，成为抗战时期诗歌创作的主流形式，代表诗人是田间。田间的创作从一开始就表现出强烈的政治倾向性，出版的诗歌集有《未明集》《中国牧歌》《中国农村的故事》等，但真正使他的诗歌被广大读者接受并产生影响的是他的《给战斗者》。1938年春，田间到延安并与延安文艺界同人发起街头诗运动，其诗作《假使我们不去打仗》传遍全国，田间也被闻一多称为"擂鼓诗人""时代的鼓手"。《给战斗者》在自由的形式中传达出强烈的情感，每行诗句字数极少，甚至只有两个字，节奏短促而有力，从中传达出诗人暴风雨般慷慨激昂的情感，与时代分外合拍。《假使我们不去打仗》在简短的诗句中表现出战斗的、反抗的激情，情绪昂扬激愤，语言通俗。田间对抗战时期诗歌创作散文化起到积极的推动作用。

抗战进入相持阶段后，受战争艰巨性和持久性的影响，诗人普遍进入沉思期，他们将最初对诗歌战斗性和现实性的重视转移到诗歌自身的审美特性的探讨上，出现了不少探讨诗歌的理论著作，如艾青的《诗论》、朱自清的《新诗杂话》、李广田的《诗的艺术》、朱光潜的《诗论》。这些著作将新诗的艺术探索提高到了理论的高度，形成现代新诗自身的诗学雏形，是现代新诗成熟的重要标志。同时，诗人开始对抗战初期失落的诗的个性有了新的自觉追求，回到自己熟悉的题材领域，注重对诗歌艺术的探索。例如，臧克家的《泥土的歌》，具有洗净铅华的朴素美，表现出更生活化、更纯净的特质。《三代》用简短、朴素的三句话道出了千百年来中国农民苦难的命运，表现了诗人对人民、土地的爱以及对中国农民命运的反思。戴望舒此时期的创作突破了小我的精神世界，写出了《狱中题壁》《我用残损的手掌》以爱国主义为主题的诗作。此外，对诗歌创作个性的自觉追求，还充分体现在七月诗派和九叶诗派的诗歌创作上。

抗战后期及解放战争时期的诗歌以政治讽刺诗和政治抒情诗为主。全面内战爆发后，处于国统区的诗人不约而同拿起讽刺的武器，在诗歌创作中暴露和讽刺国统区的腐败，如郭沫若的《进步赞》《猫哭老鼠》、臧克家的《宝贝儿》《生命的零度》、袁水拍的《马凡陀的山歌》。特别是袁水拍的《马凡陀的山歌》，用漫画式的笔法和讽刺的语言对市民阶层中司空见惯的社会生活现象进行了揭露和讽刺。政治抒情诗主要以艾青、绿原等的创作为代表。

二、七月诗派

七月诗派是 20 世纪 40 年代活跃在国统区的一个非常有影响力的诗歌流派，是在艾青的影响下，以胡风为中心，以《七月》《希望》《诗垦地》《泥土》等杂志为基本阵地而形成的青年诗人群。主要代表诗人有绿原、冀汸、阿垅、曾卓、牛汉等。他们以提倡革命现实主义和自由诗体为主要旗帜，以重庆、成都两地为主要活动中心，在抗日战争和解放战争时期的国统区诗歌创作中产生了巨大的影响。其创作特点主要表现在以下几个方面。

第一，七月派诗人的诗歌创作直接继承了 20 世纪 30 年代的革命现实主义传统，追求诗歌与时代的密切结合。七月派诗人在政治上有共同的信仰和向往，对国家前途和民族命运的关注贯穿他们的诗歌创作。七月派诗人的诗歌创作大都取材于现实革命斗争和大时代洪流中的事件，充满现实感和时代气息，爱国主义是他们创作的共同主题。七月派诗人总是站在革命现实主义的创作立场上，用革命的历史观和美学观认识、反映现实，因此七月派诗人的诗歌具有革命的理想主义色彩，他们的诗歌既控诉战争的残酷，又赞叹战斗的壮烈；既担忧国家的命运，又为民族的觉醒而欢欣鼓舞；既诅咒岁月的艰辛，又欢呼这时代的光明。

胡风的《为祖国而歌》可以看成是七月派诗人创作的精神概述，诗人要歌唱，要战斗，甚至要喋血，要为祖国而歌。彭燕郊的《冬日》描写了乡村残缺、暗淡、痛苦的景象，这是战争期间整个国家民族命运的象征。杜谷的《泥土的梦》则表现出诗人对个人、民族、祖国新生的渴望和对美好未来的憧憬。

第二，在生活态度上，七月诗派主张要正视现实并发扬主观战斗精神去能动地影响和改造现实，反对主观主义和客观主义倾向。七月诗派强调诗人的主体性，即诗人的主观战斗精神，强调诗人要带着自己的热情去拥抱生活，而不是客观、冷漠地观察生活。因此，七月诗派反对脱离客观的主观主义和缺少主观的客观主义，强调诗歌创作要主观与客观结合、历史与个人融合。这同时是对 20 世纪 30 年代中国诗歌会在诗歌创作中直接描摹现实、将小我消弭在大我中的诗歌观的历史纠正。

第三，强调力和美的统一。七月派诗人的诗歌往往寻求思想力和艺术力的统一，他们善于借助鲜明的形象表现自己强烈的情感，春天、雪、风等是他们诗歌中的常见意象，由此可以看到生命的热度和情感的色彩，那种饱满、亢奋、激昂的情绪与力度，形成诗歌崇高、悲壮的审美风格。阿垅的《纤夫》描绘的是嘉陵江畔纤夫迎风拖船的情景，歌颂了中华民族自强不息、奋勇前进的精神，读者能从中感受到普通民众身上所具有的强韧的民族精神和顽强的生命力。曾卓的《铁栏与火》写老虎被囚禁于铁栏之内，但它的每一个扑跳动作都使笼外发出一片惊呼。老虎身上的雄健之气和阳刚之美跃然纸上。

第四，在形式上，七月诗派主张自由奔放的自由诗，自觉地将自由诗推向一个新高峰；在语言上，七月诗派重视语言的灵活自然以及口语的使用，实现了诗歌创作的散文美和口语美。

第五，七月派诗人的诗歌充满个性化的色彩。例如，绿原擅长政治抒情诗的创作，他的诗歌具有一种尖锐性和历史感，且极富煽动力量，给读者以强悍的震撼。

总之，七月诗派在坚持革命现实主义创作立场的同时，又强调主观战斗精神，带有浪漫主义色彩和理想主义激情。他们诞生于硝烟弥漫的抗日战争和解放战争时期，他们既重视诗歌的社会价值，也重视诗歌的美学追求。他们纠正了中国诗歌会重视诗歌社会功利价值，而忽视诗歌艺术审美特性的倾向，使 20 世纪 30 年代现代诗派的诗歌创作有了更广阔的时代和历史内容。

三、从校园诗人群到中国新诗派

　　20 世纪 40 年代，除了七月诗派，还有一个诗歌创作中心值得关注，这就是以冯至为代表的校园诗人群。抗日战争全面爆发后，为了保存教育力量，华北和沿海许多大城市的高等学府纷纷内迁，1937 年夏天，陷入战火中的清华大学、北京大学和南开大学启程南下，先迁到湖南，在长沙成立了长沙临时大学，1938 年 4 月又迁到昆明，改称国立西南联合大学（简称西南联大），直到抗日战争胜利之后，西南联大才解散。1938—1946 年，西南联大聚集了一大批著名的专家、教授和学者，群星璀璨。他们在艰苦的条件下，依旧坚持严谨治学的态度，树立了优良的学风。西南联大之所以能够成为诗歌创作的中心，主要原因有两点。一是生命的沉潜。当时，无论是老师还是学生都经过长途跋涉，辗转流离才来到昆明。战争中的流亡让他们痛切地感受到战争给民族和国家带来的伤痛，同时辗转流亡的经历丰富了他们的生命体验与思考。二是艺术的沉潜。处于战火中的西南联大，有着开放的文化环境和学习氛围，在这样的环境下，大批前辈诗人开始了关于新诗理论的探讨，出版了相关理论著作，学生也接触到更多西方经典文本和作品，这些都为西南联大诗人群的出现创造了条件。他们不约而同地强调诗歌创作"思"与"诗"的融合，认为诗歌不仅是抒发情感，更不是单纯的宣泄或者热烈的呼喊，而是将个人现实生活的经验转化为一种内在的生命体验，融入诗歌创作中，从而创作出具有真正现代意义的诗歌。

（一）冯至与《十四行集》

《十四行集》是冯至在文学上最重要的收获。《十四行集》共包含 27 首诗，于 1942 年由桂林明日社出版，被誉为中国新诗发展史上"最集中、最充分地表现生命主题的一部诗集"。《十四行集》为中国的现代主义诗歌提供了崭新的体式、风格和境界，更对中国新诗史上第二次现代主义浪潮的兴起产生了重要影响。就主题内容来说，《十四行集》主要立足日常生活，透过具体、细微的事物去探寻生命存在的意义和价值，进而上升到诗人与抗战中的中国、民族、人类等一系列关系的思索和表达。其创作特色主要表现在以下几个方面。

第一，善于从身边的日常生活发现内在的哲理，并上升到生命哲学的层次，将"诗"与"思"完美融合在一起。冯至认为，诗歌最重要的不是抒情，而是经验，将在日常生活中的经历与感受转化为内在的生命体验，并用诗歌的方式呈现出来才能成就伟大的诗歌。

诗人必须观察和感受世间万物，等到它们成为诗人自身的血液、目光和姿态的时候，才能形成真正具有生命哲学的诗句。

第二，对生命形而上的思考，既立足个体，又与时代的境遇和民族、国家的命运紧密联系在一起，表现出一种生存的自觉和担当精神。

《十四行集》第一首《我们准备着》将小昆虫当作生命中意想不到的奇迹，如彗星般照亮人们的生活与心，给生命最初的体验与感受，即生命在死亡中获得永生，在辉煌中毁灭，在涅槃中永生。同时诗歌象征着战争年代个体的牺牲，换来的是整个民族生命延续，个体生命的意义在此得到永恒的延续。第二首《什么能从我们身上脱落》选取日常生活中常见的片段，如枯叶的凋零、蝉蛾蜕壳、歌声从音乐身上脱落，来象征失去与死亡，但这并不恐怖与凄惨，它们抛弃身外之物，反而拥有了自在，进入生命的本质，枯叶凋零之后，树干舒开伸入严冬，蝉蛾蜕壳迎来新生，歌声脱落，音乐化作青山默默。死亡并不意味着生命的终结，而是完满与重生。这也预示着中华民族正是在战争中脱落自己身上的杂质和消极物，最终将获得新生和永生。第三首《有加利树》以高大、庄严的有加利树不断蜕变、向上生长的形象，寓意战争中的中华民族的不断蜕变与向上生长，同时表达了作者强烈的为祖国奉献的精神。第四首《鼠曲草》通过对平凡、卑微的鼠曲草的描绘，赞美了抗战时期普通民众的执着、坚韧和牺牲的精神。第七首《我们来到郊外》借助躲避空袭的事情，呼吁人们团结抗战。

综上所述，冯至的诗歌创作非常善于在日常生活和自然中发现哲理，并上升到生命哲学的层面，同时这种对生命形而上的思考，往往和国家、民族命运紧密相连，表现出知识分子的责任感和担当精神。此外，《十四行集》中还有一部分诗歌表达了对生命本质的多层次思考，如第十五首《看这一队队的驮马》表达了诗人对人生命本质的质疑，面对生命之外的一切物质，人们随时占有，又随时失去，人们从哪儿来？要到哪儿去？显示出明显的存在主义哲学意味。第十六首《我们站在高高的山巅》表达了人与自然界万物的紧密联系，自然界的万物与人是共同呼吸、相互转化的，人们生活着，所有的经过，都成了这世界上的一处处风景。第二十五首《案头摆设着用具》则触及人最隐秘的无意识的领域，即日常的生活秩序和人内在生命需求的矛盾。日常生活禁锢了人们的思想，消磨了人们的意志，甚至消减了人们的生命力。第二十七首《从一片泛滥无形的水里》通过四个意象水、瓶、风、旗对诗歌创作进行了总结。其中"水"象征着人的一切有意识、无意识的活动；"瓶"象征着一种创造物，如小说、诗歌，诗人对生命、人类的形而上思考，通过这种具体的艺术形式表现出来；"风"象征着流动的生命、思想和意识。"风""旗"的关系表达了诗人对自己诗歌创作的总结：人的生命是无拘无束、无边无际的，人们对生命的思考实际上也是不可把握的，人们把不住的东西，还想要尽量留住一些精神的痕迹。冯至的诗歌试图通过诗歌的形式，把住一些人们难以把住的人的生命存在的痕迹。他努力把握的是战争中一系列以抽象形态出现的生命因素，如生与死、人格精神、爱情、人的本质，他希望他的诗歌能像旗一样把住这些难以把住的精神痕迹。冯至的诗歌受到西方存在主义哲学的影响，但他的诗歌舍弃了存在主义的超验色彩和虚无情绪，人们读到的是生存的记忆、知识分子的自觉和担当的精神。

第三，在形式上，冯至的《十四行集》虽然采取的是西方十四行诗的形式，但并没有严格遵守这种诗体的传统规律，而是采用这种结构的同时，保持自己语调的自然，形成自己独特的风格。十四行诗诞生于意大利，是一种民间的抒情诗体，16世纪传到英国，逐渐风行起来，成为欧洲抒情诗严谨而古老的诗体。十四行诗有严格的韵律要求，如起承转合的结构，非常适合表现深邃的思想和激越的情感。冯至的十四行诗并没有严格遵守十四行诗的规律，他的诗歌音部并不拘泥，韵式也颇多变化。除冯至外，中国新诗史上还有其他诗人也尝试了十四行诗的创作，如闻一多、朱湘、卞之琳。

（二）中国新诗派

中国新诗派，又称九叶诗派，是20世纪40年代后期形成的一个追求现实主义和现代主义相结合的诗歌流派。这个诗派没有共同的纲领和一定的组织形式，由相近的艺术追求聚集起来。这个诗派基本上由两个诗人群汇流而成：一部分是西南联大的学生诗人，包括杜运燮、郑敏、袁可嘉等；另一部分诗人起势于1947年在上海创办的刊物《诗创造》，杭约赫、唐湜、陈敬容和唐祈是"四人核心"，后因诗歌观念的分歧，他们从《诗创造》中分离出来，创办了《中国新诗》。中国新诗派对中国新诗的贡献主要体现在他们提倡一种建立在"现实、玄学、象征"的综合诗学观基础上的"新诗的现代化"，此观点源于九叶诗派核心人物袁可嘉。

其一，"现实"：时代与个人间的辩证统一。一方面，中国新诗派的诗歌创作贴合时代，有着强烈的政治关怀，中国新诗派主要崛起于抗日战争后期及解放战争时期，作为一群有强烈社会责任感和历史责任感的青年，他们不满当时国统区的黑暗现实，因此他们的诗歌具有强烈的批判色彩，他们对理想社会也怀着热烈的憧憬和追求。例如，杜运燮的《追物价的人》用讽刺、幽默的笔法揭露了国统区通货膨胀给人民生活带来的苦难，杭约赫的《复活的土地》写了国统区人民的艰苦斗争，唐湜的《骚动的城》写了反饥饿、反内战的主题，都体现出强烈的历史感和现实感。另一方面，中国新诗派受到西方现代主义的影响，表现出对人类生存本质的哲学关注，流露出孤独、忧郁的情绪。因此，中国新诗派的诗歌较之一般的现实主义诗歌，更强调对人的内在精神世界的探索，表现出对富有现代性的审美个性的追求。中国新诗派在忠实于自我与献身时代之间，表现出一种精神的张力。他们在"生活的现实的突进"与"心灵现实的突进"的统一中显示出创作的个性。

其二，"玄学"：九叶诗派明确将"玄学"作为诗学的基本要素，抛弃了"诗的本质是抒情"的诗歌观，力求感性与知性的融合。中国新诗派强调从生活经验到艺术经验的升华，因此，他们提倡"新诗戏剧化"，即设法使意志和情感得到戏剧的表现，而回避说教或感伤的倾向。新诗戏剧化具体指诗歌表现上的间接性和客观性；诗歌要像戏剧那样具有一定的冲突性和较大的情感张力，能够显示出心灵深层的运动与变化；其类型主要分为内向型、外向型和诗剧型。

其三，"象征"：表现手法是暗示的、含蓄的。中国新诗派追求感性与知性的融合、人生与诗意的叠合，相应的，他们在表现手法上借鉴了中国古代诗人、西方象征派的表现手法，更多采用暗示、朦胧、含蓄的方式，丰富新诗的表现力。他们追求意象与思想的凝合，以达到对现实世界与人类意识揭示的最大化，因此中国新诗派诗歌中的意象往往是一种自由联想式的组合，意象之间不存在直接的逻辑关系，呈现出跳跃性和断裂性，留下的空白给读者带来丰富的想象空间，从而丰富新诗的表现力。

总体来说，中国新诗派的诗学追求主要表现在以下几方面：在现实和艺术之间求得平衡，不让艺术逃避现实，也不让现实扼死艺术；诗歌要在反映现实之余享有独立的艺术生命，保留广阔、自由的想象空间；在现代主义的框架内，充分吸收现实主义的有益成分，自觉走现代主义与现实主义相结合的现代化之路；强调"知性与感性的融合"，追求官能感觉与抽象玄思的统一，以达到思想知觉化的效果；新诗的戏剧化追求，主要表现为戏剧性结构、戏剧性情境、戏剧性独白与对白等在诗中的运用。中国新诗派诗人以其不懈努力，完成了对中国新诗的又一次探索与改造。他们对西方现代主义的融合与创新，对中国诗歌传统的继承与发扬，给推动中国新诗的现代化提供了宝贵经验。

（三）穆旦的诗歌创作

穆旦（1918—1977年），原名查良铮，出生于天津，祖籍浙江海宁，现代主义诗人、翻译家。1935年，穆旦考入清华大学地质系，后转入外文系学习。抗日战争全面爆发后，随学校南下到昆明入西南联大，其间开始系统接触英美现代派诗歌，并产生强烈兴趣。1942年2月，穆旦报名参加中国入缅远征军，以翻译的身份随军进入战场，深入缅甸抗日战场，九死一生，辗转数月才得以回国。1949年，穆旦赴美留学，进入芝加哥大学学习，并获得文学硕士学位。1953年回国，任教于南开大学外文系。中华人民共和国成立之前，穆旦的代表诗集主要有《探险对》《穆旦诗集（1939—1945）》《旗》。中华人民共和国成立之后，穆旦将主要精力放在外国诗歌的翻译上，包括拜伦的《唐璜》、普希金的《青铜骑士》等，后恢复诗歌创作，主要有《智慧之歌》《冬》《停电之后》等。

穆旦诗歌的主题有四类。一是对民族命运与前景的关注。穆旦和大部分作家一样关注民族、国家的命运，具有强烈的责任感。《在寒冷的腊月的夜里》描绘了一幅荒凉、凋敝的北方乡土的寒冬景象及在这片土地上无休止劳作的农民，是国家民族、农民命运的缩影，凸显了他对祖国人民深沉的爱。《赞美》用粗略的线条勾勒出一幅荒凉的亚洲土地景象，表达了诗人对祖国和人民深沉的爱。同时诗歌站在普通农民的视角审视历史更迭，表达了个体生命的渺小与悲壮，再次强化了诗人牺牲个体生命与幸福、奉献祖国与民族的选择与决心。二是对战争的深刻思考。战争是穆旦诗歌中非常重要的创作题材，如《野外演习》《森林之魅——祭胡康河上的白骨》。穆旦在表现战争题材时总是透过战争思考人类命运，思考人与战争的关系，反思人的生死存在这些哲学问题，使得他的战争题材诗歌上升到时代的高度。《野外演习》写了战争的荒谬、人类的虚伪；《森林之魅——祭胡康河上的白骨》用对话的形式，表现了诗人对战争中牺牲的个体生命价值的思考，指出了战争的残酷性，也指出了个体生命将在大自然中获得永生。三是爱情主题。穆旦的《诗八章》是一组关于爱情的系列作品，其展开过程与爱情的产生、发展、终结相一致，结构精巧。与一般的爱情诗不同的是，穆旦对爱情进行了冷静、理性的审视和思考，更从中表达了自己对生命意义的追问和质疑。四是灵魂的自我拷问，对个体命运的强烈审视。穆旦的诗歌真实地展现了自己的生命体验与矛盾重重的内心世界，他总是不断剖析、拷问自己的灵魂。《我》表现了现代人生存的困境，包括永无休止的漂泊感、孤独感和残缺感，形象、深刻地揭示了现代人生存的悲剧和痛苦。《被围者》表述了个体生命的困境，被围在世俗与生活的窠臼中，一切都是虚假与平庸的，同时呼唤出现能够突破围困的勇士，体现出诗人反抗绝望的精神以及个体在抗争中的痛苦。在 20 世纪 40 年代，穆旦诗歌最突出的特征就是对现代文明社会人性异化的揭露和批判。

穆旦诗歌创作的艺术特色表现在三方面。一是诗的思维方式的现代化，建立了以残缺为中心的现代哲学和诗学，这是对以"圆"为中心的传统哲学与诗学的超越。二是诗的形象现代生活化与诗的抒情抽象化。穆旦诗歌中的意象新颖而奇特，真实地传达出他在现代生活中复杂的心理感受。三是诗歌语言的现代化。在语言上,穆旦站在一个新的高度重新肯定了口语和散文化,也赋予了书面语新的形态,创造了一种介于口语和书面语之间的文体,充分利用汉语的多义性以及繁复的句式,来表达现代人的思想和诗情。

(四)中国新诗派其他诗人的诗歌创作

中国新诗派除了穆旦,还有杜运燮、辛笛、杭约赫、唐湜、袁可嘉、郑敏、陈敬容等。杜运燮的诗歌往往有一种讽刺和幽默的意味;袁可嘉在新诗创作、新诗理论以及文学翻译等诸领域都颇有建树;郑敏和陈敬容是九叶诗派重要的两位女性诗人,诗歌创作各有千秋;杭约赫和唐湜两人的作品气势宏大,热情奔放,唐湜的长诗具有宏大的气象和浪漫的激情,短诗也是意象新颖,清气扑人。

郑敏(1920—2022年),福建闽侯人,1939—1943年就读于西南联大哲学系,此时便开始文学创作。她出版的诗集主要有《寻觅集》《心象》等。郑敏师从冯至,她也擅长从日常事物出发,表达对宇宙和生命的思索,加上她的哲学背景,其诗歌往往具有哲学的理性思考,同时带有雕塑感或油画感,在意象的营造上很有自己的特点。《金黄的稻束》通过对稻束与母亲的描绘,体现了她对平凡、普通生命无私奉献的赞美,正是这些平凡的力量支撑了人类历史的发展。这首诗完美地体现了中国新诗派"诗"与"思"融合的美学追求。

陈敬容(1917—1989年),是中国新诗派另一位非常有代表性的女诗人,她的诗歌更多地植根于她的人生经历和体验,诗作《划分》将抒情融入理性的哲思中,具有一种浪漫主义色彩。

四、敌后根据地的诗歌创作

（一）新诗的歌谣化运动

在 20 世纪 40 年代的敌后根据地，诗的歌谣化被发展到极致，民间诗歌资源成为发展新诗的主要甚至是唯一资源。新诗的歌谣化给 20 世纪 40 年代敌后根据地的诗歌创作带来了新的特点，首先体现在诗歌在内容上具有非常鲜明的政治功利性。这个时期的诗歌歌唱革命、歌唱共产党、歌唱领袖与军队、歌唱新的思想、歌唱新的生活，歌颂与控诉成为压倒一切的主题。其次是诗人成为大众的代言人。此时期诗歌中的小我已融入集体的大我中，叙事成为呈现主题的重要手段，抒情遭到放逐。再次是语言追求通俗化。

（二）叙事诗的勃兴

李季（1922—1980 年），河南唐河人。1938 年，李季在延安抗日军政大学学习；1942—1947 年，在陕北三边担任小学教员，并负责其他基层工作，深入群众生活，熟悉当地方言，为今后创作打下了良好基础。发表于 1945 年的长篇叙事诗《王贵与李香香》是李季诗歌的代表作。

《王贵与李香香》共分三部十三章。第一部是崔二爷收租，王贵揽工。讲述年逢干旱，颗粒无收，地主崔二爷收租逼死王贵的父亲，让年仅十几岁的王贵去他家当长工。同时交代了两位主人公的自由恋爱，为后面情节的展开做了铺垫。第二部从闹革命到自由结婚。写王贵抱着对地主的仇恨参加革命，游击队赶跑崔二爷，人民翻身做主，王贵和香香自由结婚。结婚三天后，王贵舍小家为大家参加了游击队。第三部崔二爷又回来了，崔二爷伙同白军势力反扑，强行抢走香香，关键时刻游击队又打回来，革命获得最终胜利，香香和王贵再度团圆。这首长篇叙事诗以陕北农民革命运动为背景，以王贵和香香的恋爱故事为主要线索，一方面揭露了旧社会农民生存的惨状，另一方面反映了陕北三边地区农民闹革命的壮烈景象。诗歌主题鲜明，赞颂了陕北人民在共产党领导下翻身闹革命的伟大，揭示了劳动人民命运同党的领导之间的血肉联系，使得革命和爱情获得同构关系，形成一种非常有代表性的叙事模式。

《王贵与李香香》全篇采用陕北信天游的格式，在此基础上又有新的发展与变化。首先，信天游是陕北地区的一种民歌形式，一般每两句为一小节，表达一个比较完整的意思，多采用比兴的手法。《王贵与李香香》同样两句一节，它并非每节表达一个完整的意思，而是数节才表达一个完整的意思。因此，诗歌便将数十节连缀成章并加以标题，构成一个完整的情节。其次，全诗既有叙事，又保留了浓郁的抒情色彩。其中最富有光彩的就是对传统比兴手法的运用。如"山丹丹开花红姣姣，香香人材长得好""二道糜子碾三遍，香香自小就爱庄稼汉"，使得诗歌既生动又具有形象性。再次，在语言上，诗歌广泛采用经过提炼加工过的陕北农民口语，平白如话，通俗易懂，带有浓郁的地方色彩和生活气息，如诗句"打死老子拉走娃娃，一家人落了个光塌塌""阳洼里糜子背洼里谷，那里想你那里哭"。此外，诗歌运用信天游的形式，每节中两行押韵，节与节之间又允许换韵，使得全诗节奏感鲜明，朗朗上口。

总之，《王贵与李香香》是现代新诗进程中的又一次重大突破，它将鲜明的时代色彩、深刻的革命内涵和质朴的民歌形式融为一体，为中国新诗的民歌化、民族化、革命化和大众化发展提贵了宝贵经验。

阮章竞（1914—2000年），曾用名洪荒、啸秋。他善于用民歌反映复杂的现实生活。《漳河水》是民歌叙事诗进一步发展的代表作，诗歌主要反映了妇女翻身解放的主题，取材于太行山脚漳河边人民的斗争生活，同时写了荷荷、苓苓、紫金英三个妇女不同的婚嫁遭遇。全诗共分三部：第一部写漳河边上三个姑娘不幸的婚姻遭遇；第二部写三个女性的觉醒，开始和旧势力做斗争，争取属于自己的自由和幸福；第三部写男女平等已经成为社会新风尚。

《漳河水》的创作特点主要表现在三个方面：其一，不同于《王贵与李香香》的单一情节的直线发展，《漳河水》设置了三条故事线索，平行交错发展，叙述荷荷、苓苓、紫金英三个妇女不同的婚嫁遭遇，在广阔的背景下展现了妇女解放的时代主题的丰富性和复杂性；其二，在表现形式上，交替使用在漳河地区流行的多种民歌、小曲，如《开花》《四大娘》《割青菜》，比《王贵与李香香》单一使用信天游的形式，更自由灵活，富于变化；其三，诗歌虽然汲取了民间资源，但褪去了民歌的粗粝，在艺术上比《王贵与李香香》精细、雅致。

（三）抒情诗的创作

在敌后根据地流行叙事诗的同时，仍然有一部分诗人坚持抒情诗的写作，如何其芳就是自觉坚持个人抒情诗写作的诗人。何其芳于1938年北上延安，在鲁迅艺术学院任教。到延安后，其创作风格发生变化，诗歌充满时代的革命强音。与此同时，何其芳坚持创作真实袒露复杂、矛盾的内心世界的诗歌，代表作有《生活是多么广阔》《我为少男少女们歌唱》《夜歌》等。

必读文献

胡适：《蝴蝶》《一颗星儿》

沈尹默：《月夜》

刘半农：《教我如何不想她》

汪静之：《伊底眼》

冰心：《繁星》《春水》

宗白华：《夜》

李金发：《弃妇》

闻一多：《忆菊》《死水》《发现》

朱湘：《采莲曲》

徐志摩：《雪花的快乐》《再别康桥》

殷夫:《我们》

臧克家:《难民》《春鸟》

蒲风:《咆哮》

陈梦家:《再看见你》

戴望舒:《雨巷》《寻梦者》

何其芳:《预言》《花环》《我为少男少女们歌唱》

卞之琳:《距离的组织》《断章》

林庚:《春天的心》

废名:《十二月十九夜》

林徽因:《别丢掉》

田间:《给战斗者》

阿垅:《纤夫》

绿原:《给天真的乐观主义者》

冯至:《什么能从我们身上脱落》《我们听着狂风里的暴雨》《我们准备着》

郑敏:《金黄的稻束》《音乐》

辛笛:《风景》

陈敬容:《划分》

穆旦:《赞美》《诗八章》《在寒冷的腊月的夜里》《春》《合唱》

李季:《王贵与李香香》

课后巩固与练习

（1）简述早期白话诗歌创作的特征。

（2）简述闻一多的"三美"原则。

（3）结合作品分析徐志摩诗歌创作的特点。

（4）简析卞之琳《断章》的哲理内涵。

（5）简析戴望舒《雨巷》的艺术特色。

（6）比较评析新月派前后期的诗歌理论和创作倾向。

（7）简析冯至《十四行集》的创作特点。

（8）简析穆旦诗歌的创作特点。

（9）简析李季《王贵与李香香》的创作特点。

第九章　散文的发展与创作

本章主要内容

本章介绍 1917—1936 年散文的发展创作概况。通过本章的学习，学生应掌握以下内容：

1. 掌握不同的散文创作流派及其特征。
2. 能够对各散文创作流派具有代表性的作家、作品进行评析。
3. 掌握不同作家的艺术个性。

本章知识结构图

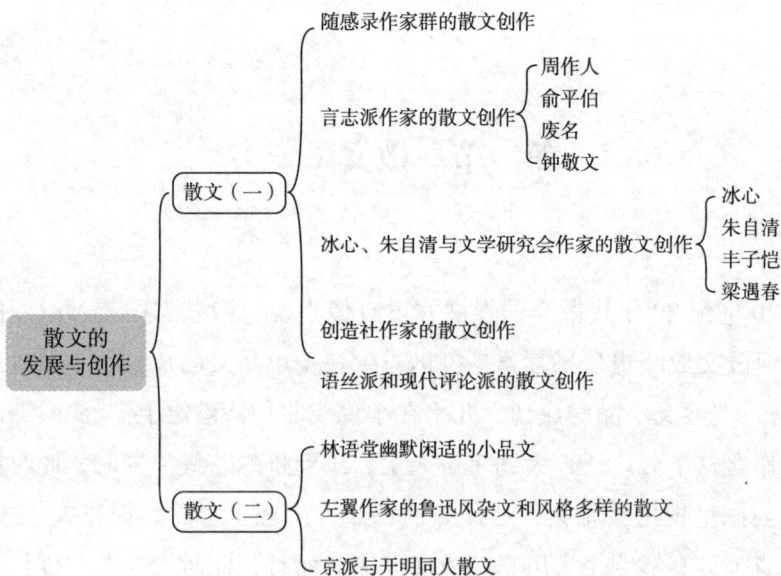

图 9.1　第九章的知识结构图

本章涉及的实践教学环节

本章涉及的实践教学环节主要是搜集并阅读相关散文作品及文章资料，能够对散文在现代文学史的发展流变做出梳理，并对代表作家、作品做出鉴赏。

本章思政凝练

通过对现代文学史散文发展脉络的梳理，能够深入理解该体裁与社会、时代、政治的关系，并通过文本阅读体悟中华民族艰难的复兴之路，培养青年学生的文化自信、爱国情怀及责任感和担当精神。

第一节　散文（一）

　　20 世纪 20 年代散文的发展并没有像小说、诗歌那样有过激烈的论争，但散文成绩也硕果累累。鲁迅先生在《小品文的危机》中做过这样的评价："散文小品的成功，几乎在小说戏曲和诗歌之上。"此时期的散文创作题材十分广泛，大到宇宙人生，小到蚯蚓苍蝇。同时，此时期的散文创作呈现出数量大、名家多的特点，出现了鲁迅、周作人、冰心、朱自清等具有鲜明个人风格的散文名家。而且，此时期的散文创作文体品种丰富，风格绚烂多彩，形成抒情散文、叙事散文、纪实散文、日记体散文等不同类型的散文。风格上或嬉笑怒骂，或华丽，或冲淡，或杂糅古风，或欧美气度，绚烂而多姿。究其原因主要有两个：一是中国本身就是一个散文大国，且散文比起小说、诗歌，保留了更多与传统散文的联系；二是散文形式多样且灵活，不需要过多的构思，比较适合展开文学批评、文化批评和社会批评，适应了时代需求。

一、随感录作家群的散文创作

　　在现代散文中，最早出现的是随感录式的杂文，这是一种议论时政的杂感短论。1918 年 4 月，《新青年》第四卷第四号上开设了"随感录"栏目，围绕这个栏目形成了随感录作家群，包括鲁迅、李大钊、陈独秀、刘半农、钱玄同、周作人等，他们主要写作短小的时评或杂感，奠定了杂文在中国现代散文史上的地位。之后，其他报刊如《每周评论》《民国日报》也相继开设了"随感录"专栏，形成了颇有声势的创作潮流。随感录杂文形式灵活自由、短小精悍，往往针砭时弊，且一般个性鲜明，具有鲜明的个人风格。

鲁迅的杂文写作也是开始于这一时期，出版的杂文集主要有《热风》《华盖集》《华盖集续编》《坟》《而已集》，在中国现代杂文的形成和发展中做出了重要贡献。《野草》《朝花夕拾》更显示出鲁迅对现代散文文体的多样化创造。

二、言志派作家的散文创作

周作人此时期在散文的理论建设及散文的创作实践上做出了独特的贡献。20 世纪 20 年代是周作人散文创作的一个鼎盛期，出版的散文集有《自己的园地》《雨天的书》《泽泻集》《谈龙集》《谈虎集》《永日集》等，其散文创作数量非常多。

此时期，周作人的散文总体呈现出两种倾向，即浮躁凌厉及冲和平淡。浮躁凌厉的散文主要是周作人对人事与时事的杂评，这类作品现实性强，充溢着战斗的、反封建的激情，对旧道德、旧文化、旧思想进行了猛烈抨击。例如，《前门遇马队记》《偶感》对反动军阀屠杀革命者、进步学生和无辜群众进行了有力控诉；《祖先崇拜》《思想革命》则揭露了封建礼教的弊端，大力呼唤思想革命。这些文章和当时鲁迅等的杂文一起，在当时社会现实斗争中发挥了投枪与匕首的战斗作用。与此同时，周作人在这类文章中也形成了自己的独特风格，他善于正话反说，平静的文辞下包含着激奋与热烈，在从容不迫的引证和戏谑洒脱的论析中达到讽刺的目的。真正能够代表周作人散文创作成就、对现代文学做出独特贡献的是周作人冲和平淡的散文，此类散文也被称为言志小品文。这类散文的创作特点其一表现在散文的取材平凡而琐碎上，鱼虫草木、酿酒品茗、乡土民俗、鬼怪狐仙乃至故乡的野菜、北京的茶食等均被纳入笔端，几乎无意不可入，无事不可言，如《蚯蚓》《关于蝙蝠》《金鱼》《鸟声》《秋虫的鸣叫》《乌篷船》《故乡的野菜》《窝窝头的历史》《谈油炸鬼》

《鬼与清规戒律》。在《故乡的野菜》中，周作人引用童谣、古树、民间风俗等内容介绍了故乡的荠菜、黄花麦果、紫云英三种野菜，多姿多彩且烂漫自由。《谈油炸鬼》中考证了"油炸鬼"的来历及名称的变化，在此过程中穿插了各种典故与文化知识，妙趣横生。其二表现在这类散文融知识性与趣味性于一体上。尽管散文所写无非些微小的东西，如野菜、油条、苍蝇，但作者常常海阔天空、旁征博引，给读者提供了知识的海洋。例如，《苍蝇》以人们司空见惯的苍蝇为主要描写对象，在文中描绘了小时候玩苍蝇的场景，甚至描写了苍蝇的种类与玩的乐趣，由此引申开了，谈到希腊路吉亚诺思的《苍蝇颂》，又谈到中国的《诗经》、日本的俳句中关于苍蝇的大量文章等，知识丰富且充满趣味，体现了作者对生命怜惜、理解和尊重的态度。《乌篷船》用书信的形式向朋友介绍了故乡交通工具船的相关知识和乘船出游的乐趣。《菱角》以小孩买菱角吃为始，回忆了在故乡摘菱角的场景，同时，对菱角的名称、形状、吃法、储存等做了详细说明。其三表现在这类散文具有平易、冲淡、闲适的独特风格。周作人的散文无论抒情叙事还是写景说理，都从容不迫、舒适自在，没有丝毫的虚、浮、躁、戾之气。他有意淡化内心的情感波澜，而用含蓄、隐而不显的方法表现出来，笔调委婉含蓄，语言风格自然平和。《乌篷船》中对家乡风物的娓娓道来，平淡而自在，语言平白而朴实，但在这朴实的介绍中，读者仍然能够感受到他对故乡的绵绵情愫，能领略到他追求闲适、隐逸的人生态度。《初恋》仍然用一种极其平淡的笔调，叙写了人生中刻骨铭心的初恋。此外，这种平易、冲淡、闲适还体现为作者的人生态度和文化心态，以及与之相适应的闲适、冲和的艺术真趣。它不仅是一种笔调、一种语言风格特色，更重要的是，这和作者的人生态度、文化心态紧密相关。其四表现在这类散文充满苦涩之味上。它种苦涩之味源于作者将自己对人生暗淡、悲苦的体验，经过反复咀嚼、品鉴后渗入散文创作中，使得他的散文总是于清冷中透出苦味，甚至上升为一种审美的境界。其五表现在散文的语言风格上。周作人常常将口语、文言和欧化语言调和在一起，通过微妙的词语组合形成朦胧的意境，引起读者的思索和体味。到 20 世纪 40 年代，周作人这种闲谈式的散文作品变少了，他实验了一种文抄公体散文，他将精心挑选的一些古文作为文章主干，其间连缀自己对古文的评点，两者有机地融合在一起。

俞平伯，是新潮社、文学研究会和语丝社的成员，他早期的文学创作集中在诗歌和散文上，散文多收录在《杂拌儿》《燕知草》等集子中，其中的名篇有《陶然亭的雪》《西湖的六月十八夜》等。俞平伯是周作人的学生，后来两个人又成为同事，关系非常特别。周作人进入北京大学教书的时候，俞平伯还是一名在校学生，后来俞平伯毕业后留校任教，和周作人成了同事。周作人一直将俞平伯视为自己的得意门生之一，所以说关系非常密切。俞平伯的散文也属于言志派，周作人评价他的散文"是那样的旧，又是这样的新"。所谓旧，是说俞平伯的散文汲取了明人小品的营养；所谓新，是因为他的散文受到了新文学的影响。俞平伯善于通过朦胧的意境表现对人事的感悟，因此他的散文透露出玄妙的哲理与感伤的思绪。

废名，也是周作人的学生，而且受周作人的影响很深，他走上文坛，可以说与周作人对他的提携有很大的关系，废名的每一部集子几乎都是由周作人作序，可见周作人对这个学生也是非常偏爱的。废名的散文和小说往往没有明显的界线，这是他在文体上的一个特色，他的小说往往呈现出诗画和散文化的特征，与传统的注重情节的跌宕起伏、人物性格的丰满这样的小说不一样，他的小说更强调创作主体的情绪表达。所以，废名的小说可以当作散文来读。废名的小说往往以乡村宁静的生活为表现对象为读者勾勒出一幅天人合一的、桃花源式的理想和田园画卷。在这样的一种氛围中，男女老少都表现出一种清新素朴的气息。他创作上体现出来的这种平淡、普乐的风格，和他的老师周作人颇为接近。

钟敬文，既是民俗学家，也是现代散文家。他善于写咏物的小品，如《荔枝》，也写过情思清朗的游记，如《钱塘江的夜潮》《太湖游记》。钟敬文的散文创作也受到周作人的影响，可以说也属于周作人所代表的"言志派"散文。

三、冰心、朱自清与文学研究会作家的散文创作

冰心的散文和她的诗歌一样宣扬爱的哲学，既有母爱、儿童之爱和自然之爱，也有对祖国、故乡的眷恋和对人生问题的思索，对下层人民的同情，内容较为广泛。其散文具有鲜明的个性特色，感情真挚，富于哲理，清新明丽，典雅细腻，被称为"冰心体"。

朱自清是著名的诗人和散文家，散文名篇有《匆匆》《背影》《春》《荷塘月色》《桨声灯影里的秦淮河》《你我》等，以及散文集《欧游杂记》《伦敦杂记》。朱自清的散文主要分为两类：一类是纪实性散文，此类散文往往从现实出发，针砭时弊，针对性比较强；另一类是抒情写景叙事类散文，也是艺术价值较高的一类，这类散文往往以清新简约、细腻委婉又不失温柔敦厚的风格和精致缜密、脉络清晰的构思而著称。

丰子恺不但是翻译家、书画家，而且在散文创作上也成就卓然。他从 20 世纪 20 年代中期开始写小品，结集为散文集《缘缘堂随笔》。丰子恺的散文小品非常善于从日常琐事中发现事理，以小见大，独具匠心；语言上质朴自然，感情真挚。他的散文常常神游于儿童纯真世界，再加上佛理的渗入，使作品染有清淡的悲悯之色。

梁遇春，被郁达夫称为"中国的伊利亚"，散文集主要有《春醪集》《泪与笑》。相比同时代的散文，梁遇春的散文具有独特的个性，他的散文将自由率性发挥到了极致，潇洒自如，不拘一格；同时，他精通中西学，旁征博引，其散文中不乏睿智的思辨，更有对人生哲理探求和洞明的见解，这就使得他的散文呈现出一种风雅的情绪，成为学者式散文的典范。此外，梁遇春的散文辞藻华美，且富于想象力。

四、创造社作家的散文创作

创造社作家的散文创作和小说创作一样，体现出主观抒情的特色，重视情感、直觉、想象在文学创作中的运用。创造社的代表作家是郁达夫，其散文毫无意外是一种自叙传式的表达。在他的散文中，可以看到他的身世、思想、感情、癖好、信仰，同时非常真切地表达了处于旧社会压迫下的知识分子的精神苦闷。此外，郁达夫也擅长游记类散文的写作，如《屐痕处处》《达夫游记》。这些游记类散文意境优美，充满诗意，同时融入广博的地理知识和历史知识，也不乏各类历史掌故和神话传说。

五、语丝派和现代评论派的散文创作

语丝派是以《语丝》杂志为创作集结地，由周作人、鲁迅、钱玄同、林语堂等主要撰稿人形成的同人团体。从散文创作思想上来看，语丝社作家继承了新文学战斗的传统，他们通过手中的笔展开积极的社会批评和文化批评，猛烈地抨击封建文化和封建思想的腐朽，暴露军阀官僚残暴的统治，思想特色非常鲜明，与之相适应的便是他们的文章往往形式短小，不拘一格、说古论今、排旧促新，这种散文便被称为"语丝文体"。

现代评论派是围绕《现代评论》杂志形成的一个横贯中西、内涵丰富、思想复杂的政治文化派别，其成员大多是留学归来的知识分子，如徐志摩、陈西滢、吴稚晖，他们的散文风格多样，但思想取向趋于保守与被动。

第二节　散文（二）

20世纪30年代的散文和小说、诗歌一样，都体现出受政治意识影响的特征。此时期散文的特点体现在两方面：一方面，政治化分野明显，如此时期有以瞿秋白、茅盾等为代表的左翼作家的散文，也有以周作人、林语堂为代表的自由主义作家的散文，还有京派和其他一些作家的散文；另一方面，与20世纪20年代的散文相比，此时期的散文的文体意识更明显了。

一、林语堂幽默闲适的小品文

20世纪30年代，林语堂创办了《论语》半月刊，之后又创办了《人间世》《宇宙风》。在这些刊物上，他提倡一种幽默、闲适的独抒性灵的小品文，标榜性灵文学。所谓性灵文学，主要是强调对个人性灵的表现，强调性灵是一种自然本性的流露，也即强调文艺要摆脱社会的束缚，回到自然的、本能的、生物性的主体里，去做个体生命本能的、非意识的表现，这便是林语堂的性灵文学的概念。林语堂性灵文学的主张提出之后，以鲁迅为代表的左翼文坛对林语堂进行了抨击，认为林语堂的这种文学观念，是对人灵魂的一种麻痹，是一种消磨人的意志的倡导。林语堂的性灵文学观体现在他的散文创作中，就是强调要写作一种幽默超远的小品文，他说："讽刺超于酸腐去其酸辣而达到冲淡心境，变成幽默，力求幽默，必先有深远的心境，而带有一点我佛慈悲的念头，然后火气不太盛，读者得淡然之味。"幽默只是一位冷静超远的旁观者，长于笑中带泪，泪中带笑。林语堂的这种文学观念，是他对待现实的一种处事方式，也是他对文学功能的一种理解，还是他对文体风格的一种不同的认识。因此，林语堂强调散文的自然之美，提倡散文语言的自然之美，认为散文要具有语言的自然节奏，这样一种自然节奏就好像是在风雨之夕围炉谈天，善拉扯，带感情，亦庄亦谐，深入浅出，又如与高僧谈禅、与名士谈心，似连贯而未尝有痕迹，似散漫而未尝无伏线，欲罢不能，欲删不得，读其文如闻其声，听其语如见其人。林语堂还提倡一种散文的笔调，即视读者为亲爱的故交，作文时如良朋话旧，私房微语。此种笔调，笔墨上极轻松，真情易于吐露，或者谈得畅快忘形，出辞乖戾，贤士其表，幽默其理，娓娓道来，自然洒脱。林语堂学贯中西，因此在散文文体建构上有高度的自觉。也正因如此，他才能够写出一系列老道的、精美的小品，如《读书的艺术》《秋天的况味》《说乡情》《记纽约钓鱼》。从《读书的艺术》中就可以感受到林语堂散文的笔调，是幽默洒脱的，也是自然的、娓娓道来的。此外，林语堂的小品文中还有关于生活方方面面的感悟，这些感悟和文字都给读者一种豁然开朗的感觉，启发性和醒思性均较强。

林语堂提倡幽默，既是一种美学追求，也是一种写作立场，还是他对待人生的一种姿态。从林语堂的散文中可以看到，他对待人生的态度不是暴跳如雷与愤愤不平，而是一种幽默、超然的姿态。林语堂还主张小品文应以自我为中心，以闲适为格调，宇宙之大苍蝇之微皆可取材，散文创作没有固定的题材。总体来说，林语堂的散文融汇了东西方的智慧，追求一种幽默的情味，充满着一种从容和睿智；散文结构轻松自然，拓展了现代散文的审美领域；散文创作采用文语式的笔调，将谈话艺术引入了散文创作。

二、左翼作家的鲁迅风杂文和风格多样的散文

在国民党实施文化"围剿"的背景下，左翼作家的鲁迅风杂文应运

而生，左翼作家视文学为匕首、投枪，而杂文能很好地发挥这种现实批判性和论战的效果，因此20世纪30年代便出现了一个杂文创作的繁荣期。鲁迅风杂文的主要代表作家有瞿秋白、茅盾、唐弢、徐懋庸等。

瞿秋白的杂文代表作有《<鲁迅杂感选集>序言》《民族的灵魂》《流氓尼德》《财神的神通》《美国的真正悲剧》等。瞿秋白善于抓住本质，勾勒典型，在创造新的杂文形式上，他注意将中国的杂剧、诗词、寓言和民歌等融入创作中，同时注意普通话跟方言的融合。唐弢的杂文代表作有《谈礼教》《看到想到》《东南琐谈》《<周报>休刊词》等。唐弢杂文的特点是借现实与历史的一点因由，展开来加以剖析，非常有鲁迅的风格。徐懋庸的杂文代表作有《打杂集》《不惊人集》，徐懋庸杂文的特点是贴切、泼辣、能移人情。此外，还有一些杂文作家，如巴人、柯灵，杂文创作成就也很显著。

在杂文勃兴的同时，一些左翼作家也进行了其他风格的散文创作，如茅盾的《白杨礼赞》《风景谈》、艾芜的《漂泊杂记》《山中牧歌》、叶紫的《古渡头》《夜雨漂流的回忆》、萧红的《商市街》《桥》。

三、京派与开明同人散文

京派散文主要是指何其芳、李广田、吴伯箫、师陀、沈从文、萧乾等作家的散文。京派作家的散文风格各有不同，但总体都追求纯正的艺术趣味，注重对散文文体的创造，在现代抒情散文的创作上颇有建树。

何其芳的散文创作特点是常采用独语的调式，吟咏孤独和寂寞，探索内心的矛盾和冲突。何其芳笔下的独语有两方面的含义。一方面，个体的生命赋予了痛苦的感悟，这种痛苦是个体的体验。独语写出了人和人之间的不相通，每个人都在诉说，但无法被倾听，表达的是倾听者的缺席导致所有的表达都成了一种独语。另一方面，影子与声音表达的是寂寞，这种寂寞令人害怕又无法逃离。除了写寂寞，何其芳还力图在寂寞中执着地追求，反抗这种寂寞。例如，《独语》这篇散文没有故事情节，也没有具体人物，有的只是瞬间的心绪的倾诉，整个散文的构成材料，都属于想象。文中这样写道："我曾经走进一个古代的建筑物，画檐巨柱都争着向我有所诉说，低小的石栏也发出声息，像一些坚忍的深思的手指在上面呻吟，而我自己倒成了一个化石了。或是昏黄的灯光下，放在你面前的是一册杰出的书，你将听见里面各个人物的独语。温柔的独语、悲哀的独语，或者狂暴的独语。黑色的门紧闭着：一个永远期待的灵魂死在门内，一个永远找寻的灵魂死在门外。每一个灵魂是一个世界，没有窗户。而可爱的灵魂都是倔强的独语者。"从这段文字中可以看到何其芳独语的调式，表达的是一种孤独和寂寞乃至内心的一种矛盾。

何其芳散文的意象扑朔迷离，想象奇特，诗情洋溢。何其芳不满于社会，又不愿将现实的丑恶描画出来，所以他便从艺术的形式美中去寻求颜色、图案、梦幻、暗示、想象、比喻、典故，用这样一些东西来堆砌思想和哲理的碎片。例如，《秋海棠》写一个妇人因思念远方的亲人，滴下了苦涩的泪水，这滴泪水化作美丽的秋海棠，这树秋海棠亭亭玉立、光彩照人，意象非常奇特，扑朔而迷离。《雨前》也营造了很多精巧的、美妙的意象，如文中写鸽群、柳绿、树根、大地，它们本来是客观的存在，无私无欲，但因为作者在其中融入了自己的思想感情，所以这些物象都带上了主观色彩，具有了一种内在的情绪，成为一种非常精妙的意象，它们就像一幅幅画面、一首首诗歌，给人如诗如画般的阅读感受。

何其芳散文的文字色彩感非常强，非常炫丽，如《雨前》中就用了灰暗、阴沉、灰色等词，描绘北方下雨前干冷、灰蒙的图景，让人感觉寒气逼人，凄清又压抑。同时，散文中也用到了比较湿暖的色彩词，如油绿的枝叶、红色的花、清浅的水、青青的草、鹅黄的雏鸭，清新而温暖，展现在读者面前的是一幅清晰、明朗的水乡景色，让人感到欢快舒畅、生机盎然。这些不同色彩词的选用，表达了作者不同的情感审美，它成了特定情绪的一个象征符号，引导着读者从外在的世界转向对内在精神世界的探索。当读者在读这些文字时，经由这些不同色彩的搭配，也会在自己脑中完成一次美的再创造。

此外，还有其他京派散文作家及作品，如李广田的《画廊集》《银狐集》《雀蓑集》、吴伯箫的《山屋》《马》《羽书》、师陀的《黄花苔》《江湖集》、沈从文的《箱子岩》《桃园与沅州》，这些都是散文名篇。

开明同人散文主要有丰子恺、叶圣陶等作家的散文。丰子恺的散文从内容上看，大致可以分为四类：第一类是探究人生和自然的奥秘，带有一种玄思色彩或宗教色彩；第二类是描写儿童情趣的作品；第三类是回忆自己创作历程的作品；第四类是通过日常生活反映世态人情的作品。这一类散文也是丰子恺散文的主体部分，非常能够代表他散文的基本特色，比较著名的有《给我的孩子们》《儿女》《作父亲》等。丰子恺散文的特点是善于用平常、简单、明了的字句，不喜欢过度的装饰或粉饰，文字朴乐又明亮，是一种典型的随笔散文。他的《缘缘堂随笔》融童心和禅趣于一体，让人感觉既真率自然又妙趣横生。《华瞻的日记》采用儿童的口吻和视角来结构文章，写一个幼儿天真烂漫的话，他对儿童心理的描写达到了一个细致入微、非常传神的境地。其实，采取儿童的视角体现了他的一种主观情志，他将自然的人性和社会的教化相互对照，从而把在成人世界中被压抑已久的感情凸显出来。他的作品很多写很稚气的孩子的话和事，乃至写他跟孩子之间的游戏，不仅反映了一种童趣，还表达了他对一种率真的、自然的、天性的憧憬和追求。此外，报告文学和游记此时期也出现了创作热潮，其中萧乾、范长江、朱自清等作家的报告文学或游记是非常有代表性的。

必读文献

周作人：《故乡的野菜》《喝茶》《苦雨》《北京的茶食》

俞平伯：《清河坊》

冰心：《往事》《山中杂记》

朱自清：《背影》《荷塘月色》《春》

徐志摩:《翡冷翠山居闲话》

梁遇春:《观火》

郁达夫:《故都的秋》《钓台的春昼》

何其芳:《独语》《画梦录》

李广田:《回声》

萧红:《过夜》

吴伯箫:《夜读》

课后巩固与练习

（1）阐述林语堂的散文观。

（2）评析何其芳《画梦录》的艺术特色，并说明其在散文史上的
地位。

（3）结合作品分析周作人散文创作的两体。

第十章　戏剧的发展与创作

本章主要内容

本章介绍 1917—1949 年戏剧的发展创作概况。通过本章的学习，学生应掌握以下内容：

1. 掌握不同戏剧创作流派及其特征。
2. 能够对各戏剧创作流派具有代表性的作家作品进行评析。
3. 掌握不同作家的艺术个性。

本章知识结构图

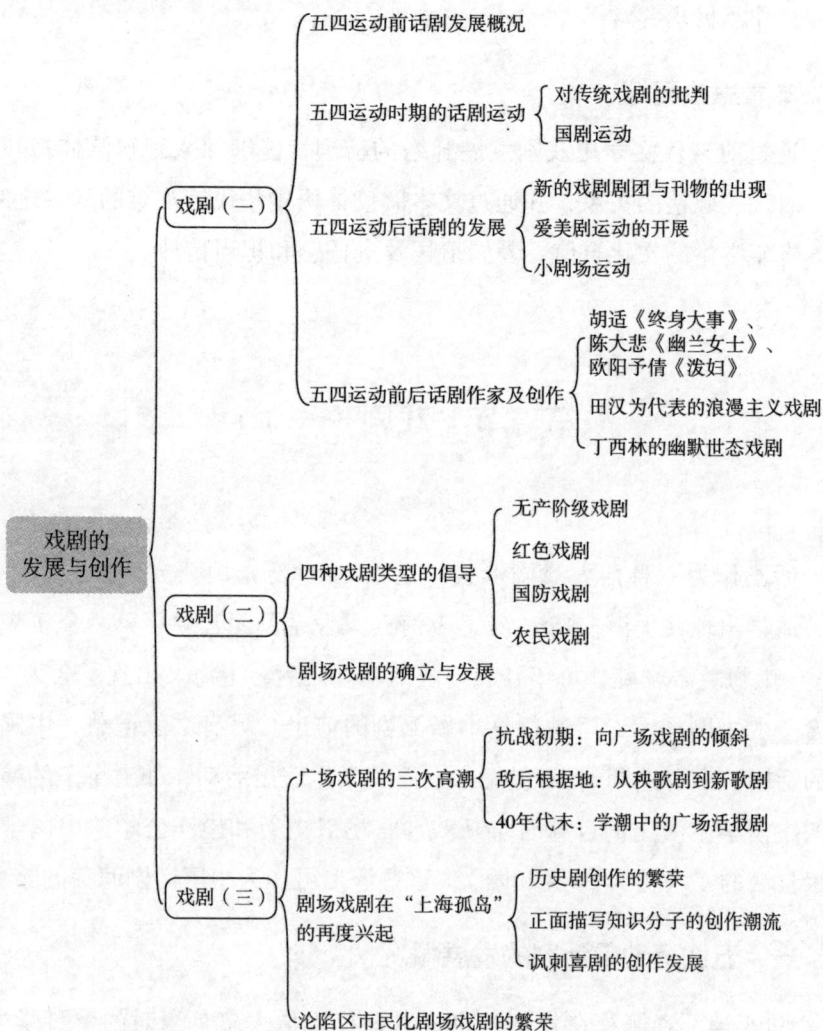

图 10.1 第十章的知识结构图

本章涉及的实践教学环节

本章涉及的实践教学环节主要是搜集并阅读相关戏剧作品及文章资

料，能够对戏剧在现代文学史的发展流变做出梳理，并对具有代表性的作家、作品做出鉴赏。

本章思政凝练

通过对现代文学史戏剧发展脉络的梳理，能够深入理解该体裁与社会、时代、政治的关系，并通过文本阅读体悟中华民族艰难的复兴之路，培养青年学生的文化自信、爱国情怀及责任感和担当精神。

第一节　戏剧（一）

话剧作为一种西方戏剧形式，是在 19 世纪末由西方侨民传入中国的，最早出现在上海。1866 年，上海西人业余剧团建立了第一个正规剧院——上海兰心剧院，每年开展公演活动。之后，上海又出现了名为"东京席"的小剧场，专门进行日本新派剧的演出。另有文献记载，中国最早的话剧演出可追溯到 19 世纪末上海的学生演出活动，如上海圣约翰书院的中国学生演出的自编时事新戏《官场丑史》和南洋公学的中国学生自编自演的《六君子》《义和团》，这些演出可作为中国话剧萌芽的雏形。

一、五四运动前话剧的发展概况

1906 年，春柳社在日本东京成立，其成员大多是当时的留日学生，主要有李叔同、曾孝谷、欧阳予倩等，他们在东京公演了《茶花女》《黑奴吁天录》，引起强烈反响。春柳社的戏剧演出完全废除了旧戏曲的形式和章法，舍弃唱腔，全程以对话和动作为主，并且采用新式的布景，给人耳目一新的感觉。这样的戏在当时被称为"文明新戏"。春柳社这种早期的话剧活动，代表着中国现代话剧艺术的最初运动。此外，春阳社、进化团等一些早期新剧团体也对"文明新戏"的发展起到了推动作用，其中进化团最具代表性。1910 年，由任天知发起，汪仲贤、欧阳予倩、陈大悲等优秀戏剧人才参与的进化团成立，这是第一个职业性的新剧团体。进化团早期的话剧活动高举"天知派新剧"的旗帜，宣传革命，攻击封建统治，演出了很多所谓的"文明新戏"，这些戏剧具有较强的政治教化色彩。随着辛亥革命的失败和政治紧密相连的早期新剧一蹶不振，陷入低潮，直到 1914 年，"文明新戏"才获得新的发展生机。这一次，它的政治教化色彩逐渐淡化，而呈现出职业化、商业化的特色，强调戏剧的娱乐性和趣味性，并在欣赏趣味上自觉向市民阶层靠拢。过度追求商业化和娱乐性，导致"文明新戏"在艺术上粗制滥造，思想上也显得日益腐朽，之后便逐渐走向衰落。

二、五四运动时期的话剧运动

五四运动时期的话剧运动主要有两方面的内容：一方面是对传统戏剧的批判；另一方面是对西洋戏剧的引进和介绍。

首先是对传统戏剧的批判。为了适应新文化运动的需求，1917—1918 年，《新青年》展开了"旧剧评议"运动，目的是对旧戏曲展开批判。新文化运动的先驱认为传统戏剧的内容大都是后花园私订终身或落难公子中状元的大团圆模式，思想腐朽，因此要对其进行改革。一是要改革旧戏曲的观念，将戏曲当作传播思想、组织社会、改善人生的工具。二是提倡现实主义戏剧的创作。

其次是在猛烈抨击传统戏剧的同时，《新青年》还掀起了译介外国戏剧理论和作品的热潮。1918 年，《新青年》开设"易卜生专号"，以此为开端，迅速形成了介绍外国戏剧理论和作品的热潮。据统计，1917—1924 年，全国 26 种报刊、四家出版社发表、出版的翻译剧本有 170 余部，涉及 17 个国家的 70 多位剧作家。而且，译介风格多样，从现实主义、浪漫主义戏剧到现代的象征派、未来派、表现派、唯美派的戏剧几乎同时涌进中国，带来多元化的戏剧观念，形成了现代话剧多元创造的局面。

值得注意的是，在《新青年》开展"旧剧评议"运动，批判旧戏曲的同时，戏剧评论家张厚载却提出中国旧戏曲尚有可取之处，不必全盘否定的观点。1925年，一批留美回国的留学生开始提倡"国剧运动"，主张从整理与利用旧戏入手建立中国新剧，发扬传统戏曲，体现出中国现代戏剧发展史上一种不同的道路选择。

三、五四运动之后的话剧发展

五四运动之后，话剧进入艰难的建设和深入发展时期，主要表现在以下三方面。

第一，新的戏剧团体与刊物的出现。1921年，民众戏剧社与戏剧协社先后于上海成立，是当时专门的戏剧社，它们强调戏剧必须反映时代人生，负担社会教育的启蒙任务，提倡写实的社会剧。同年，《戏剧》月刊创刊，这是最早出现的专门性的戏剧刊物。新的戏剧团体以及专门性戏剧刊物的出现，标志着话剧建设和发展的进一步深入。

第二，"爱美剧"运动的开展。针对早期"文明新戏"职业化、商业化的弊端，民众戏剧社发起了"爱美剧"运动，该运动以非营业的性质、提倡艺术的新剧为宗旨。"爱美剧"运动很快得到北京各大高校的呼应，北京大学、清华大学等院校分别成立业余话剧社，形成了非职业性的、不以营利为目的的学生业余演剧的高潮。此外，此时期还成立了一些专业的戏曲学校，如1922年成立的北京人艺戏剧专门学校。这些专业戏剧学校的成立，使"爱美剧"的重心逐渐转移到专业学生的实习性演出上。

第三，小剧场运动。学生业余演剧的高潮及专业戏剧学校的成立，直接推动了小剧场运动的展开。小剧场运动起源于19世纪末法国自由剧场的艺术实践，之后风行于英国、德国、美国等国家，它强调以易卜生为代表的现实主义、自然主义戏剧，揭开了西方现代戏剧的帷幕。小剧场运动的展开推动中国话剧走上了正规化、专门化、科学化的道路，也促进了新戏剧美学原则与表演体系和模式的建立。在小剧场运动的影响下，中国出现了一批剧作家，如胡适、陈大悲、欧阳予倩，使得中国戏剧获得了真正的文学价值。

四、五四运动前后的话剧作家及其作品

在话剧创作方面，最先出现的是以民众戏剧社、上海戏剧社提倡的现实主义戏剧思潮，即社会问题剧的创作。代表作家有胡适、陈大悲和欧阳予倩。胡适的《终身大事》开了社会问题剧风气之先，这出戏刊载于《新青年》，讲述了一个封建富家小姐的爱情纠葛，反对包办婚姻、追求恋爱自由是其核心主题。陈大悲的《幽兰女士》同样以争取婚姻自由为核心主题。欧阳予倩的《泼妇》塑造了一个勇敢捍卫妇女权利、坚决反对丈夫娶妾的新女性形象。这三部作品切合时代主题，具有强烈的反封建性，引起观众的强烈反响。

除社会问题剧的创作之外，还有以田汉为代表的创造社的浪漫主义戏剧。创作社在戏剧方面也取得了一定成绩，除郭沫若的历史剧创作之外，田汉的话剧创作具有很强的代表性，田汉也被认为是中国现代话剧的奠基人之一。田汉早期的戏剧活动有两个方面：一方面是进行大量的话剧创作实践，20世纪20年代，田汉创作了20多部话剧，包括《咖啡店之一夜》《获虎之夜》《苏州夜话》《湖上的悲剧》《名优之死》《南归》等；另一方面是创立了具有专业性质的话剧团体——南国社，有力地推动了话剧的普及和戏剧运动的开展。其独幕剧《获虎之夜》讲述了猎户的女儿莲姑和流浪儿黄大傻的爱情悲剧，表现了争取爱情自由与个性解放的反封建主题。三幕话剧《名优之死》讲述了京剧名角刘振声的悲惨遭遇，批判了"容不了好东西"的病态社会，同时写出了蕴藏在人们心中积极进取、奋起抗争的精神与力量。作品结构明晰，冲突发展自然流畅，语言简洁而富于性格特征，标志着田汉在编剧艺术上的成熟。这两

出戏也反映出田汉早期戏剧创作的特点：一是强烈的浪漫主义诗情；二是在艺术表现上，自觉吸取西方现代主义与浪漫主义的艺术资源，显示出重象征、重哲理、重抒情的特色。

此外，丁西林的喜剧创作也取得了较大成就。中国现代话剧以悲剧为主体，丁西林是为数不多的喜剧作家之一，他执着于独幕剧的创作，被人们称为"独幕剧圣手"，代表作品有《一只马蜂》《压迫》《酒后》等。《一只马蜂》描写了觉醒后的青年为争取婚姻自由而与守旧势力抗争的一幕喜剧。《压迫》描写了房东母女二人在租房问题上的不同意见，嘲弄了顽固的房东太太，赞美了机灵的男女房客，表现了富有现实主义的主题，戏剧结构紧凑，风格机智幽默。

第二节　戏剧（二）

20 世纪 30 年代的戏剧创作较之前有了重大发展，表现为戏剧团体不断出现，剧作家队伍不断扩大，优秀作品不断产生。此时期的戏剧运动发展大致包括革命戏剧运动和职业化、营业性的剧场戏剧运动。

一、四种戏剧类型的倡导

（一）无产阶级戏剧

大革命失败以后，大量追求革命的知识分子被排除在政治斗争之外，他们苦闷彷徨，又不甘心沉沦，希望在文艺中寄托和发泄自己的苦闷，寻求精神上的出路，正是在这种政治高压下，上海再一次掀起了话剧运动的热潮。1929 年，沈端先、郑伯奇、冯乃超等共同发起组织了上海艺术剧社，明确提出"无产阶级戏剧"的口号。1930 年，田汉及其领导的南国社也明确表明向左转的戏剧艺术主张。1930 年 8 月，左翼戏剧团联盟成立，后改组为中国左翼戏剧家联盟，提倡戏剧的普及性、大众化，加强了戏剧与革命运动及工农群众的联系。无产阶级戏剧的主要特点首先表现在其表现对象主要以工人、农民为主，着重表现他们的革命斗争以及反映重大的现实事件；其次表现在具有强烈的现实性、即时性，以及巨大的宣传鼓动作用；再次表现在突破了话剧只能在都市演出的狭小天地，开始走向工厂和农村。无产阶级戏剧的主要代表作品有田汉的《洪水》《回春之曲》、欧阳予倩的《同住的三家人》等。

（二）红色戏剧

红色戏剧的倡导者和演出者是原来红军中的宣传队，后来扩建成了工农剧社，因此带有较强的娱乐性以及宣传鼓动性，是政府和军队政治工作的有机组成部分。红色戏剧的演出形式常常跟歌舞相结合，强调现场的即兴发挥，尤其重视观众的参与，演出地点的布置简便、灵活，具有广场戏剧的特色。红色戏剧的主要代表作品有沙可夫的《我——红军》、李伯钊的《战斗的夏天》等。

（三）国防戏剧

国防戏剧是"九一八"事变后，为了适应抗日统一战线的需要而建立的，它强调反帝抗日，要求戏剧要发挥宣传、鼓动的作用。在形式上，国防戏剧提倡通俗化、大众化和方言，以便更好地宣传抗日，因此国防戏剧也具有广场戏剧的特征。国防戏剧的主要代表作品有《走私》《咸鱼主义》《汉奸的子孙》《放下你的鞭子》等。

在无产阶级戏剧和国防戏剧中出现了一大批剧作家和戏剧运动的活动家，其中有代表性的剧作家有田汉、白薇、洪深。田汉比较有代表性的作品是《回春之曲》，该剧讲述了教员高维汉与华侨梅娘、男教员洪恩训与女教员黄碧如忠贞不渝的爱情及爱国主义精神。白薇的三幕话剧

《打出幽灵塔》讲述了一个家庭的悲剧，揭示了封建势力的罪恶。此外，洪深的代表作"农村三部曲"（《五奎桥》《香稻米》《青龙潭》）也取得了不菲的成绩。

（四）农民戏剧

熊佛西被称为"北方剧坛的泰斗"，他提出话剧要走出知识分子的象牙塔，到大众中去寻找观念，寻找寓教于乐的接受对象的戏剧观念。此处的"大众"主要指农民。熊佛西提倡一种新的农民戏剧。这种戏剧一要提供能够被农民接受和欣赏的剧本；二要培养农民演员；三要建立适应农民戏剧的剧场。其特点应是随意、自然、方便的露天剧场。同时，熊佛西尝试了各种农民戏剧的演出方式，包括观众与演员的混合演出方式。熊佛西的"农民戏剧"试验追求狂放与自由，注重观众的参与，希望剧场中没有一个旁观者，要观众和演员融为一体，是一种新的戏剧观念，具有广场戏剧的特点。

二、剧场戏剧的确立与发展

剧场戏剧的确立跟欧阳予倩的主张有关。1929年，欧阳予倩提出"爱美剧"不能持久，戏剧要走职业化道路的主张。在这样的思想的指导下，戏剧界掀起了一股创作话剧剧本，训练舞台艺术家，培养职业导演、演员及舞台美术工作者的热潮，话剧工作者开始建立专业剧场，发展健全的剧评，试图建立一套完善的、职业化的创作和演剧体系。曹禺的《雷雨》的发表及公演便是这一倡导的产物，《雷雨》的成功标志着戏剧文学性和舞台性的高度统一，给中国职业话剧带来了生机，初步实现了中国戏剧职业化的设想。紧接着便出现了一股大剧场演出的热潮，《赛金花》《日出》等剧目的演出，轰动了整个上海。随后推出的四大剧目（《罗密欧与朱丽叶》《武则天》《金田村》《原野》）的演出又把这种大剧场演出推向了高潮。大剧场的演出使营业性的剧场戏剧得以确立，并催生了一大批优秀的剧作家、导演和演员，以及优秀的话剧剧本。剧场戏剧由此成为现代都市文化中不可或缺的一部分，其中具有代表性的剧作家有夏衍、李健吾等。

夏衍此时期比较有代表性的剧作是《上海屋檐下》《赛金花》。《上海屋檐下》通过对生活在上海弄堂石库门中的五户人家的悲惨遭遇，揭露了国民党统治下的黑暗现实，也表达了沉闷时代即将结束的主题。这部剧取材平凡，构思朴素，结构严谨，却意味深刻，耐人寻味。李健吾此时期比较有代表性的作品是《这不过是春天》。该剧以北伐战争前夕为背景，描写了一位厅长夫人帮助作为北伐军革命者的旧情人逃脱追捕、化险为夷的故事。此部剧着重剖析了人性的深刻性和丰富性，戏剧结构紧凑、构思奇巧，具有趣味性。此外，袁牧之的《一个女人和一条狗》、宋之的的《武则天》也是此时期话剧创作的成功作品。

第三节　戏剧（三）

20世纪40年代的戏剧创作与活动主要包括广场戏剧的三次高潮，剧场戏剧在"上海孤岛"的再度兴起及沦陷区职业化、商业化剧场戏剧的繁荣三部分。

一、广场戏剧的三次高潮

（一）抗战初期：向广场戏剧的倾斜

抗战爆发后，在全民总动员的口号下，整个戏剧界也动员起来投入抗战的洪流中。一时间，一大批演剧团、抗宣团和孩子剧团，分别奔赴抗战前线进行抗战宣传和鼓动工作，很快，话剧运动推广到了全国各地乃至边远山村。抗战初期的戏剧总动员也使中国现代话剧的舞台、观众与演员发生了深刻的变化，戏剧再次由剧场戏剧走向广场戏剧，戏剧观念、艺术表现、写作方式乃至演出形式均发生了巨大变化。为了适应抗战的需求，此时期的戏剧强调宣传性，要求戏剧简单、通俗易懂，演出形式灵活简便，出现了街头剧、广场剧、茶馆剧、谐剧等新的戏剧样式；还要求戏剧打破舞台和观众之间的界线，使演员与观众、观众和观众之间产生心灵的交流，形成观众和演员共同参与的狂欢。此外，民族化也成为这时期话剧的显著特征，话剧在这一时期汲取了民间艺术形式以及民间音乐曲调，打破了单一的话剧格局，将歌、舞、说、唱、演融为一体，如谐剧《赶汽车》不仅用方言演出，还采用了很多地方戏曲的艺术表现手法。

（二）敌后根据地：从秧歌剧到新歌剧

在毛主席《在延安文艺座谈会上的讲话》精神的指引下，解放区和敌后根据地的戏剧改造以为工农兵服务、创作百姓喜闻乐见的戏剧形式为主，出现了《兄妹开荒》《夫妻识字》等秧歌剧。这些秧歌剧汲取了民间的艺术形式，思想上灌注了革命的内容，深受敌后根据地群众的喜爱。在秧歌剧的影响和推动下，产生了新歌剧的创造实验，出现了《白毛女》《赤叶河》等优秀作品。《白毛女》被称为现代民族歌剧的奠基之作，在形式上，剧作融汇了西洋歌剧的形式，同时借鉴了传统戏曲的表现手法，是戏剧、诗歌、音乐、舞蹈、美术等多种艺术元素的全新创造。在主题上，剧作从民间"白毛仙姑"的传说中提炼出"旧社会把人变成鬼，新社会把鬼变成人"的全新主题。在艺术处理上，剧作冲突尖锐，情节极富传奇色彩，人物性格鲜明，适合农民审美趣味。总体上，《白毛女》是农民文化、新文化与革命文化的融合，是政治与民间两种话语的统一，这种杂糅，为之后对其的改编留下了巨大的空间。此外，此时期还有很多其他农民戏剧、如河北阜平县的《穷人乐》《不能靠天吃饭》，河北平山县的《围困堡垒》，山西忻县的《刘成龙告状》等。

（三）学潮中的广场活报剧

20世纪40年代末的学生运动活跃，促使了活报剧的产生。活报剧强调时事性、应时性，具有极强的现场鼓动性，是一种充满浪漫主义、英雄主义的狂欢艺术，代表作有《控诉》《大江流日夜》等。

二、剧场戏剧在"上海孤岛"的再度兴起

抗战进入相持阶段后，话剧运动也发生了战略重点的转移，再次向职业性、商业化转变，从广场戏剧向剧场戏剧倾斜，由此剧场戏剧在"上海孤岛"再度兴起。

（一）历史剧创作的繁荣

抗战初期，由于民族主义情绪的高涨，作家试图从历史中发现可供借鉴的材料，以借古讽今。抗战相持阶段，作家更加关注"中国向何处去"，形成了重新认识、研究民族历史和文化的一股热潮，加之国民党的专制统治，很多戏剧工作者只能变换斗争方式，借古喻今，通过评析历史达到对现实黑暗的鞭挞和批判。在此背景下，历史剧的创作迎来了繁荣期，比较有代表性的作家作品有郭沫若的《屈原》《棠棣之花》《虎符》《高渐离》《南冠草》、阳翰笙的《李秀成之死》《天国春秋》《草莽英雄》、欧阳予倩的《忠王李秀成》《桃花扇》、阿英的《碧血花》《海国英雄》《杨娥传》等。郭沫若的历史剧创作遵循"失事求似"的原则，不拘泥于历史事件的真实，而追求历史精神的真实性，如《屈原》便凸显了屈原的爱国精神和斗争精神，并赋予了屈原雷电般的性格，使得人物形象更崇高、鲜明、强烈，也更具震撼力。在艺术个性上，郭沫若的历史剧创作以主观性和抒情性为特征，如剧作中的语言富有诗的意境、节奏和韵味。

（二）正面描写知识分子的创作潮流

此时期上海还兴起了正面描写知识分子的戏剧创作潮流。这类剧作的特点：一是主人公大多是作家所肯定、歌颂的正面人物，但并非高大、完美的英雄人物；二是往往在正面人物周围设置陪衬人物，在相互对照中尖锐地提出知识分子的道路选择问题；三是常常将主人公置于抗战的背景下，具有浓厚的时代氛围；四是注重对人物内心世界的发掘，注重内心冲突与外在冲突的有机统一。这类剧作中比较有代表性的是夏衍的《法西斯细菌》。该剧描写一位潜心于细菌学研究的科学家俞实夫，在日本侵略军烧杀抢掠的残酷事实面前，终于从不问政治到走上反法西斯斗争道路的觉醒过程。夏衍着重塑造了俞实夫这类知识分子身上具有的献身精神和坚韧、执着的性格，实事求是、脚踏实地的科学作风，宽容谦和的气度以及爱国主义理想。当然，这类知识分子身上也有知识分子的某些弱点，如不通世故的天真、堂吉诃德式的劲头。剧作的特点主要表现为对史诗性的追求，时空跨度大，人物心理刻画简洁、含蓄且准确，具有历史深度等特征。此外，夏衍的《芳草天涯》也很有代表性，该剧主要书写了国统区知识分子在抗战相持阶段内心的苦痛与挣扎。宋之的《祖国在呼唤》、陈白尘的《岁寒图》、袁俊的《万世师表》、于伶的《长夜行》、吴祖光的《风雪夜归人》、路翎的《云雀》等都是此时期相当有影响力的作品。

（三）讽刺喜剧创作的发展

此时期讽刺喜剧的创作可分为前后两期：前期剧作讽刺中夹杂着愤激，喜剧中含着悲剧因素；后期剧作增强了政治批判性，以宣泄感情为主，艺术上相对粗糙。此时期比较有代表性的作家作品是陈白尘的《升官图》《魔窟》、老舍的《残雾》《归去来兮》、袁俊的《小城故事》《边城故事》《山城故事》、丁西林的《三块钱国币》《等太太回来的时候》等。

三、沦陷区市民化剧场戏剧的繁荣

此时期，沦陷区的戏剧创作主要呈现出以下几个特征：政治色彩淡薄，向商业化、职业化的趋势发展；职业性剧团大量出现，商业性演出空前繁荣；早期文明戏传统受到重视；剧场戏剧创作得到进一步发展，呈现出市民化倾向；改编剧作取得显著成绩。

此时期戏剧呈现的市民化倾向主要是指在题材、艺术表现以及审美趣味上对市民欣赏趣味的迎合。例如，在题材上，既有宫廷历史剧，也有写民间艺人的悲欢离合、都市家庭生活或暴露旧家庭罪恶的剧作，还有侦探剧、神话剧等；在艺术表现上，此时期的戏剧在很大程度上跟传统戏曲取得了有机结合；在审美趣味上，注重情节的传奇性、形式的热闹新奇，同时强调喜剧性，这些创作倾向与特征均符合市民的审美趣味。在市民化的倾向下，此时期出现了一些雅俗共赏的作品，如杨绛的《称心如意》《弄真成假》，这两部剧主要从恋爱、婚姻的角度来表现世态人情和人物的内心世界。

必读文献

田汉：《获虎之夜》

丁西林：《一只马蜂》

易卜生：《玩偶之家》

夏衍：《上海屋檐下》

李健吾：《这不过是春天》

袁牧之：《一个女人和一条狗》

贺敬之等：《白毛女》

孟悦：《〈白毛女〉演变的启示》

陈坚：《夏衍的生活和文学道路》

课后巩固与练习

（1）简述 20 世纪 30 年代话剧运动的概况。

（2）试评夏衍《上海屋檐下》的思想艺术特色。

（3）简评田汉从 20 世纪 20 年代到 20 世纪 30 年代的创作转向。

（4）分析新歌剧《白毛女》的创作特色。

（5）俞实夫人物形象分析。

（6）沦陷区戏剧创作的市民化倾向主要表现在哪些方面？

（7）为什么说杨绛的作品是雅俗共赏之作？

参考文献

[1] 钱理群，温儒敏，吴福辉.中国现代文学三十年 [M].修订本.北京：北京大学出版社，1998.

[2] 朱栋霖，朱晓进，龙泉明.中国现代文学史（1917—2000）[M].北京：北京大学出版社，2007.

[3] 郭志刚，李岫.中国三十年代文学发展史 [M].长沙：湖南教育出版社，1998.

[4] 程光炜，刘勇，吴晓东，等.中国现代文学史 [M].3 版.北京：北京大学出版社，2011.

[5] 郭志刚，孙中田.中国现代文学史 [M].修订版.北京：高等教育出版社，1999.

[6] 孔范今.二十世纪中国文学史 [M].济南：山东文艺出版社，1997.

[7] 温儒敏，李宪瑜，贺桂梅，等.中国现当代文学学科概要 [M].北京：北京大学出版社，2005.

[8] 王晓明.二十世纪中国文学史论 [M].修订版.上海：东方出版中心，2005.

[9] 夏志清.中国现代小说史 [M].上海：上海人民出版社，2022.

[10] 於可训.中国现当代小说名作导读 [M].武汉：长江文艺出版社，2004.

[11] 李瑞山，耿传明.现代中国文学作品选评（1918—2003）：A 卷 [M].2 版.天津：南开大学出版社，2007.

[12] 唐弢.中国现代文学史简编 [M].北京：人民文学出版社，1984.